U0131119

情典的生成

——張學與紅學

周芬伶 著

目次

當代大觀園

當代大觀園

張愛玲自傳改寫與雜種神話

二十一世紀初，離張愛玲過世十年之後，由宋以朗經手出版了張愛玲從一九五〇年末期到七〇年末期的重要著作，依年代順序是英文版《易經》在前而中文版《小團圓》之改寫在後，說明張在美國文學創作努力並未交白卷，論者謂之「張愛玲自傳小說三部曲」。一九五七年張將滿四十歲，母親過世，她想以自己家族的故事進攻美國市場，就像當年她以〈金鎖記〉奠定文學地位，這在她離開大陸前仍在進行電影改編的作品，可能是她最滿意的作品，之後一再改寫為英文小說《Pink Tears》與中文小說《怨女》；另一方面進行自傳小說的大部頭書寫，拋棄了前期小說的戲劇性、香港時期的政治性，轉而朝向自我審視的夾縫書寫，這些小說難讀且評價兩極，大多具有影射意義，有優有劣，有人拿它與《孽海花》相比，令人想到薩伊德所指的「晚期風格」；另外，書中人物與母親關係為小說的主軸，其中重大的轉折點發生在香港，她在香港大學因成績優異得到自信，她的上進與母親的墮落為重要對比與衝突點，從此母女切斷臍帶，並以雷峰塔倒塌作為父權倒塌的象徵，以及改裝白蛇神話與女仙故事，具有移民的變種神話意涵，從自傳散文到女英雄神話，在這場親情災難中她完成她自己，卻給讀者帶來許多疑惑，果真如朱天文所說煉金成了灰嗎？本文從她的後期的自傳書寫討論其晚期風格，說明在上海—香港—美國之間往復帶來的風格變異。

前言

彷彿很舊，其實也有些新意，細看真的是舊了，畢竟那都是上世紀中葉的事了。本篇討論的自傳焦點在其生命史與家族史上，其他的自傳性散篇僅能省略，自傳為AUTO-BIO-GRAPHY，指的是「自我生命書寫」，然亦非依「自傳契約」嚴格定義的自傳，僅集中討論張愛玲具有生命史意義的作品上，尤其是一九五七年之後的自傳書寫。

這些作品引起的討論甚多，然肯定中文書寫的《小團圓》居多，對《雷峰塔》、《易經》，持失望與懷疑態度的不少，雖也有極力為她辯護的，然也難說服大部分讀者，我自九〇年代初期發表張愛玲的論文開始，一直肯定她在女性文學上的開拓，為華文作家少有的奇才，然讀《雷峰塔》、《易經》時卻有強烈的幻滅感，覺得這是她畢生最大的敗筆，其刻薄病態令人反感，曾有結束討論這作家的念頭。

時經兩年，再細讀她晚期的作品，覺得一部敗筆不能全面否定作家畢生的努力，也不能獨立拿出來評斷，或許這是作家移民後企圖改變風格的艱辛努力過程所碰到的挫折，自傳書寫為她在美國創作的最大工程，費時三十餘年，而其中經過退稿與擱置，她也自知作品有問題，這些自傳書寫在傳記上的意義多過文學上的意義，在雜種文化認同上的意義多過美學上的意義，不瞭解晚期的張愛玲，對她的理解只會是片面的。這種風格的改變是否如薩伊德所言「在他們的晚年作品中並非表現得成熟與圓融，反而表現得更孤僻，更不守常規，展現了精神上的自我放逐，一種刻意不具建設性的、逆行的創造。」[1]，以逆行的創造或者移民作家的困境視之，或許能解開多重心結。

鏡與影——自傳書寫與現代性

有關張愛玲的自傳書寫，是一個重覆經驗不斷增刪改寫的過程，最早是在散文中明白表露自己的成長，主要是與父親的衝突並逃家，對於母親則多所保留，那是一九三八年的英文散文〈What a Life! What a girl's Life!〉與一九四四年的《流言》中的諸多篇章，那時與母親的關係尚未決裂，移民至美國之後，接續長達五十幾年的自傳書寫，由自傳散文、小說至一九九二年《對照記》才算終止，這讓她戀戀不捨的題材，她用了近一輩子書寫，以自傳始也以自傳終，其中經歷文體與手法的轉變，由實寫變成虛寫，再由虛寫變成實寫。討論其中的演化或可說明一個作家如何割斷臍帶走向孤獨的過程，也可說明移民作家的離心書寫，是如何崎嶇而坎坷的路程，其轉折大約如下：

1 薩伊德：《論晚期風格：反本質的音樂與文學》（*On late Style: Music and Literature Against the Grain*），北京，三聯書店，二〇〇九，頁四。

〈What a Life! What a girl's Life!〉一九三八→〈私語〉一九四四→《雷峰塔》一九五七起筆→《小團圓》一九七五起筆→《對照記》一九九二

〈燼餘錄〉一九四四→《易經》一九五七起筆（書中描寫母女決裂在香港一九四〇，母因間諜嫌疑被扣押）→《小團圓》一九七五起筆（書中描寫母女決裂在上海一九四八）→《對照記》一九九二

從上海到香港，又從香港回到上海，二度從上海到香港，直到美國，她寫母女決裂的情事由委婉到酷烈到慘不忍睹，這中間過了近四十年，寫法不同，時間也改了，書寫過程時間很長，空間都在香港、上海、美國之間往復，講的重點都是同樣一件事，女兒與母親之間複雜的情感與決裂過程，夾雜紛繁的家族史與不堪的情史。由自傳散文二度改寫為自傳小說，最後濃縮為圖文對照的自傳散文，甚少有一部作品如此被作者一再改寫轉譯，其複雜性不亞於曹雪芹《紅樓夢》，不同的是增寫與續書者都是張愛玲，這種歧異與互文性，在現代文學史上可謂少有，成不成功是一回事，探討其中的轉變心理，或可說明其現代意義。

把一九五七年作為分水嶺，之前的自傳書寫以散文為主，之後以自傳小說為主，最後以圖文並置的《對照記》為結束，文類與寫法都不同，代表不同時期的創作心理與美學。

張愛玲的自傳書寫或以散文或以小說或以電影劇本為載體，雖然小說與劇本難免虛構，不能以傳記視之，自傳小說可分為求真的自傳小說與詩化的自傳小說。求真的自傳小說接近自傳，但它並不

在意事實的真實，而注重人在「現實」中的意義，因此由主角牽出時代背景與社會變遷，英文版《雷峰塔》、《易經》即屬於此類，然這時代性與社會性屬於「時代紀念碑」的作品並非張愛玲擅長，故而背景模糊不清，這類自傳小說雖明白地進行虛構，有時連作者都「無從分辨藝術的虛構與生活的真實」；詩化的自傳小說比求真的自傳小說更細膩更敏感更浪漫，《小團圓》兼有求真與詩化自傳小說的特點，也可說是自傳小說的新寫法，在七〇年代台灣中文作家在西方現代主義與鄉土文學中交戰時，張愛玲選擇走向自己。

有人說張愛玲在美國沒有新的創作，我們只能說她沒有像《傳奇》、《半生緣》那樣的創作衝動，而具有創新意義的自傳小說的創作衝動。人們只知道她極保護隱私，卻不知她的自傳書寫從未間斷，而且更赤裸更坦白，對讀者傾訴之心從未改變。

這種走向自己的衝動，可能是流亡作家對自我身分的再認定，或對過往創傷的療癒書寫；或對他人誤解的辯護。對於一個習慣對創傷與指控無言以對的作家，書寫自我像一面鏡子，照映自己，也照映他人。至於投射出許多陰暗的影子，或讓人不忍卒睹的往事，那只有哀矜而勿喜。

從意識層寫往個人潛意識層，再觸及集體潛意識；從對父母的控訴到情感的宣洩，再觸及內心的良知與審判，對她來說是她一生最大的課題。

一切在潛意識底下進行，所以寫得影影綽綽，人性的黑暗如猜忌、復仇、背叛、淫亂與人性的微光如天真、付出、犧牲一明二暗相輝映，如果之前的自傳書寫是分散性與實驗性的，《小團圓》可說是集大成之作，《對照記》則是極度濃縮與刪減，充滿「物質感」，她選擇讓照片來說明。

她的人性觀與創作美學是採「一明二暗」的寫法，前面寫港大的學生宿舍「這些板壁隔出來的小房間『一明兩暗』」，一明二暗是房子的隔間，也可是一種空間與人性隱喻，一般公寓型三開間的房子，都是以一明二暗的形制呈現，明的是開放的公共空間，暗的是隱密的私人空間，明也是可見的事物表面，暗是看不見的心靈側影。為什麼是二暗？也就是暗大於明，倍於明，一明是一切事物帶有的希望面，一暗是人性本身的陰影面，二暗是小說家的心靈暗影，也就是創作者擅長的猜忌與推測，讓事件不清晰且布滿小陰影，如她書中所說：

> 回憶不管是愉快還是不愉快的，都有一種悲哀，雖然淡，她怕那滋味。她從來不自找傷感，實生活裡有的是，不可避免的。但是光就這麼想了想，就像站在個古建築物門口往裡張了張，在月光與黑影中斷瓦頹垣千門萬戶，一瞥間已經知道都在那裡。[2]

在這座回憶的古建築中，被月光與陰影充滿，連在狂喜時有強光也有陰影，在淺水灣飯店看母親回來：「對海一隻探海燈忽然照過來，正對準了門外的乳黃色小亭子，兩對瓶式細柱子。她站在那神龕裡，從頭至腳浴在藍色的光霧中，別過一張驚笑的臉，向著九龍對岸凍結住了。那道強光也一動都不動。他們以為看見了什麼了？這些笨蛋，她心裡納罕著。然後終於燈光一暗，撥開了。夜空中斜斜劃過一道銀河似的粉筆灰闊條紋，與別的條紋交叉，並行，懶洋洋劃來劃去。不過那麼幾秒鐘的工夫，修女開了門，裡面穿堂黃黯黯的，像看了迴腸蕩氣的好電影回來，彷彿回到童年的家一樣感到異樣，一切都縮小了，矮了，舊了。她快樂到極點。」那時她對母親還有愛。全篇光與影的描寫很多，像電影中的燈光技術，它能改變作品的底色，增強人性的層次，內心的寫照，還有氣氛。轉場也更為自由，其中有許多蒙太奇剪接，跟她早期重視色彩已有不同。

《小團圓》在結構上夾雜著三個家族的故事和一樁離奇的華人殺妻命案，這簡直是推理小說的故佈疑陣了。小說結構也採一明二暗的結構：明寫盛家，暗寫卞家、竺家；明寫九莉，暗寫三姑二嬸；明寫之雍，暗寫燕山、緒哥哥；明寫異性戀，暗寫同性戀、雙性戀、亂倫……考據古典小說近二十年之後的張，已是學者型作家，對於古典小說的明暗、映襯、夾縫、閃躲技巧可說十分偏愛，它讓小說難讀，但更耐讀。

在一個沒有恥感的時代，作家寫出她的恥感，或對恥感也麻木的感覺，她的良知不斷檢視過往的一切。

> 她逐漸明白過來了，就這樣不也好？就讓她以為是因為她浪漫。作為一個身世淒涼的風流罪人，這種悲哀也還不壞。但是這可恥的一念在意識的邊緣上蠕蠕爬行很久才溜了進來。
>
> 那次帶她到淺水灣海灘上，也許就是想讓她有點知道，免得突然發現了受不了。
>
> 她並沒想到蕊秋以為她還錢是要跟她斷絕關係，但是這樣相持下去，她漸漸也有點覺得不拿她

2 張愛玲：《小團圓》，台北，皇冠，二〇〇九，頁二八九。

的錢是要保留一份感情在這裡。

「不拿也就是這樣，別的沒有了。」她心裡說。

反正只要恭順的聽著，總不能說她無禮。她向大鏡子裡望了望，檢查一下自己的臉色。在這一剎那間，她對她空濛的眼睛、纖柔的鼻子、粉紅菱形的嘴、長圓的臉蛋完全滿意。九年不見，她慶幸她還是九年前那個人。

蕊秋似乎收了淚。沉默持續到一個地步，可以認為談話結束了。九莉悄悄的站起來走了出去。到了自己房裡，已經黃昏了，忽然覺得光線灰暗異常，連忙開燈。

時間是站在她這邊的。勝之不武。

「反正你自己將來也沒有好下場，」她對自己說。[3]

自我省視與批判最嚴厲的是自己，就像她自己說的：「我在《小團圓》裡講到自己也很不客氣，這種地方總是自己來揭發的好」[4]，這樣勇敢地面對自己，令人想到她的祖父張佩綸，因中法之戰之恥，死前自擇墳地對後人說：「死即葬我于此，余以戰敗罪人辱家聲，無面目復入祖宗丘壟地。」[5]，張愛玲的自傳書寫，也可說譴人譴已的漫長過程。

從控訴、揭發、罪責到傾訴——文本轉換與心理轉折

每一次的改寫，都代表她心理的轉折，對於有「增刪癮」的作家，克里斯多娃利用互文性與「演

進批評」研究普魯斯特《追憶逝水年華》，認為他花十多年不斷刪改修訂作品，其潛意識是為隱藏其同性戀的傾向；而張愛玲長達五十多年的自傳改寫，除了表達愛的匱乏與愛的死亡，是否有更深一層的心理因素？從開頭的開門見山式的寫法，越寫越隱晦，越是夾纏，這裡面是否也反映她對文學手法的追求，陷入某種困境？

早在一九三八年她逃出父家便在報紙上刊登〈What a Life! What a girl's Life!〉「控訴」與「罪責」父親對她的囚禁，之後改寫成〈私語〉，「傾訴」的意味較濃，作者將原始經驗化為散文，對叛離父親的過程描寫較多，對母親尚有浪漫的愛，因其委婉冷靜的筆調，加以文字意象較講究，故能引起廣大共鳴。之後的空白與幽居，讓人誤以為她已將自己藏起來，事實上她從未停止「傾訴」自己，只是被宋淇夫婦與自己扣下來，有些作品連她自己這關也過不了，如《雷峰塔》與《易經》、《小團圓》皆為「揭發」、「罪責」之作，前者擱下，後者仍想發表，她到過世之前仍未放棄修改《小團圓》，可見她的自傳書寫也是未完，跟《紅樓夢》的命運相似，五易其稿，可能仍是殘稿的狀態，張是紅學作成書研究的引領者，如果把她的自傳書寫的成書過程作比對，將可發現天才的橫剖面與命運沉浮。

一九五七年起改寫的《雷峰塔》與《易經》，雖擴寫為家族故事，著重家族尤其是母親的變態描寫，

3 同上，頁二八九。
4 張愛玲：《小團圓》，台北，皇冠，二〇〇九，頁四。
5 周芬伶：《豔異——張愛玲與中國文學》，北京，中國華僑，二〇〇三，頁三二〇。

也隱含作者的病態，可說是最失敗的版本，主要是「控訴」與「罪責」的意味過於強烈，一九五七年黃逸梵過世，她將母親寫入小說，這時她住在東岸的小城嚮往著大城市，故而書中的場景都是城市：天津、上海、香港……她在天津生活六年，從兩歲到八歲，那六年中，母親出國，她跟奶娘較親，她會對她亂發脾氣，張干很是護衛她，她卻說：「那是她的事業。」總之活在沒有愛的家庭裡，她對感情充滿懷疑。

天津的童年描寫，補充新的傳記資料頗多，讓我們更加瞭解她二歲至八歲的生活，天津這城市對她來說是在小公館與堂子，新房子與老家的世界，在姨太太未進門前，姊弟與奶媽相依為命，每天到公園散步時，有時她奔跑著，自己好像被切成兩半：「琵琶忍不住狂奔起來，吞吃下要求她將自己切成兩半，占據吞噬自己的廣原。」

在這個城市，對她而言是過於擁擠與複雜的城市，讓她自己也分裂了，如同她明明不願背叛母親，當姨太太問她喜歡媽媽還是喜歡我，她回答的是「喜歡你」，她常覺得自己是別人，「像她在公園看見的黃頭髮小女孩，只是作了個夢，夢見自己是天津的一個中國女孩」，這如夢般的感覺，以及看己像是別人的視角一直貫串她的人生與書寫，說她無情，只是疏離。

上海對她而言更是充滿戲劇性的城市，離開大陸前在上海停留最久，她需要大城市作舞台才能成名，也喜歡城市生活，時尚與櫥窗，電車與市聲，還有出版活躍作家群集，這裡有她的一舉成名，青春婚戀與尚稱優渥的生活，她當然愛上海。

上海是她的舞台，天津像後台，前台的戲好看，後台像個舊夢。

不相信家人的情感，她倒十分依賴朋友，朋友越是精采她的想像越豐沛，根本她是靠想像生活，不需跟人太多接觸，只需有個他在哪裡可以供她想像，一般的社交是完全不需要的。她曾為胡到過南京，那也是祖父母的舊居，令她把隔代愛情聯想一起，因此覺得這是種神祕的傳承，格外香豔，這又說明為什麼《十八春》的愛情場景發生在上海與南京兩座城市中，因為那時她的人與心魂都在這兩座城市，她只會寫城市。

張的成名以上海與香港兩座城市為舞台，《雷峰塔》與《易經》主要也是以這兩座城市為舞台，尤其是香港，隨著作者的遷移，她的觀點不斷轉移，由兒童的眼光對照成人世界的複雜、病態，她自己對這寫法也充滿懷疑，在一九六三年六月二十三日給宋淇夫婦的信中說：

> 《易經》決定譯，至少譯上半部《雷峰塔倒了》，已夠長，或有十萬字。看過我的散文〈私語〉的人，情節一望而知，沒看過的人是否有耐心天天看這些童年瑣事，實在是個疑問。下半部叫《易經》，港戰部分也在另一篇散文裡寫過，也同樣沒有羅曼斯。我用英文改寫不嫌膩煩，因為不比他們的那些幼年心理小說更「長氣」，變成中文卻從心底裡代讀者感到厭倦，你們可以想像這心理。[6]

6 張愛玲：《雷峰塔》，台北，皇冠，二〇一〇，頁五。

作者也明說是舊文重寫或擴寫，寫此書時雖然覺得「有滋有味」，她自己也覺得不妙，果然始終賣不掉，讓她灰了心，此後很少提起，在賴雅的日記中她因此沮喪到臥床不起[7]，只靠營養針補給，作為初至美國的大企圖之作，從此湮沒半個世紀才見光。

當時她住在彼得堡，一九五八年二月二十七日英國有信來告知母親的死訊，並寄來一只大箱子，是隨著母親搬遷的遺物，一直到四月二十三日，張才打開箱子整理遺物，賴雅看著黃逸梵的照片說：「照片就像一部小說」，也許是這樣，讓張此時期的自傳書寫更多地集中在母親身上，但此時的寫法如新喪母親的女兒，無助且天真，連她也覺得：「裡面的母親和姑母是兒童的觀點看來，太理想化，欠真實。」

太理想化或欠真實也許並非此書的缺點，而是剛從散文改為小說，材料還是不足以撐起大部頭的小說，增添的人事物紛雜，故事卻不吸引人，母親的形象過於負面，令人不忍卒睹。看來母親的死並未弭平心中裂痕，這時的自傳書寫較傾向宣洩，並夾雜「控訴」與「罪責」；正如她所說：「藉寫作來宣洩——於是其他人就會分擔我的記憶，讓他們記住，我就可以忘卻。戀愛上的永不與永遠同樣的短促嗎？但我的永不不是永不，我的永遠是永遠，我的愛是自然死亡，但自然死亡也可以很磨人和漫長。」[8]

這句話表明幾個重要理念，一是藉宣洩以忘卻，一是她的永遠是永遠，一件事不管時空多遠都會永遠；而她的愛死得自然卻非常磨人與漫長，宣洩與傾訴差不多，所差的是宣洩帶著攻擊性，傾訴只是訴說本身。

這說明為何同一件事反覆說反覆寫，都不厭倦，正因對她而言是永遠，那是愛的死亡過程，如此磨人與漫長。

另外，早在〈燼餘錄〉她描寫在香港的生活與心境轉變，尤其是香港之戰前後，電影劇本也多以香港為背景，在此意義下說她是戰爭前後的香港作家應不為過，她在港大三年，從大陸逃出後又待三年，前三年她寫了一系列以香港為背景的小說與散文；後三年她寫出《秧歌》與《赤地之戀》；〈相見歡〉、〈浮花浪蕊〉等也應初寫於此時期，香港在她的筆下是充滿殖民地風情，相對自由的國度：洋修女洋教授、來自東南亞的同學、熱帶植物與風情，最重要的是她擁有自己的生活，畫畫、逛街、交朋友、十九歲〈天才夢〉得獎，又因成績優異拿到英國教授給的獎學金；一九四〇年母親來看她，其實是投資旅遊團，很海派地住淺水灣飯店，一夜賭掉她的獎學金，母女感情破裂。如果說〈私語〉、《雷峰塔》是弒父情結之作，《易經》、《小團圓》則為弒母情結之作，從上海到香港，她的後半生都在為雙重的伊底帕斯情結挑戰。

英文版《易經》改寫〈燼餘錄〉為長篇，重點擺在香港與母親的衝突，母親的形象極為負面，

---

7 出自馬里蘭大學圖書館提供之《賴雅日記》，筆者收藏。

8 張愛玲：《張愛玲私語錄》，台北，皇冠，二〇一〇，頁一一二。

她把女兒的奬學金一夜賭光，又被懷疑為間諜而入獄，出獄後母女感情決裂，為前所未見的情節，寫得極為冷厲，是否事發未久，恨意極深，故而醜化母親，裡面的人物皆有不堪之處，與母親決裂約在二十歲。

這兩部書筆法直接而刻薄，據張的說法是為表達「溝通障礙的障礙」，不擅言辭與辯解的作者，寫此書質疑傳統中國孝道與親子關係，可能是遠離中國之後，切斷臍帶的宣言。

《雷峰塔》與《易經》雖是一部書拆開來寫，其差別還是不小，前者是以兒童的觀點來寫，天真的氣息較濃，神話的穿插也較多；後者以早熟少女的眼光，偏重人情世故的猜忌心理，情節比上部更碎亂，筆法更糟，把母親寫成嫌犯被關，這可能不是事實，就像弟弟沒死一樣，如此虛構讓人膽戰心寒。上部神話與童話的色彩濃些，下冊倒成為戰爭間諜寫實小說，風格上不太連貫。

之後的《小團圓》為一九七五年張為防止胡蘭成與朱西甯為她寫傳，而將英文版自傳濃縮為八萬字小說，此時主角改為九莉，母親改為蕊秋，稱母親為「二嬸」，其他人名也都改動，秩序與《雷峰塔》、《易經》顛倒，從香港寫起，刪減幼年與雷峰塔等象徵與香港戰爭的部分讓故事更集中，增寫九莉的婚戀幻滅，也寫母女之情的幻滅，時間壓縮在十九歲到快三十歲之前，兼及之後在美國與汝狄的婚姻，並因痛恨當母親而打掉孩子。雖然香港的部分與〈燼餘錄〉、《易經》重疊，但添加許多後續發展延伸至中年，可視之為續篇。對中文書寫較為嫻熟的她，這部中文自傳小說更具文學性，風格受章回小說與電影手法影響，夾縫文字如浮光掠影，光影的捕捉與跳接，閱讀不易，但比英文版的直接簡明更為濃稠，只能說不同，而不能說退步，此書出版後引起兩岸三地讀者廣大討論，反應熱烈，說明她的中文書寫在華文讀者心中具有極大的魅力。

在情感的層面上，寫此書時張愛玲五十五歲，距離母女決裂已二十多年，母親已於一九五七年過世，丈夫賴雅也過世八年，她對母親的態度是在意而不再是恨意，寫法浪漫唯美而多所保留，母女決裂之年設在一九四八，九莉二十八九歲之時，她給母親二兩黃金，想還欠她的錢，讓母親誤解她對她濫情的不滿，她寧願讓她誤解而不說明，這段描寫前後差異不大，但時間點比《易經》晚十年，就實際狀況來看，張與母親一直到一九四八年還有聯絡與見面。一九四八之後則只有通信而不再見面，母親死前要求見她一面，她沒有去，只寄上她的作品，母親死後將遺產全部留給她，靠變賣古董補貼她初到美國經濟窘困的生活。

比較起來，《小團圓》更接近實際狀況，她對母親的恨經過多年，已淡化為悵惘，對過往的愛情則是懷念多於怨恨，「傾訴」的意味大過「揭發」、「罪責」，作品達到怨而不怒，哀而不傷的境界。

這本描寫其生命史接近完整的版本，筆法更顯幽微，時間雖鎖定將近三十歲之前，實則概括《雷峰塔》、《易經》的內容，及晚年生活，作者雖在私生活上極為自我保護，對讀者總是特別慷慨，「爆料」是她在自傳書寫上一以貫之的精神，這次她不但說出與燕山的戀史還有子宮頸折斷，導致分手的不堪往事，以及與美國丈夫懷孕打胎的過程，這種「爆料」心理，已經非自讉或宣洩所能訴說，結果稿子被宋淇勸下，而改寫〈色，戒〉，如果兩個作品相互比對，筆法相近，人生如戲的憬悟一樣深刻，往潛意識探索的欲望更強，佳芝沉浸在自我犧牲與被愛的戲台中，最後被易先生殺了，他等於殺死兩個人，一個是過於單純的佳芝，一個是扮演特工的佳芝，她死了兩次，「他們是原始的獵人與獵物的關係，虎與倀的關係，最終極的占有。她這才生是他的人，死是他的鬼。」這段話可視為《小團圓》的弦外之音。

然而這些作品的場景還是在上海或香港，她所居住的東岸小城、西岸舊金山、洛杉磯皆不在其中，概因賴雅倒下後，她已過著半幽居的生活，最後完全隱匿，美國生活對她來說是扁平而無真正的人際關係，這時她把她對人際關係的渴求，透過回憶與他們神交（主要是宋淇與鄺文美），或是鑽研古典小說或是書寫自傳營造她自己的人際關係，她對社交的渴望全在裡面了，有擁擠的人際關係與人心猜度，這些對她來說更是心靈寄託，她沒有任何宗教信仰，愜意的人際關係就是她的追求，正如她自己說的：

> 李叔同（弘一法師）與康韋與香港教授與釋迦等皆一例，動人的美男子，愜意的人際關係得來太易……過量……厭世與出世思想。正如富人之厭倦。如我，則如一個要為生活最低需求而工作的人，能獲得愜意的人際關係，就像啟示與奇蹟。當中更富深意。[9]

她的人際關係大都不愜意，自從認識宋淇與鄺文美，可說是她一生最愜意與嚮往的一對璧人，對她來說有如奇蹟，從此她有了一個對照組，在此相較下，一切都顯得猥瑣與寒漠，她甚至因此喜歡圓臉女人，父親與母親相比之下更是不及格。

宋以朗至今對張做得最對的事就是整理出他們長達四十萬言的書信，讓我們理解張愛玲一九五二之後的情感支柱，並非賴雅，而是宋淇與鄺文美。

這份友情對張大多是正面的，包含著她對正常的追求，表面上她越來越怪，內心卻自有天地，那是花好月圓人團圓的故事，裡面有才子佳人、美滿情緣。

她寫了一個又一個有情的故事如《半生緣》、《怨女》、《小兒女》、《情場如戰場》、《不了情》……。表面上是「浮花浪蕊」，骨子裡是「相見歡」、「小團圓」。因為他們是「最正常的人，簡直可以用來作標準，以測度別人」，這是什麼樣的偏執啊！

她是以此「完美」的角度審視過往的人，包括她自己，都是負面的，因此五〇至七〇的自傳書寫最是偏激，一直要到《對照記》，她很有選擇性地只保留祖父母、母親、弟弟、姑姑的照片，父親（只有很小的集體照）、戀人、丈夫可說付諸闕如。可見他真愛過弟弟，語言則接近〈私語〉的含蓄，最多的是她自己的照片，裡面還有一些《雷峰塔》殘餘的語句，原來她更愛祖父母，他們更接近她要求的「完美」，而且靜靜地流淌在血液裡，從未傷害過她，這種想像的完美便是她生命最大的寄託。

她要求的不過是真實，一種傾訴的真實與真摯。

《雷峰塔》與《易經》的變種神話

一九二四年雷峰塔倒塌，是當時重大的新聞事件，它的時間點正在五四之後的驚波駭浪中，因此引發許多聯想，魯迅、徐志摩都曾為文抒感，一九二五年九月徐志摩寫〈再不見雷峰〉，最初刊載於

9 同注釋8。

同年十月五日《晨報副刊》[10]：

再不見雷峰

再不見雷峰，雷峰坍成了一座大荒塚，
　頂上有不少交抱的青蔥；
　頂上有不少交抱的青蔥，
再不見雷峰，雷峰坍成了一座大荒塚。

為什麼感慨，對著這光陰應分的摧殘？
　世上多的是不應分的變態，
　世上多的是不應分的變態；
為什麼感慨，對著這光陰應分的摧殘？

為什麼感慨：這塔是鎮壓，這墳是掩埋，
　鎮壓還不如掩埋來得痛快！
　鎮壓還不如掩埋來得痛快，
為什麼感慨：這塔是鎮壓，這墳是掩埋。

再沒有雷峰；雷峰從此掩埋在人的記憶中：
　像曾經的幻夢，曾經的愛寵；
　像曾經的幻夢，曾經的愛寵，

再沒有雷峰；雷峰從此掩埋在人的記憶中。

九月，西湖

位於杭州的雷峰塔，建於公元九七七年，建築為木造結構樓閣式八面塔，裡面藏有釋迦牟尼佛螺髻髮舍利，此七級浮屠時經近千年經歷多次劫難，在北宋時曾被叛軍破壞，南宋時又不幸遭拆塔，相傳當時出現白色巨蟒口吐紅信把拆塔官兵嚇退，因而有靈蛇護塔之說，後與愛情親情故事結合，先是馮夢龍編寫〈白娘子永鎮雷峰塔〉，後改成「雷峰塔傳奇」，成為追求愛情並具有強烈反抗精神的蛇仙的故事。現在杭州雷峰塔內，還存有木刻壁畫展以連環圖展示許仙與白娘娘相戀結合，遭法海除妖，白娘娘被困雷峰塔，一家破塔團圓的故事。清朝末年到民國初期，由於傳說雷峰塔的塔磚可以用來驅病強身或安胎，許多人就從塔磚上磨取粉末、挖取磚塊，還有人從塔內挖尋經卷牟利。一九二四年九月二十五日下午，幾近挖空的塔基再也不堪重負，突然全部崩塌。這一倒成為許多文學作品的感歎題材，它包含的神話意義與象徵過於豐富，連張愛玲也沒放過。書中她藉傭人間的對話訴說人們的猜測：

「雷峰塔不是倒了麼？」葵花問道。

「幾年前倒的。」秦干鬱鬱的說道。

10 徐志摩：〈再不見雷峰〉，《晨報副刊》，一九二四年十月五日。

「是了，露小姐上次到西湖就是瓦礫堆，不能進去。」葵花說，「現在該倒得更厲害了。」

「難怪現在天下大亂了。」

「哪一年倒的？那時候我們還在上海。噯，就是志遠說俄國老毛子殺了他們的皇帝的那一年。」

「連皇帝都想殺。」佟干喃喃道。

「這件事志遠知道。」何干讚美道。

「秀才不出門能知天下事。」秦干套用古語。

「我們呢，我們只聽說宣統皇帝不坐龍廷了。」何干說。「不過好像是最近幾年才真的亂起來的。」

「雷峰塔倒了就是這緣故。」[11]

雷峰塔除了是愛情的象徵，亦是威權與父權的象徵，在詩人的筆下更是變態的象徵，白蛇本非人，人蛇之戀更是異常，令人驚駭的是白蛇被鎮壓在雷峰塔下，雷峰塔為父權的象徵，雷峰塔倒塌代表父權的崩毀，白蛇重現，在張的筆下化為妖媚的女人與邪惡母親。就像書中秦干說的：「人家說只要寶塔倒了，她就能出來，到那時就天下大亂。」

從神話的角度來看，白蛇重現天下大亂這或許是作者想表達的主題，除去戰爭的描寫，倫理失序更是重點，大難來臨，人人四處奔逃，變得自私自利，父不父，母不母，子不子，親情倫理的災難比戰爭更恐怖。

琵琶被關在小樓半年多，類似白蛇被壓在雷峰塔下，琵琶逃出小樓，引發一連串親情災難，以及戰爭，原來白蛇是她自己，她自己才是一切的亂源。

而母親在另一個神話裡，她像《女仙外史》中的唐賽兒，青州美麗的女巫，她因結婚破了身不能成仙，不讓丈夫再碰她的身子，而允許他隨意娶妾，最後她率兵反抗皇帝。

唐賽兒的原型來自玄女，又稱九天玄女，俗稱九天玄女娘娘。原為中國古代神話中的女神，後經道教增奉為女仙。

這女神有一說是雲天帝女，有一說即西王母。玄女主兵殺之職，授黃帝兵符印劍，制伏蚩尤，表現她好戰的一面，可說是司兵女神。有時玄女還是常與素女並稱「玄素」的講房中術的女仙。玄女與素女是房中術的開啟者，彭祖、老聃是她們的學生，黃帝的飛升也有賴於她們的法術，而在玄素之中，玄女又居於首位。

她是戰神，也是性愛之神，這在中國的女仙中，是多麼獨特。

作者把母親比喻為唐賽兒，勇敢與情欲的表現類似，特別強調她不讓丈夫近身，寧可讓他娶妾，自己卻周遊列國冒險犯難。她改寫玄素之女為勇敢的現代女性，這奇女子為她的勇敢與進步自傲：

「湖南人最勇敢，」露傲然道，「平定太平天國靠的就是湘軍。湖南人進步，膽子比別人大，走

---

11 張愛玲：《雷峰塔》，台北，皇冠，二〇一〇，頁二六—二七。

得比別人遠。湖南人有最晶瑩的黑眼睛。」[12]

當然她的情史也很精彩，在女兒眼中，她永遠是青春貌美，且樂意讓許多男人愛慕，作者使用神話與傳說增添小說一些神祕氣氛，然不知怎的，充滿違和感，她的神話典故大多從阿媽口中得來，難免有點走樣，她眼中的地獄像個可以轉換人生的地下工廠：

陰間的世界，那個龐大的機構，忙忙碌碌，動個不停，在腳下搏動，像地窖裡的工廠。那麼多人，那麼刺激。握著乾草叉的鬼卒把每個人都驅上投生的巨輪，從半空跌下來，一路尖叫，跌在接生婆手中。地獄裡的刀山油鍋她不害怕，她又不做壞事。她為什麼要做壞事？但是她也不要太好了，跳出輪迴上天去。她不要，她要一次次投胎。變成另一個人！無窮無盡的一次次投胎。作夢自己是住在洋人房子裡的金髮小女孩，她都不敢相信會有這麼稱心的事。[13]

這樣的地獄觀念一點也不中國，而她更想作的是外國人，這種神話奇觀式的寫法絕不是寫給中國人看的，西方人也不一定認同。移民作家改寫母國神話是一種寫作策略，是泥中有你，泥中有我的多元多音混雜文本。

邪惡母親與純真／世故的女兒一向是張作品中重要的主題，因此《雷峰塔》是少女成長故事，她逃離父親奔向母親，也是從傳統逃走向現代，《易經》則是切斷母子臍帶回返家園／樂園的旅程。小女孩成為救難英雄，她解救自己與同學，逃出戰場，回返上海。

海洋是這系列作品最常出現的場景，在西方的神話與文學中，海洋漂流的歷險故事極為常見，中國是內陸型古國不尚冒險，亦缺乏海洋神話。張的小說中描寫海洋與船行的甚多，海洋對她而言是浪漫的也是危險的，就像《伊里亞得》中描寫：「海洋的浪潮一面激起浪濤，一面流向神祕的去處。」海洋漂流的漸進代表著心智成長，靈魂探索的旅程。如果這個旅程是回返樂園之旅，那麼從召喚—變形—門檻—鯨魚之腹的歷程中，是蛇變成了人，經過戰爭的洗禮，上海成為生命的源頭與回歸的母體。

屬於琵琶的召喚，應該就是比比的出現改變她的視野與膽量，之後變成機智勇敢的女鬥士，香港之戰與老師的死，母親輸光老師給她的獎學金，這是一個又一個門檻，催促她長大，並切斷與母親的關係，之後在戰爭中奮力求生，運用機巧回到上海，通過鯨魚之腹完成自我，這是完整的女英雄成長故事，然而被作者寫得扭扭捏捏，奇形異狀。

上部《雷峰塔》還夾雜一個秦干說的「洪水同胞配偶」神話，內容是古時候洪水之後，人都死光，只剩姊弟倆，弟弟說我們成親傳宗接代，姊姊不肯，說我跑你追得上我就嫁給你，姊姊跑時被地上的烏龜絆倒，被弟弟追上，只好嫁給他。這故事讓琵琶聽了害羞，姊弟皆不敢互看。

在洪水神話中，有些與兄妹（姊弟）血緣婚神話合璧，學者稱之為「洪水同胞配偶型」神話。同胞配偶型洪水神話流傳的地域很廣，包括中國南部許多少數民族地區、中南半島、菲律賓、台灣、印

12 同上，頁一四七。
13 同上，頁一二〇。

尼及印度……來自南方的秦干訴說這故事，讓年幼的琵琶感到害羞，等弟弟長大一些，她老喊「弟弟真漂亮」：

> 琵琶這麼喊，摟住他，連吻他的臉許多下，皮膚嫩得像花瓣，不像她自己的這麼粗。因為瘦，摟緊了覺得衣服底下虛籠籠的。他假裝不聽見姊姊的讚美，由著她又摟又吻，彷彿是發生得太快，反應不及。琵琶頂愛這麼做，半是為了逗媽子們笑，她們非常欣賞這一幕。[14]

在《小團圓》中，刪去雷峰塔相關的神話與象徵，為什麼要刪去那個部分？可能是事件經過太久，又是幼年聽來的故事，有些稚氣故而刪除，改由童年神話故事轉往成年故事，時間點定在三十歲左右，即是成年邁向中年的門檻，只是時空跳動更加自由，又刪去弟弟病死母親被押，還有如何機巧騙到船票回上海的結局，唐賽兒的女仙故事也不見了，減低神話化的部分，仍保留洪水兄妹配偶神話與地獄傳說，寫法較輕描淡寫，神話的色彩減少，文學性卻增加了，它較符合詩化自傳的疏離效果與隱喻，如寫九莉與邵之雍之戀是為「追求聖杯」，也就是這段戀情具有浪漫與神聖的成分，他們互相崇拜對方，並視對方為神祇。「聖杯（San-greal）」象徵耶穌的血，是聖體或聖物，這個杯子具有某種神奇的能力。許多人相信，如果能找到這個聖杯而喝下盛過的水就將返老還童、死而復生並且獲得永生。

尋找聖杯是一個神聖又偉大的文學母題，「有能者居之」，非凡人可得，尋找聖杯是所有英雄追尋中最艱險、最偉大的壯舉。因此，無數騎士為了尋求聖杯而踏上了不歸之路：

她崇拜他，為什麼不能讓他知道？等於走過的時候送一束花，像中世紀歐洲流行的戀愛一樣絕望，往往是騎士與主公的夫人之間的，形式化得連主公都不干涉。她一直覺得只有無目的的愛才是真的。當然她沒對他說過什麼中世紀的話，但是他後來信上也說「追求聖杯」。[15]

九莉以全部生命來愛之雍，之雍帶給她的痛苦一輩子烙印在她身上，那被背叛的痛苦，如「痛苦之浴」，每當洗澡時那痛苦一再回來，「這時候也都不想起之雍的名字，只認識那感覺，五中如沸，渾身火燒火辣燙傷了一樣，潮水一樣的淹上來，總要淹個兩三次才退。」本書用的西方典故更多，連首尾也是以一部西洋電影與《斯巴達克斯》作呼應，結局以夢見西洋愛情片《寂寞的松林徑》作結，她對往事還是快樂的。姑姑與母親的關係在《雷峰塔》、《易經》中是敵對的，在《小團圓》中則是合為一體「二嬸三姑」，分中有合，愛中有恨，這「雙重母親」，更接近「神仙教母」的原型，這些區別《小團圓》與《雷峰塔》、《易經》的不同，後者是發洩之作，是給外國人讀的「獵奇」之書，前者則是出自肺腑的「真情」之書。

作者為何使用這麼多神話或傳說來訴說自己，跟她對集體潛意識的鑽研興趣有關，也與移民者的多重異己身分有關。「洪水後兄妹配偶再殖人類」故事是漢族原有還是由於異質文化的滲入，它與伏

14 同上，頁四五。
15 同上，頁一六五。

義女媧神話的關係是否有關，總之它挑戰神話的一元論，也暗含「近親亂倫」的主題，對照姑姑與明哥哥的愛情故事，使得本書具有歧義的文化屬性，它是多重異己的描述，如同霍爾在〈多重小我〉中所言：

> 我是誰——「真正的」我——乃是與多重異己的敘述互動下形成的……屬性原本就是一種發明……屬性是在「不可說」的主體故事與歷史、文化的敘述之不穩定會合點形成的。由於他／她所處的地位與文化敘述息息相關，而文化敘述完全被侵占了，所以被殖民的主體總是處於「別處」，被雙重邊陲化，總是被排除於他／她所處或所能言之位置外。[16]

移民作家藉母國變形的神話與傳說，曲曲傳達無法言說的不穩定主體狀態，怪異的神話與典故像鬼魂般四處飄散，你可以說那是母國史與文化的邪現，是一切移民者不穩定狀態的匯集。

「易經」在本書中象徵的是古老的智慧，天命或運數，或者是歷史與神蹟。就像約櫃一樣象徵上帝的神蹟與法則。中國人視《易經》為神祕的經典。作者擅於借用中國的神話或經典將自傳故事擴大為中國的家史、民國史、神話史。早期小說她愛借用傳統戲曲或經典為篇名如〈心經〉、〈金鎖記〉、〈華麗緣〉、〈鴻鸞禧〉……等，這些都說明作者對古典語言的鍾情。

然移民作家常改寫原生國神話為神話變種，使它具有文化雜種的意涵。如湯亭亭與譚恩美常改寫中國神話與文學典故，湯亭亭改寫《西遊記》的孫悟空為現代《猴行者》，巴巴認為這是諧擬或學舌，如林語堂的《京華煙雲》或《紅牡丹》，前者接近張恨水《金粉世家》，後者接近《孽海花》，然神韻味道差別很多，最大的差別是裡面的人物、文字是中西混合的產物，飄著怪異的味道，西方讀者誤以為那是中國，中國人讀來卻有距離感。主要的是他們是哈拉薇提出的「合成人」（cyborg）—「機器與有機體之雜種」，其特色在於同時遊走真／偽、內／外、自然／人工之間，使其原本相互對立之二元融合消解、流轉變形，成為「拆解與重組、後現代集體性與個人自我」，在哈拉薇的體系中，合成人又與可與雜種、拼鑲、蛇尾怪獸置換的，如聶華苓的《桑青與桃紅》除了出現主角的分裂體，還有「真空人」，在張愛玲這些充滿神話意義的自傳書寫中，神話的拼鑲與置換讓這些作品跳脫個人，而成為集體的象徵，它象徵著中國在走向現代化的過程中，切不斷傳統的尾巴，而成為病態與變態的文化，在這些作品中幾乎沒有一個正常人，連丫頭老媽子都變態，最變態的常在人倫之間，父親監禁女兒，繼母毒死繼子，兒子活埋母親，琵琶對父母親的反擊也是酷烈的。

移民作家較早意識到多元文化與文學混雜的問題，張套用中國典故，盡量忠實地表達中國，然美國人與中國人皆覺得怪異而難以接受。

波斯裔印度學者巴巴（Homi Bhabha）以左翼「後學」觀點，以雜種來一併消解民族、國家與多文化主義的論述建構。他認為雜種文化不能用單一的國族文化來說明，當代大城市是一個人種、文化、生活方式不斷摻混的場域，它的文化是雜種的世界主義文化。一生只愛住大都市的張愛玲愛上海與香港的傳統與現代的交融，多元文化的混雜風貌，她在美國住在小城中懷想著大城市，晚年住舊金山而

16 單德興、何文敬主編：《文化屬性與華裔美國文學》，台北，中央研究院歐美研究所，一九九四，頁九四。

怡然自得，她的作品多以大城市為背景，主要是上海、香港，小部分寫及華盛頓 DC 及舊金山，這些城市的多元文化展現的是新的世界主義，也是雜種文化，對於大都會與雜種文化甚為敏感的她，孤絕地走在時代前面。

結論

有關張的流放史比較像心理學或命理學，她的流放圖像與疾病史，比傅科、薩伊德還要複雜，她是東西南北人，也是自囚者；是都會的，也是邊城的；是病態的，卻常懷想著正常。只能說這不完全是她真正想要的人生或規畫的人生，她更羨慕別人的，包括圓臉。

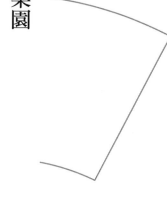

禁果與樂園

——《小團圓》與《房思琪的初戀樂園》中的文學與疾病雙重隱喻

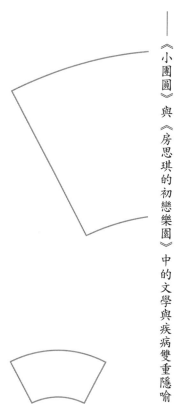

前言

一九七五年張愛玲書寫《小團圓》欲自白她與胡蘭成的婚戀，兩人相差十五歲，看似兩情相悅的愛情，是以挑逗始以「三美團圓」諷刺終的鬧劇，而她是最後知道的，知道的本身即幻滅，這場婚戀讓她的心門緊緊封閉。她聽從摯友宋淇夫婦之言，壓下此書，改寫〈色，戒〉，女主角愛上漢奸，獻身報國，卻死於他的槍下；之後胡蘭成發表《今生今世》將張愛玲寫成「正大仙容」的民國女子，兩人的文學與愛情交織，愛情與病態互為隱喻，可說至此形成強大的「張胡」症候群，此病以文學為引，誘姦為導，始亂而終棄為結，因而開啟女作家的愛情與疾病書寫。

文本的改寫與虛構亦隱藏著作者迂迴的心思，說明禁忌的愛帶來的巨大陰影與創傷。

三、四十年後，視張愛玲為「宗教」的林奕含，步上張的後塵，釀下更大的悲劇。

張愛玲的「自傳三部曲」寫的是母女一體／分裂與禁果樂園的幻滅，她將《紅樓夢》視為「禁果的樂園」的經典，而她以反諷延續此一文學母題，林奕含更以樂園為主軸，倒寫樂園，顛覆樂園。自世紀交替的「張愛玲熱」在台灣文青退燒之後，新一代的張迷挾著更大的資訊量與迷文化，將張與胡合起來成為一個新文本，那是博學女子與博愛男子的新才子佳人傳奇。

張愛玲的家族與摯友的才子佳人情結與書寫，我曾在去年另一篇論文提及，主要說明：

張高舉《紅樓夢》與《海上花列傳》，除了它們是現代性與世界性的，主要是才子佳人故事的悲劇性，最後都導致戀夢幻滅之境。她一生寫了多少亂世姻緣、才子佳人故事，源自集體潛意識的匱乏與補償，它們並非單純的鴛鴦蝴蝶故事，除了承襲傳統小說的精神，還以自我完成的追尋，表達了一個時代的集體匱乏與殘缺；後期的作品顯然傾向打破佳話；少部分的故事有帶著嘲諷意味的情緣完滿的結局，如〈傾城之戀〉與〈鴻鸞禧〉、〈留情〉、《十八春》……然戀夢幻滅才是她作品中的重要母題，如〈金鎖記〉、《半生緣》、〈小艾〉、《易經》、《小團圓》……因此她的才子佳人只是表面，骨子底是虛無的，故而是非典型的才子佳人小說，這說明她是挖掘人性黑暗的高手。她穿過世情，卻能洞視愛情的荒謬本質，因此才成就一篇篇傳奇佳作，且深入人心。[17]

張在心理上有才子佳人情結，在作品上卻往打破佳話的方向一路走來，在豔異的空氣中突然掉下來，而二〇一七年林奕含出版《房思琪的初戀樂園》，也是往反佳話的方向走，已有多年病史的她，兩度書寫與老師的戀情，第一個版本《初戀》是個「正常」的愛情故事，第二版本主旨在「愛上誘姦

17 周芬伶：〈張愛玲家族與至交的才子佳人情結分析——傳記書寫的生命圖形〉，中區跨校研討會，二〇一七，七月。

犯」、「文學是巧言令色」、「文學辜負了她們」，這大經緯與全面性的指控，將張胡的語彙用到極致而更有過之，作者的世故與銳利亦比諸張有過之無不及，兩者的自傳書寫可說具有互文的關係，也有文學的傳承關係，裡面關係到文學、愛情、自我、疾病的多重隱喻。

禁果與樂園神話，是神棄的人類墮落故事，也是末世之前的成長故事，主角應該是亞當、夏娃與蛇與罪惡的投射，當女性書寫著夏娃，是樂園神話的倒寫，具有明顯的反諷意味，因此倒著讀也許是另一種閱讀策略。

樂園神話通常是成長故事，然而女主角卻停滯在某個時期，童女與青春期、後青春期，這種時序的停頓或延遲，是種心理的倒退，抑或是創傷的一種，從創傷者的角度，時間是變形的時間，空間通常是一個又一個房間，更多的是被囚禁的空間。

林奕含的改寫跟張愛玲的增刪，是否也是創傷症候群的一種？被文學與愛情辜負的人，所控訴的恰恰是「真相」的逃離？或者說是將愛情之罪判定為文學之罪，或以文學為工具，作愛情之復仇？本文想探討的是這種在大敘述中所包含的文學隱喻。病是隱喻的一種，文學又是另一種，因此是雙重的。

延遲的女性自傳小說

自傳小說這文類，是小說中較晚卻快速成長的一類，小說有其虛構之一面，亦有其寫實之一面，自傳小說在虛構與寫實之間遊走，可以說是自我的大書寫，然作者不願以紀實的傳記體出之，大體來說，在美學上是有創作小說的企圖，其出發點雖是自己的，目標卻是成為具有藝術性的作品，如此將自我通向廣大的人類；亦將真實化為藝術的真誠。

較好的自傳小說是帶有哲思意味的，如盧騷《懺悔錄》、齊克果《誘惑者日記》，它們皆訴說存在的虛妄，自我執迷造成的痛苦：五四以來，女性自傳最早為建構新女性的主體性，具有披荊斬棘的粗莽氣息，如謝冰瑩《女兵自傳》、盧隱《海濱日記》……，而後建立女性文學特有的美學如蕭紅《呼蘭河傳》、蘇青《結婚十年》，至張愛玲似乎開出另一條道路，有如普魯斯特《追憶似水年華》的心靈傳記，以自身的生命作一生無窮的書寫，不斷修改、增刪、多個版本，從單篇散文〈私語〉、〈燼餘錄〉到大部頭《雷峰塔》、《易經》、《小團圓》而至有「自傳三部曲」之說。

它們以自傳小說為底，禁果的樂園為母題，青春與天使，性愛與蛇，男人與女人，一種失去樂園的永劫回歸，這都是不能避免的內容。從此角度張愛玲的自傳三書與《房思琪的初戀樂園》，在文本上有傳承意義，也可形成互文關係。

有關文本的傳承，禁果與樂園母題訴說的事件固定，訴說的方法不同，然而什麼的事件值得一說再說？

張愛玲的《小團圓》看來是較直接的愛情自書，然在這之前的小說或劇本裡仍可見一些自己的影子，如電影劇本《不了情》中愛上有婦之夫的家茵與長篇小說《半生緣》與被姊夫強暴的曼楨、短篇小說〈色，戒〉中的王佳芝，尤其後者為《小團圓》之改寫，把女主角改寫為為國獻身的女學生，不管是「強暴」或「獻身」都是帶有非自願的意思，重重疑影，更引發諸多想像；《小團圓》面世之後，她承認愛他、崇拜他，甚至知道他有別的女人，也曾動過殺他或自殺的念頭，最重要的是她對這場愛的注解：

> 她從來不想起之雍，不過有時候無緣無故的那痛苦又來了。威爾斯有篇科學小說《摩若醫生的島》，寫一個外科醫生能把牛馬野獸改造成人，但是隔些時又會長回來，露出原形，要再浸在硫酸裡，牲畜們稱為「痛苦之浴」，她總想起這四個字來。有時候也正是在洗澡，也許是泡在熱水裡的聯想，浴缸裡又沒有書看，腦子裡又不在想什麼，所以乘虛而入。這時候也都不想起之雍的名字，只認識那感覺，五中如沸，混身火燒火辣燙傷了一樣，潮水一樣的淹上來，總要淹個兩三次才退。[18]

將這場愛形容為人獸變的「痛苦之浴」，然這本書除了表明愛，也表明了「憎駭」，她最在意的「名分」，把離婚啟事與婚書，還有之雍的拿整箱紙鈔來養家，細節說得很清楚。

然怎麼看這都像一部遲來之書，或倒退的書寫，她的自傳三部曲，年齡與時間似乎凝結，也可說停滯在創傷的那個點。

張愛玲的病說來是情緒的病，在賴雅日記中曾寫到幾次發病，不吃不能起床，像得重病一樣要躺好幾天，少女時期她雖瘦，然瘦不見骨，到美國之後就瘦到超標很遠，上海時期她還有正常的社交與宣傳活動，到香港之後她只見宋淇夫婦，對人格外疏離。

相同的「延遲」情形發生在林奕含身上，二〇一〇年她寫了《初戀》，大抵是個像《窗外》那樣的師生戀故事，那年林奕含只有十八歲，隨著時間，理想的初戀幻滅，病情沒有好轉，她的病也是心理的，主要是不想活，這讓她二〇一七年在寫《房思琪的初戀樂園》時有孤注一擲的意味，在最後的訪談中她將此書定調為「愛上誘姦犯」的故事。一九七五至二〇一七相隔三十八年，張與林的話幾乎是一致的，也許還要增寫為「愛上誘姦犯而生病」的故事，她們的心理也都停留或倒退至某一個點。

這也許是被誘姦者的心理，事件一直沒過去，不管如何書寫。而關於誘姦的故事常是延遲或一再更改說法，或竟至沉默留下空白。

一九九二年張愛玲出版《對照記》可說是圖像版的家族與自傳，她剔除所有跟她有關的男人，只留下對祖父母的愛：「他們只靜靜地躺在我的血液裡，等我死的時候再死一次。我愛他們」，這裡的血液之愛有著才子佳人的情結，過往家族的愛情故事成為這空白的補償。張愛玲的愛情糾結代表著她出身的家族，也代表著她所面臨的時代，如卡爾・古斯塔夫・榮格（Carl Gustav Jung）所說：

> 一個時代就如同一個個人；它有它自己意識觀念的局限，因此需要一種補償和調節。這種補償和調節通過集體無意識獲得實現。在集體無意識中，詩人、先知和領袖聽憑自己受他們時代未得到表達的欲望的指引，通過言論或行動，給每一個盲目渴求和期待的人，指出一條獲得滿足的道路，而不管這一滿足所帶來的究竟是禍是福，是拯救一個時代還是毀滅一個時代。……它不停地致力於陶冶時代的靈魂，憑藉魔力召喚出這個時代缺乏的形式。藝術家得不到滿足的渴望，一直追溯到無意識深處的原始意象，這些原始意象最好地補償了我們今天的片面和匱乏。

18 張愛玲：《小團圓》，台北，皇冠，二〇〇九，頁三二四。

以張愛玲為例，說明作家從自身的匱乏中，在生活與創作中尋求補償，追溯才子佳人的古典意象，以書寫拯救了自己：然是否也拯救他人呢？而林奕含的事件擴大為社會事件，掀起巨大波濤，是否反映著一個時代的匱乏，而共同追溯樂園與禁果的原始意象，如此赤裸與野性，以某種特殊的魔力填補時代的空缺。

據統計被誘姦者從事發到求救，約需七至九年，或者更久，或者永不吐露。付諸於書寫的人，不斷改變說詞或自相矛盾，恰是創傷者的心理，這些倖存者因為逃避或陷入矛盾中，停止成長，這也許可以說明張愛玲的「自傳三部曲」，主角的年齡停在三十歲之前，或更小；而房思琪退回到十三歲。

房思琪嚮往被污染前的童女的純潔，她心中存在著「等待天使的妹妹」，那是無數個沒有男性的純女性世界，也許林的女性意識太強了，遇到壓迫，讓她更加清醒，領悟一個以陽具統治的世界，是集中營式的強暴，人類歷史上最大的屠殺是「房思琪式的強暴」，這種醒悟太痛苦，而讓各種精神疾病凌遲著她。

而張愛玲的自我囚禁不斷回到創傷的現場，父親的囚禁，愛情的囚禁，她覺得當時像走入古代女人的行列：

在黯淡的燈光裡，她忽然看見有五六個女人連頭裹在回教或是古希臘服裝裡，只是個昏黑的剪影，一個跟著一個，走在他們前面。她知道是他從前的女人。但恐怖中也有點什麼地方使她比較安心，彷彿加入了人群的行列。[19]

這裡指涉的是一種多妻主義，她似乎是安心的但也是恐怖的，被誘姦者不會只有一個女人，在幻想中更多，而她只是她們之中的一個，把自己盲目化、庸眾化，似乎是麻痺痛苦的辦法，但這也只是暫時性地逃離。

想逃離而造成書寫不斷離題、四分五裂、碎片似的寫法，彷彿可以不斷增刪，開放的文本，這也是顯現西蘇所說女性書寫為多元散發的文本，以及女性自傳特有的自我建構的特性。[20]

另外，延遲帶來的語言差，構成以子之矛攻子之盾的對峙書寫，「語言差」可說是性暴力倖存者的語言特徵，如張亦絢所說：

思琪在自我對話以及與加害者對質的過程中，從嚴重落後，一步步追趕上對她極度不利的「語言差」，運用的並非任何理論，而是以「對手（老師）的語言」反擊之。細心的讀者會發現這番語

19 周芬伶：〈我聽到她在唱歌——賴雅日記中的張愛玲〉，節選翻譯《賴雅日記》，《印刻文學生活誌》，頁二五六。

20 Cixous, "The Laugh of the Medusa." Trans. Keith and Paula Cohen. In Elaine Marks and Isabelle de Courtivron (eds.), New French: 1980, P. 260.

> 言馬拉松，思琪是從鳴槍的驚慌始，一路等比加速——儘管此番衝刺，我們讀來心酸。這並非脫離現實的智商跳表，毋寧說是絕境逼出的才智狂飆。然而，暴力是對「語言與智識有效性」的絕對否定。思琪雖有「反將一軍」的文明，文明不敵野蠻。[21]

至於張的書寫語言差，她以低抑的藏閃手法，直白的性愛與創傷，毫不機巧地寫出「人生的金石聲」，她的才氣足以為胡蘭成師，胡也承認經她的調教才知書寫之道，胡追趕著張的文字，自成一說，然張似乎無意爭辯，她要說自己真正的心聲，後來寫的〈色，戒〉，是另一個隱藏版，他利用金錢與權勢殺了她，沾沾自喜地獨活下來。他們形成的互文，讓我們知道愛沒有真正的真相，經過生生死死，那存活下來的誘姦者是最邪惡的。

美國研究女性自傳的學者漢克（Suzette Henke）認為女性自傳小說常採用「重複」、「象徵」、與「不可信敘事」等敘事手法，來呈現女主角重新省視創傷的過往，以重建（瀕臨）瘋狂、變形的女性主體性與身分認同，並獲得自我療癒的過程[22]。張的書寫偏向「重複」與「象徵」；林的書寫偏向「不可信敘事」，然張與林的自傳小說雖不以治療自我為目的，然它們共同的特色，是提供另一種女性自傳書寫途徑是以語言差、延遲、追溯原始意象，直指亞當的罪與墮落。

以愛為名的誘姦與才子佳人情結

男女因生理構造差異，在性行為和其他動物無異，陽具以插入為主，以授精為導向，這種入侵的動作，無論在什麼樣的狀況下，都會讓初次目睹的女性震驚，不管在婚姻中，或有較長的熱身，都不會是愉悅的，就像九莉的第一次，她是深愛他的，但性行為的怪異還是讓她吃驚，且疼痛；而房思琪的第一次則被陽具塞入口中，她覺得自己被「弄髒」了。

女性的第一次以處女膜破裂落紅為主，「插入」、「破裂」、「落紅」都是破壞性、毀滅性的語詞，如果還有位階與輩分的差異，那產生的奴役感與屈辱感更深，這些都將毀滅女性的主體性，而淪為客體或他者化。性愛是奴役的王國，女性身體一再被插入與弄髒，自我粉碎；如性愛的操縱者一再強調這是愛。那麼客體可以自欺這是為性而愛的，或者為愛而性，如果騙不過自己，那自己就淪為性奴役王國的奴隸，因此落入性／愛的無間道。

無論是什麼樣的破處看起來都像誘姦，哈代的《戴絲姑娘》或齊克果《誘惑者的告白》、納博可夫的《羅莉塔》，以男性的角度來寫誘惑者的心理，然而女性在此書寫中是客體，她們真正的心聲為何？就算在女性意識發達的二十世紀以及現在，被誘姦的女人仍保持沉默，她們是「無人聞問的個體」，書寫也在黑暗大陸之中，更何況菁英才女，要揭露這件發生在自身的事件，需要冒著多大的危險，那將讓她們的優勢化為不堪，因此只有以文字翻轉弱勢，獲得一點自尊，這也是這兩個作家的書寫，

21 張亦絢：〈羅莉塔，不羅莉塔：21世紀的少女遇險記〉，收於《房思琪的初戀樂園》，台北，游擊文化，二〇一七，頁二三五－二三六。

22 漢克（Suzette Henke）：《破散的主體：女性生命書寫中的創傷與見證》（*Shattered Subjects: Trauma and Testimony in Women's Life-Writing*），London: Palgrave Macmillan, 2000, xiii-xiv.

勇敢與瘋狂之舉，因此特別值得注意。

然文字與肉體交織的雙重誘姦，這是「文學少女」最大的酷刑，當「說愛如說教」、「做愛如作文」，是文學的也是愛情的，或沒有了愛情也就失去文學（語言），這種「愛失禁」是文學病也是心理病，那一場又一場的性愛，如靈魂的絞肉機，少女被愛與語言囚禁，是從囚禁到文學，以及文學如何被誘姦，再到被囚禁的過程。這是文藝少女最為恐怖的惡夢，如寧喬愛玲所說「對文學的追尋同樣也逃入監禁的一種自我圈禁」。[23]

誘姦者以愛為名，卻只是片面要求被誘姦者，而男性需求是越多越好，這樣不對等的愛情，很快就會破局：

> 九莉想道：「他完全不管我的死活，就知道保存他所有的。」
>
> 她沒往下說，之雍便道：「你這樣痛苦也是好的。」
>
> 是說她能有這樣強烈的情感是好的。又是他那一套，「好的」與「不好」，使她憎笑得要叫起來。[24]

九莉要之雍作選擇，他說「要選擇就是不好」，九莉覺得這是瘋人的邏輯，這一段兩人倒說相當一致，只是胡說得更多：

> 愛玲道：「美國的畫報上有一群孩子圍坐喫牛奶蘋果，你要這個，便得選擇。美國社會，是也

叫人看了心裡難受。你說最好的東西是不可選擇的，我完全懂得。但這件事還是要請你選擇，說我無理也罷。」她而且第一次作了這樣的責問：「你與我結婚時，婚帖上寫現世安穩，你不給我安穩？」

我因說世景荒荒，其實我與小周有沒有再見之日都不可知，你不問也罷了。愛玲道：「不，我相信你有這樣的本領。」她歎了一氣、「你是到底不肯。我想過，我倘使不得不離開你，亦不致尋短見，亦不能再愛別人，我將只是萎謝了。」我聽著也心裡難受，但是好像不對，因我與愛玲一起，從來是在仙境，不可以有悲哀。[25]

當博學女子碰上博愛男子，必然會碰上「沒有選擇」的難題，或者「他有很多選擇」而「我沒有選擇」的難題，最後導致分手，時過境遷，多年之後才醒悟，自己只是眾多玩物之一，而愛情的動機遭到質疑，或誘姦或獻身或強姦，而以文學的話語開啟的對話，卻以謊言作結，這讓女方痛苦不堪。如張娟芬所說：

23 寧喬艾玲（Ninh, erin Khue），黃素卿譯：《忘恩負義：亞美文學中債台高築的女兒》，台北，台灣書林，二〇一五。
24 張愛玲：《小團圓》，台北，皇冠，二〇〇九，頁三〇五。
25 胡蘭成：《今生今世》台北，遠景，一九七六，頁一三四。

誘姦犯持以相誘的，不是別的，正是歷史、文學、藝術；真、善、美。房思琪像一個虔誠的教徒遇上了神棍，他對更高價值的信仰，被代理人給中飽私囊了。接下來有兩種可能的走法，其一是小說末尾劉怡婷的體會，「她恍然覺得不是學文學的人，而是文學辜負了她們」；也就是：信仰錯了。其二是林奕含在最終錄影裡問的，藝術豈能容忍巧言令色，也就是：信仰沒錯，神棍錯了。林奕含說話語氣溫婉，但只有說到巧言令色這一段，略微激動起來。在我聽來，他對李國華或胡蘭成說的是：你們這些欺師滅祖的傢伙。他寫《房思琪的初戀樂園》是清理師門，把文學的正典重新在自己手上建立起來。[26]

這裡是才子佳人（始亂終棄）的經典加上文學的經典，雙重的神話，多重的枷鎖，最後被語言弄捆綁而至瘋狂。有種說法：「強姦沒有性欲高潮，這是一種進入人體內的快速手淫。這不是性的，而是傷害。」[27]雖然傅科認為被強姦或誘姦有時還樂在其中，他舉波蘭斯基誘姦小女孩，當事人還打電話跟朋友討論這件事。有許多被性侵的人，可能當時渾然不覺，通常是多年後才感到傷痛。這種創傷也是延遲性的。

當誘姦被解釋為愛的一種，「愛上誘姦犯」這組語詞是有病的，作者也自知這說服不了自己，她們這樣自我洗腦，因之最後陷入瘋狂，語病與疾病同時存在。因此作者的譴責意味十分濃厚。

追溯張愛玲的一生，很複雜也很單純，不斷遷移與流動，造成寫作題材與文風轉變：國籍與身分轉變，讓她越走越在主流之外；家族陰影與才子佳人傳奇，成為她書寫不盡的泉源。

這是一種深度傷害造成的極度匱乏，更需要愛的理由，遭性侵的受害者，強迫自己相信對方愛自己，自己也是愛他的。甚至生出「絕配」、「超越世俗」的愛那種想法，這也是才子佳人的情結在支撐著受害者。

這讓張愛玲的小說與傳統小說有了承先啟後的關係，上接話本、章回，尤其是話本小說的才子佳人與骨肉離散故事，充滿底層的生命力，而在敘事藝術與境界的追求，直接受《紅樓夢》影響，如同曹雪芹與《牡丹亭》、《金瓶梅》的傳承關係。是為古代跨到近現代的重要聯結。

張與宋氏夫妻三人的年齡相近，家庭背景有許多相似之處，最大的交集是文學、英文、上海，在人生境界上，宋氏夫婦的宗教背景，讓他們常有忘我利他的情懷，對朋友更是肝膽相照。也就是說光宋一人已是奇人奇才，卻碰上另一奇人奇才結成夫婦，結識另一奇人奇才張愛玲，在先天上就屬奇緣。然張沒有宋氏夫婦的無私情操，對一向強調自私的她，從此有了人生境界追求的改變。

溫暖的家庭、犧牲奉獻的精神、融洽的人際關係，這都是張未曾擁有的東西，有才氣的人她見多了，大多自私無情、家庭破裂或關係惡劣。但有才氣又會生活與付出的才子才女，這是她從未見過的，現在她更嚮往這些，這也是她到美國之後，選擇賴雅的主要原因，在情操上，賴雅對朋友的無私、熱情，

26 張娟芬專欄：〈住在帝寶的孤兒——房思琪〉，二〇一七年六月二十二日，https://www.upmedia.mg/news_info.php?SerialNo=19318。

27 同註11。

不是另一個宋氏夫婦嗎？

她的生活轉正之後，自然要發出「道德」的譴責書，經過時代變遷，才子佳人故事已成陳腐的套路，當博學的文學天才碰上博愛的「無賴」中年男子，創造另一種才子佳人文本的變種，它帶有濃厚的道德譴責意味。

而林卻在來不及遇到真正的知己前崩毀，她只有倒寫才子佳人故事，是對張胡戀或文本的顛覆，也是對文學與愛情的雙重瓦解，主要是裡面只有性，而沒有愛，或者說感覺不到愛，只有壓迫與誘騙是真的，與張相比，她更為不幸。

噤聲的女人——在陽具中心下失去話語權

「他硬插入我的嘴，我只能說抱歉」，沒有比這句話更能象徵話語權的消失，文中使用的警語、雙關語滿滿都是，怡婷的唇語、紋的「心語」，都是被阻斷的語言，而欲言又止說了一半的語言更多，如「我只能說抱歉」也是半語（抱歉我不喜歡、不願意、我想吐……），這話中有的話更令人尋味。其中有一長段她跟怡婷的唇語，怡婷認為她跟思琪有「我們」的語言，她質問思琪與老師也有「你們」的語言嗎：

小時候我們都說不學語言，可是我們之間不是語言還會是什麼？你們之間不是語言難道是什麼？我一個人在屋子裡好孤單，每次你回家，就像在炫耀一口流利的外語，像個陌生人。（思琪）我

> 不相信你這個理論，我在「那邊」只有聽話的份。聽話本來就是學習語言，就像文革時的標語和大字報。你說對了，這正是文革，我在「那邊」的願望就是許願，夢想就是作夢。[28]

作者創造出怡婷這個角色，既是思琪的心靈姊妹，也是在事件之外唯一沒被污染的角色。她們所訴說的唇語，是自成一套外於成人世界的語言，也是作者在真理兩端的對峙與辯駁。她們在成人世界無法說出真話，只能用這種無聲的語言對話，因此更為赤裸與真摯。

也許作者要說的是話語很難抵達真相，話語也是套中套，一層又一層的套語，在李國華撕開她的衣服時，思琪說起跟怡婷求救的唇語「不要，不要」，而李國華誤讀為「婊，婊，婊，婊」，李國華說：「不行的話，嘴巴可以吧。」她說「我不行，我不會」，李國華硬插進她嘴裡她說的抱歉其實是：「我的老天爺啊！」在日記中，她解釋這句話：「我的老天爺，多不自然的一句話，像是從英文硬生生翻過來的。像他硬生生把我翻面。」這裡存在著嚴重的誤讀，也許李國華與房思琪們就是一場又一場誤讀，永無溝通的可能。

在純女性的國度，女人可以發明或改寫父性話語，然陽具侵入女體，以陽具為中心的父性語言更是另一種侵入與瓦解，已然潰散的女性語言只有重新以建構自己，然往更多元、多重、隱晦的方向走

28 林奕含：《房思琪的初戀樂園》，台北，游擊文化，二〇一七，頁一八四。

去，只有如此，她們保護了語言，也以語言保護自身。

對照《今生今世》與《小團圓》，這可能是張愛玲話說最多的戀愛，但是胡蘭成說得比她多得多，他掌握著詮釋權，沾沾自喜於在眾多女子中得意於情場，失意於政局，用金錢與權勢擺布弱女子，他書寫〈民國女子〉仍想在這場戀愛中奪得話語權，雖然他高度讚美了張，然他也高度讚美其他女人：

> 一、我們兩人在一起時，只是說話說不完。在愛玲面前，我想說些甚麼都像生手拉胡琴，辛苦喫力，仍道不著正字眼，絲竹之音亦變為金石之聲，自己著實懊惱煩亂，每每說了又改，改了又悔。但愛玲喜歡這種刺激，像聽山西梆子的把腦髓都要砸出來，而且聽我說話，隨處都有我的人，不管是說的甚麼，愛玲亦覺得好像「攀條摘香花，言是歡氣息」。[29]
>
> 二、我們兩人在房裡，好像「照花前後鏡，花面交相映」，我與她是同住同修，同緣同相，同見同知。愛玲極艷。她卻又壯闊，尋常都有石破天驚。她完全是理性的，理性到得如同數學，它就只是這樣的，不著理論邏輯，她的橫絕四海，便像數學的理直，而她的艷亦像數學的無限。我卻不準確的地方是誇張，準確的地方又貧薄不足，所以每要從她校正。前人說夫婦如調琴瑟，我是從愛玲纔得調弦正柱。[30]

經過張的調教，胡寫成《今生今世》，裡面自誇自滿自得之處甚多，在情感上他確實是「濫」、「無賴」，她寫《小團圓》說明自己，沒想到《今生今世》漫地開花，《小團圓》卻被封藏了，一般只把他的書寫當一面之詞，二〇〇九年《小團圓》正式出版，有種水落石出的感覺，張胡之戀已成一種新的才子佳人文本，他們各自的書寫成為互文，也是跨世紀大八卦，一時新的張粉胡粉繼起，當時林奕含十八歲，正經歷與老師的愛情震撼，對這樣的事件與文本自然銘刻在心。

在林身上我們看到張的影子，而新一代的張派，也就是八年級生，這被稱為「厭世代」的作者，他們的生命基底已不是明朗的，思維更是錯綜複雜，一生下來便是手機年代，電腦對文學的衝擊沒有想像大，真正的天敵是「智慧型手機」，它看來無所不能，Google 大神、臉書、亞馬遜（在台灣可能是誠品、金石堂）、YouTube，食衣住行育樂全包，當大家都變成低頭族，誰有耐心再去讀文學經典，而成長在手機世代的房思琪，卻熱衷於閱讀文學經典；杜斯朵也夫斯基、湯瑪思曼、村上春樹……這像是四五年級生的八年級，在心靈上跟邱妙津、黃國峻、袁哲生更為接近，在文筆則是張腔的延續，造成她跟時代不那麼搭調，甚至是自己走著寂寞的文學路。

八年級作家也是遲到的，他們的上一代七年級作家，大多在二十歲出道，二十幾歲已大放異彩，三十歲攻占文壇，而八年級作家除了林奕含，冒出頭的還真的不多，她出書已經二十六歲了，旋即隕逝，然她發出的光芒，足可掩蓋許多人。

這是為什麼本論文要將她與張愛玲相提並論，就處女作而言，並不遜於張的「傳奇」，林的影響

---

29 胡蘭成：《今生今世》，台北，遠景，一九七六，頁一〇九。

30 胡蘭成：《今生今世》，台北，遠景，一九七六，頁一一四。

力與討論度更大，倒不是媒體效應，光是討論她的文學大家就很多，文學的意義更大。

八年級生這樣悲壯的上場，還有些微妙的社會因素，當台灣的同志平權與同婚變成重要議題，女性，尤其是「異女」的地位遭受前所少有的冷視，在女權的呼聲減弱，一直存在父權社會中的「厭女症」更加惡化，不只異男厭女，同男厭女更深，異女的地位表面上獲得提升，在公私領域，或潛意識裡，她們已游離至主流之外，異女的書寫也不再如前輩作家一樣吃香，以林這樣優越的條件，在公私領域受到的排斥，甚至成為性侵與精神病患，不能說跟整個社會長期對異女的漠視無關，因此林事件是女權的問題，也是人權的問題。

女性作家瓊・史密斯（Joan Smith）對《厭女症》（Misogyny）的解釋為：「廣泛存在於文學、藝術和種種意識形態表現形式之中的『病症』，表現為對女性化、女性傾向以及一切與女性相關的事物和意義的厭惡，並把婦女，尤其是婦女的性，當作死亡與痛苦，而不是當作生命和快樂的象徵。」[31]而性侵與性暴力是更為把男女間的衝突帶到極致，如寧靜戰爭一般。

這是只有在白色恐怖的威權時代才會發生的事啊，莫怪林說全天下最恐怖的暴力，不是集中營式的，而是房思琪式的。

胡蘭成對女性的「博愛」，是藉女性強化自己的男性，女性成為自我認同的工具，他說他愛女人，老的不喜歡，他偏愛無經驗的處女；而李國華慣對羅莉塔式的女學生下手，他們共同點是對女人造成的傷害無動於衷，正是這樣，厭女與羅莉塔交織，暴力與威權的陰影更重。

李國華也以胡蘭成自比，並套用他的話語：

他說：「我跟你在一起，好像喜怒哀樂都沒有名字。」房思琪快樂地笑了，胡蘭成的句子。她問他：「胡蘭成和張愛玲。老師還要跟誰比呢？魯迅和許廣平？沈從文和張兆和？阿伯拉和哀綠綺思？海德格和漢娜鄂蘭？」他只是笑笑說：「你漏了蔡元培和周峻。」思琪的聲音燙起：「我不認為，確切說是我不希望，我不希望老師追求的是這個。」[32]

房思琪不希望老師追求的是師生戀加才子佳人或天才組合，這種延用或盜用，引起房思琪的反感與反對，但永遠都是老師在說，並不聽她真正的話語，只有在事發多年後才吐露：

> 羅莉塔之島，她問津問渡未果的神祕之島。奶與蜜的國度，奶是她的胸乳，蜜是她的體液。趁她還在島上的時候造訪她，右手食指中指呈人字，走進她的陰道。把她壓在諾貝爾全集上，壓到諾貝爾都為之震動。告訴她她還是他混沌的中年一個瑩白的希望，先讓她粉碎在話語裡，國中少年

---

31 瓊・史密斯（Joan Smith）既是小說家、記者、人權競選者，又是國際筆會前獄中作家協會主席。她曾在《獨立報》（*Independent*）等諸多全國性報刊上發表過文章，更在電台擔任定期節目播音員。史密斯先後曾出版過圖書《何將倖存》（*What Will Survive*）、《道德》（*Moralities*），以及受到高度讚揚的《厭女症》（Misogynies）與五部偵探題材小說。

32 林奕含：《房思琪的初戀樂園》，台北，游擊文化，二〇一七，頁八一。

還不懂的詞彙之海裡，讓她在話語裡感到長大，再讓她的靈魂欺騙她的身體。33

羅莉塔在話語中粉碎，身體被弄髒，文字還能再乾淨或完整嗎？這裡是羅莉塔的倒寫，羅莉塔的反思，《羅莉塔》原是滿是情色描寫與顛倒性欲的狂人告白，林卻將羅莉塔文本反過來寫，讓眾多的羅莉塔為中年老師瘋狂，或者自殺；原著的中年老師為羅莉塔殺人，林寫的卻是諸多羅莉塔，為中年老師崩壞，她們的快樂與痛苦，其實很難定義：

房思琪的快樂是老師把她的身體壓榨出高音的快樂。快樂是老師喜歡看她在床上浪她就浪的快樂。佛說非非想之天，而她在非非愛之天，她的快樂是一個不是不愛的天堂。她不是不愛，當然也不是恨，也決不是冷漠，她只是討厭極了這一切。他給她什麼，是為了再把它拿走。他拿走什麼，是為了高情慷慨地還給她。一想到老師，房思琪便想到太陽和星星其實是一樣的東西，她便快樂不已，痛苦不堪。34

這段文字的機巧與靈動，將不對等師生戀或誘姦描寫鞭辟入裡，她的文字也許不如張的華麗與氣韻生動，然批判與嘲諷的力道有過之無不及，她們的筆風有一脈相承的關係，說林是張的傳人亦說得過去。

如果硬要區分，「三三」文體在胡的這邊，與理學近，離紅學遠，許多被指為張腔的其實是胡腔，而林的書寫較近張腔，但又有胡的理學（胡理學），總之是奇妙的組合。

用泣血的書寫奪回話語權——反樂園神話與反才子佳人小說

才子佳人小說是作為淫風熾盛的晚明小說的反撥而出現的，才子佳人小說從單篇作品看大多成就不高，但作為一個文學流派，從總體上來說，是人情小說的一個分支，是連結《金瓶梅》與《紅樓夢》之間的過渡環節。張愛玲將才子佳人小說（或世情、狹邪小說）提到嚴肅文學的層次，主要是它們的反動精神，素政堂主人在《玉嬌梨序》中說：

> 世於男女悅慕，動稱風流。……蓋郎挾異才，女矜殊色，甚至郎兼女色，女擅郎才，故其逅遇作合，為人欣羨，始成佳話耳。……小說家艷風流之名，凡涉男女悅慕，即實其人其事以當之，遂令無賴市兒泛情，閨婦得與鄭、衛並傳。……每欲痛發其義，維挽淫風……以一洗淫污之氣，使世知風流有真，非一妄男女所得浪稱也，何其快哉！[35]

33 同上，頁四七。
34 同上，頁七二—七三。
35 荑秋散人編次，馮偉民校點，《玉嬌梨》，北京，人民文學出版社，一九八三，頁三。

才子佳人小說原是為反淫穢、反污染而存在，然其大團圓結局卻成公式，張愛玲雖有才子佳人情結，在書寫上她是反才子佳人的套路，她讚許《紅樓夢》，將其定位在「禁果的樂園」，並認為八十回早本是寫實的悲劇，戛戛獨造走在時代前面，是創作，而非自傳；[36]她又將《海上花列傳》定調為「愛情」小說，優點是「氣質好」[37]，它的結局也是悲劇，兩者都不是大團圓結局。她的自傳小說更脫離了愛情的浪漫描寫，「小團圓」在「大團圓」的對面，含有「假團圓」或「非團圓」之意，在愛情上她追求的是自我的實現，與情愛虛空的本質，也就是追求聖杯，張曾在《小團圓》中寫九莉對之雍的愛是為「追求聖杯」。

「聖杯」詞源也意指心靈的統整與轉化：「聚集萬物，支持提升至更高的存在層次」以達到萬物終極境界的漸進歷程。在中世紀的文學中，聖杯則成為騎士追尋的神祕目標。追尋聖杯象徵著追尋者追求心靈的統整與轉化。但是追尋的歷程是漫長且艱鉅的，必然會遭逢陌生的道路與錯誤的轉折，唯有謙遜的勇氣與天賜恩典方可尋得。

追求聖杯的旅程可視為自性化的歷程，是一個靈性開啟的歷程。只要敞開心靈與自己的生命對話，追求聖杯的原型；若嘗試再次冒險脫離「母性之繭」，跨越人格面具與陰影、融合兩極的對立、兩性特質。在置身所在的環境中，而「才子佳人」為 anima 與 animas 的具體顯現，而漫長的追尋歷程中，她在姑姑與宋氏夫婦身上找到印證，而自身的也從此脫離「母性之繭」，而生命得以完形。並在宋氏夫婦的身上，得到人生境界的提升，因而了無遺憾。

張愛玲將才子佳人小說轉譯為愛情經典，儘管一般都將《紅樓夢》編入「世情小說」，《海上花列傳》則為「狹邪」小說，她用「禁果的樂園」母題同質化這兩本小說，並通稱為「愛情小說」，讓「愛情」成為它們的共同基調，而她對「戀愛」的見解是：

> 戀愛的定義之一，我想是誇張一個異性與其他一切異性的分別。書中這些嫖客的從一而終的傾向，並不是從前的男子更有惰性……而是有更迫切更基本的需要，與性同樣必要——愛情。過去通行早婚，因此性是不成問題的。但是婚姻不自由，……不像堂子裡是在社交的場合遇見的，而且總要來往一個時期，即使時間很短，也還不是穩拿到手，較近通常的戀愛過程。……盲婚的夫婦也有婚後發生愛情的，但是先有性後有愛，缺少緊張懸疑、憧憬與神祕感，就不是戀愛。……《海上花》第一個專寫妓院，主題其實是禁果的樂園，填寫了百年前人生的一個重要的空白。[38]

張愛玲在《紅樓夢魘》中也將紅樓視為禁果的樂園，而這樂園還是兒童樂園，對於張來說，她自己的愛是未完成，但親眼見到姑姑與宋氏夫婦的完滿愛情，有另外一種滿足；至於那未親見的祖父與祖母之愛，更令她戀戀不能自已，那純粹是愛，洗滌了她，靜靜地流在血液中。

張的深情都在愛侶與密友上用完了，一般人說她孤絕，卻忽視她有情的一面，而她嚮往的除了才

---

36 張愛玲：《紅樓夢魘》，台北，皇冠，二〇一〇，頁二一七。
37 張愛玲：《國語本海上花》譯後記，台北，皇冠，一九九三，頁五五。
38 同上。

子佳人，還有為朋友肝腦塗地的俠義之風，這種知遇之恩她領受了，也算是自我的另一種完成。

因此她寫的愛情有才子佳人的底色，卻常常是打破佳話的，這些才子佳人故事常出現的「反高潮」已與傳統的通俗情節分道揚鑣，中晚期的〈色，戒〉、《半生緣》已見特色，而她的一系列自傳小說，已走向無高潮也無佳話的狀態，情節平直低抑，點到為止。她不想寫別人希望看見的，或者故意打破佳話，這種自我幻滅，也讓讀者幻滅的寫法，可說走了偏鋒，令人心疼。這跟她骨子底的硬氣，張家人的「軸」有關，作者的虛無色彩讓一切沒顏落色，殘破不堪。然而她內心是滿足自在的。

她似乎把《雷峰塔》、《易經》寫成兒童的禁果樂園，一種愛情的新角度，重點放在她母親與父親的愛情故事，她家也是「紅樓」與「海上花」縮影，諸多的老爺與姨太太、堂子姑娘，父親與堂子來的妾室生活日常到索然無味，但那也是愛的一種，否則何必要費這麼多篇幅書寫，堂子將大把錢從家中帶走，也頗有黃翠鳳藏羅子富拜匣的狠勁，堂子的母親也有黃母的風騷，小妾痛毆父親頗有幾分小紅的潑辣，而那些個庸懦無能的老夫人、大太太，以及出色的母親與姑姑的風流史，這裡面有著禁忌的愛與性的樂園，只是她寫得很藏閃很低抑，跟柴米油鹽一般瑣碎；主角的年紀在十八歲之前，《小團圓》則把年齡定在三十歲之前，也是四大家族，也是海上風流，加入自己的故事，讓這本小說在自傳小說之上多了一些抒情詩的意味，主張古典小說好的如中國的詩，她確實是以詩意經營小說，這是她樹立的新愛情經典。

此經典從「紅樓」、「海上花」至張愛玲發揚光大，在林奕含身上得到傳承而批判力道更加突出。

林的書寫主軸與其說是性愛，不如說是語言，讓語言包圍著語言，像迴圈也像迷宮般宛轉曲折，張讚美《海上花列傳》「宛而諷」，《房思琪的初戀樂園》也稱得上這評點：而其激情與才情四射，頗有張評曹雪芹「天才不是一天造成的」，七年中她幾度改寫「初戀」系列，也可說明早本與晚本的落差，也在悲劇與喜劇之間。

遭誘姦者的書寫經常是延遲的，不被鼓勵，遭擱置，以拉岡的理論說明，當女性被父法的象徵秩序敗退，她退至鏡像時期，此時尚無言語，唇語也可說是無言語或反言語的狀態，裡面出現的雙生鏡像（思琪／怡婷），多重分裂意象（思琪／曉奇／餅乾），或母子一體（思琪／伊紋），都說明這不只是女性書寫，還是邊緣反制中心的負書寫：

> 我現在常常寫日記，我發現，跟姊姊說的一樣，書寫，就是找回主導權，當我寫下來，生活就像一本日記本一樣容易放下。[39]

她以「樂園」的出現（樂園）—失去（失樂園）—再現（復樂園）為小說的主題與結構，其實「樂園」在這裡可能是反諷，是空洞的符碼，只有禁果，並無真正的樂園，裡面的亞當不是亞當，夏娃不是夏娃，只有不斷被毀棄的房思琪們，比較接近無間道地獄。作者倒寫樂園神話。

失樂園見於《創世記》第三章。夏娃與亞當偷食了禁果，激怒上帝，上帝將他們永遠逐出了伊甸樂園，並諭示了對他們的懲罰。對於男性的懲罰是更為全面的，祂對亞當說：「你既聽從妻子的話，

39 林奕含：《房思琪的初戀樂園》，台北，游擊文化，二〇一七，頁一六八。

吃了我所吩咐你不可吃的那樹上的果子，地必為你的緣故受咒詛。你必終身勞苦，才能從地裡得吃的。地必給你長出荊棘和蒺藜來，你也要吃田間的菜蔬。你必汗流滿面才得糊口，直到你歸了土，因為你是從土而出的。你本是塵土，仍要歸於塵土」。也就是必須化為凡人，而凡人必死。

拉岡描述鏡像階段，是一種仿同作用，指自我在扮某一形象時，常會產生變形，如他所說：

「鏡像階段」是一齣戲，其內在推動力乃溉積自「匱乏」，成就於「期待」，最後則演變為「疏離身分」這個自以為是的金鐘罩（armour）。既為「金鐘罩」，其建構必然僵硬而死板，主體心智發展上的全程乃經此標示而出。主體受到與空間合而為一的誘惑，而上述的「戲」適可為此一主體「製造出」一連串的幻象，上面肢離破碎的身體意象，下達其整體的某種形式。後者以「接肢法的」（orthopaedic）一詞形容之。[40]

在《房》一書中技巧雖然偏複雜，人物分裂，時序跳動，然有一種道德的僵硬，它化為一齣又一齣充滿視覺性的誘姦與性暴力的戲碼，你中有我，我中有你，像某種接肢也像拼圖，其中最生動的人物是伊紋，她代表未來時刻的自己安慰教導未成年的自己。

這也令我們想起張愛玲少作〈心經〉，寫父女戀，裡面的女主角一分而二，也有許多鏡子意象，而在緊要關頭，窗玻璃上映照著許多嬰兒的頭，這種接肢式的寫法，或者是羅莉塔文本的最愛。而orthopaedic 在語源上為「剛直的孩童」，也就是「男童」，是否這裡分裂的女童暗含著剛直的男童，以對抗父權？

在《雷峰塔》與《易經》，更多的是神話的變形，《小團圓》不搞分裂，而作語言的「藏閃」，時空跳接，而有「一明兩暗」的光影美學，這都是早期作品沒有的。

疾病與文學的隱喻交織

當有病的文學家書寫因文學而導致的病，或是書寫因疾病而寫就的文學，文學與疾病構成一個分不出因果的迴圈，它們的隱喻不可能是單純的，而是雙重、多軌與複雜的，在語言上的表現因而展現更為藏閃的夾縫文章。

精神病人最痛苦的是失去與群體共同的語言，而在書寫上更是困難重重，他們先是有發聲的困難，然後才是書寫的困難，如傅科所說：

> 關於在現代安謐的精神病世界中，現代人不再與瘋人交流。一方面，有理性的人讓醫生去對付瘋癲，從而認可了只能透過疾病的抽象普遍性所建立的關係；另一方面，瘋癲的人也只能透過同樣抽象的理性與社會交流。這種理性就秩序、對肉體和道德的約束，群體的無形壓力以及整齊劃一

40 拉崗：《書寫選集》，頁四。

的要求。共同語言根本不存在，或者說不再有共同語言了。[41]

將病人隔離，推給醫療體系或醫生，讓他們的生活以醫生為浮木，以及唯一的求救者，這是何等的絕望，如房思琪與楚楚（精神醫師）的關係，她始終不知自己得的確切病名，只有自己猜度：

> 李國華想到書裡提到的創傷後壓力症候群，以前叫作退伍軍人病的。創傷後壓力症候群的症狀之一就是受害人會自責，充滿罪惡感。太方便了，他心想，不是我不感到罪惡，是她們把罪惡感的額度用光了。小女生的陰唇本身也像一個創傷的口子，太美了，這種罪的移情，是一種最極致的修辭法。[42]

一種疾病越神祕，與死亡的關聯度越高，其產生的疾病隱喻就越惡劣。沒有比賦予疾病以某種意義更具懲罰性的了，被賦予的意義無一例外是道德方面的。任何一種病因不明、醫治無效的重疾，都充斥著意義。首先，內心深處所恐懼的各種東西（腐敗、腐化、污染、反常、虛弱）全都與疾病畫上了等號。疾病本身變成了隱喻。其次，藉疾病之名（這就是說，把疾病當作隱喻使用），這種恐懼被移置到其他事物上。

女性作家的創作因很難被社會普遍支持與認同，在哀哀無助的情境中，她們書寫自身或筆下世界的女性角色，常與疾病、瘋狂為伍，彷彿女性作家就是疾病的意象、疾病的歷史，這是一種必然，或者誤解？回顧女性文學傳統，常具有「隱藏」卻不受制瘋狂的傳統。瘋狂儼然已成為女性創作的某種潛在抗拒方式，抑或是久經壓抑、幽閉後的心理異變症候群。

抑或是久經壓抑疾病尤其是精神疾病，除了污名化，最切實的痛苦是被隔離被禁閉，並把病人推給精神醫生，讓他成為病患精神最後的浮木，而這浮木明明是沒關係的陌生人，你常找不到他，那種孤獨感是更為可怕的，以下截取一些林奕含的臉書文說明她的無助：

二〇一五．十．十五

一個秋日晚上
近日虛弱貧窮欲死
半夜冒昧楚楚　問醫院有床位嗎
再一個人待在家我肯定會死掉
醫生說病房客滿　不然轉院
我說我沒法再跟另個人講一套身上漫長的污染歷史了
只好搭計程車去急診　亂編些症狀

41 傅科：《傅科集》，上海，上海遠東，二〇〇三，頁二。
42 林奕含：《房思琪的初戀樂園》，台北，游擊文化，二〇一七，頁一三一。

對不起醫生護理師
但我只是想要人看住我
左邊床位的心電圖像個規矩的兵嗶嗶吹哨
我遂安睡一夜
臉書朋友一百個
沒有一個我可以打電話去請求他阻止我尋死[43]

我恨極聽人教我「好好生活」
我常想到張愛玲寫銀娣——
「也許十六年前她吊死了自己不知道」
妳說「一切都是選擇」
快樂是選擇　上學是選擇　生命是選擇
我總是想：
妳真幸運，妳從未這樣生病
胃裡的酸超過心裡的酸
八年來我什麼都沒做　每天殺時間
「殺」這個想法對我說明了生命的充沛與豪奢
我光是活著就是好好生活了。

當我像長出犀角一樣生出困惑或痛苦
從沒有人可以告訴　總是積攢著　等著門診
在這個意義上　醫生是我唯一的朋友
但是我不能跟醫生午茶　逛街　自拍
——在這個意義上　我一個朋友也沒有
我好像安妮法蘭克一家　躲在書架後面
而且我深刻明白我更多的是物理地躲在書架後面
我非常孤獨
而且這孤獨絲毫不風雅
不是林間小徑的孤獨　而是洶湧十字路口的孤獨。[44]

另外精神病患長期服藥，吃藥比吃飯還重要，然藥雖能克制求死的念頭，卻也有許多副作用，讓人處在藥效造成的非人的狀態。在醫學上，疾病（disease）與病恙（illness）是一組常可交互使用卻有著些微不同的詞彙，前者表示疾病本身，而病恙則強調疑病者身心上的不適或痛苦的感受，罹患疾病

---

43 http://blog.udn.com/blackjack/102080531。
44 同上。

者不見得有病感，有病感者也不見得真的有疾病，然林的病恙感（illness）實在太深重了，它大到掩蓋她的人生，甚至比人生還大：

三月九日

崩潰
的時候借宿美美
盯著她的藥籃子看
「沒帶藥，睡不著。雖然我吃宜眠安，可是妳可以借我吃兩顆史蒂諾斯嗎？」
因為知道我是認真的　所以我們笑得如此大聲、快活
沒有藥效蓋在身上　一夜啼哭癲癇
感覺得到旁邊的她瘦小的
睡得極不均勻　極淺極碎。
一個人的時候大哭著「我好想死」
電話那頭她說「我知道，再撐一下下就好了」
掛上電話她傳了簡訊
傷心的時候記得吃飯睡覺兩件事
不要忘記我　不要忘記小說　電影

堅持一點點　就好
太傷心了
連香蕉都沒有力氣咬斷
生病它不只侵蝕　不只變成我們的人生
它變得比我們的人生都大。[45]

疾病作為一種隱喻，也就說自然的疾病本身就是一種文化的病徵，身體作為一種自然跟文化，感受與疾病的實踐基地，沒有什麼可以不是屬於文化的。林將精神疾病比喻成一場戰爭，把一切焚毀：

二〇一七年三月二十六日

之前賣書茫然無所措手足
每天臉書推銷、看排行榜、評論、擠講座內容
把戰爭與和平搬出來重讀，才終於沉澱
現在回想戰爭與和平

45 同上。

卻只想到我生命早年的創傷事件之於我
好像那時俄法戰爭棄守莫斯科，撤退時把整個莫斯科城焚毀了
我的創傷也好像一個軍隊，在離開之際把不能帶走的東西給全部焚毀了。[46]

二〇一六年十二月二十三日
…我常有大難不死之感　也常懷疑自己是否其實早已死去
想像一對分隔兩地而靈犀相通的雙胞胎姊妹
姊姊受傷　妹妹會感應而受傷
姊姊死去　妹妹感知其死
懷疑自己是否應該死去呢？
妹妹其後的人生　就是在對死亡的恐懼與嫉妒中消磨的
十八歲時把頭掛上窗簾繩子的人是如今二十五歲的我的姊姊。

她在書中描寫發瘋後的房思琪還有若干保留，在臉書中描寫自身的處境，有著濃重的求死欲望，蘇珊・桑塔格把癌症比喻作戰爭，林則把精神病比作「軍隊」，把一切都帶走，癌細胞還能「消滅」、「對抗」，而心理創傷只是個「空城」，而林的疾病她自己並不確知，因醫生怕她執著於那些病名，她自謂的「創傷症候群」，症狀雖然複雜，然「躁鬱」與「癲癇」是最要命的，前者在鬱期會無意識或積極尋死，在躁期則會像著魔般書寫。從二〇一〇年到二〇一七年林到底寫了多少，已知的除了《初

戀》與《房思琪的初戀樂園》，臉書文也不少，可能還有寫日記的習慣。

癲癇，又稱迴圈性發作（Recurrent Seizures）是大腦放電混亂的一種症狀。它的發作表現為極度的興奮或驟然摔倒，口吐白沫和渾身抽搐。這種病往往還有一個併發症，叫「多寫症」（hypergraphia），患癲癇的通常也會染上此病。它與癲癇似乎來自大腦同一區域：顳葉。得這種「病」的患者會感覺到一種持續而旺盛的、難以控制的書寫衝動，他們總是寫個不停，好像著了魔。杜斯妥耶夫斯基在給哥哥的信中寫道：「以往每次我經歷這種神經紊亂時，我都會把它用在寫作上；在那種狀態下我會比往常寫得更多，也會寫得更好」。一九五三年，Bryang 寫了本書叫《天才與癲癇》，在書中他總結了二十位歷史名人癲癇患者，其中不乏一些著名作家，比如英國偵探小說家愛葛莎・克利斯蒂、英國十九世紀的浪漫主義詩人拜倫、英國十九世紀批判現實主義小說家狄更斯、美國十九世紀詩人愛德格・愛倫・坡、義大利偉大詩人但丁、法國戲劇家及作家莫里哀、英國抒情詩人雪萊……它可說是文學天才病的一種。作者在後記中描述她與精神醫師的對話：

「整個書寫讓你害怕的是什麼？」

「我怕消費任何一個房思琪。我不願傷害她們。不願獵奇。不願煽情。我每天寫八個小時，寫的過程中痛苦不堪，淚流滿面。寫完以後再看，最可怕的就是：我所寫的、最可怕的事，竟然是

46 同上。

真正發生過的事。而我所能作的只有寫。女孩子被傷害了。女孩子在讀者讀到這段對話的當下也正在被傷害。而惡人還高高掛在招牌上。我恨透了自己只會寫字。」

「你知道嗎?你的文章裡有一種密碼。只有處在這樣處境的女孩才能解讀出那些密碼。就算只有一個人，千百個人中有一個人看到，她也不再是孤單的了。」[47]

每天寫八個小時，如果順利，照一般進度可破萬，寫的過程痛苦不堪，依然無法克制地寫下來，她一面發病一面寫作，書中的我分裂成好幾個類似的女孩，伊紋與房思琪，或怡婷與思琪的關係，就像「一對分隔兩地而靈犀相通的雙胞胎姊妹，姊姊受傷，妹妹會感應而受傷，姊姊死去，妹妹感知其死」這種雙子或多重雙子意象，在《紅樓夢》使用得最多，大體說明悲劇不斷被複製，人無所逃於天地之間。

張愛玲被父親毒打與囚禁之後，開始了她的自傳性創傷書寫，從英文〈What a life! What a girl's life!〉到〈私語〉，最後是「自傳三部曲」，除了書寫自己的疾病，更多的是他人的病態。

一切疾病的源頭在於沒有愛的家庭生出一個個有病的人，父親繼母有鴉片癮，母親與姑姑有「愛症」，慣性打胎，生下一個戀母的兒子，在愛情與生活上無能的女兒，最後步上母親與姑姑的命運，但不願再擁有後代，她打掉她的孩子，自願過孤獨無後的一生。

房思琪的空間從豪宅敗退到陰暗的小旅館，最後失憶在馬路上與精神病院床上。它像是祭台，上演著愛情的殘酷劇場，說明著在潛意識或現實生活，女性的身體仍不屬於她自己，被當作獻祭，文明並沒改變什麼，更倒退為原始的狀態。

結語

二十世紀的女性作家已然揮別十九世紀隱匿於閣樓中的瘋婦形象，將被動、緘默的瘋狂，轉化為具有抗拒力量的敘事工具，來抵制、顛覆、或消解父權機制的書寫模式與霸權論述。時至二十一世紀，新世代作家對語言更為敏銳，他們對承襲的文學傳統，更是精刁，從林奕含身上可看出她變造引用古語轉化為新句的折衷策略，這點與張胡並無二致，可見文學的傳承道路如此不可思議地發生在宅世代、厭世代身上。所謂七年級說「張愛玲已不是問題」，是說已經可以越過去，我們卻在林奕含身上發現新的可能。誘姦與性侵的問題層出不窮，也許異女的問題一直沒解決，女權提升也是假象，訴說女性被父權與語言的作品並未終止。

林解開的文學世界，更為幽微，也更是現下的文學難題，是作者病了，還是文學病了，或者時代也病了，文學能夠反映時代之病，也能治療時代之病，然能真正改變嗎？

如果真有改變，那是媒體的開放與浮濫，造成的法律與補教業的修改與討論，可謂前所未有，這又是文學之外圍，不在本文討論之列。

47 林奕含：《房思琪的初戀樂園》，台北，游擊文化，二〇一七，頁二五一—二五二。

參考書目

張愛玲，《小團圓》，台北，皇冠，二〇〇九
張愛玲，《紅樓夢魘》，台北，皇冠，二〇一〇
林奕含，《房思琪的初戀樂園》，台北，游擊文化，二〇一七
蘇珊・桑塔格（Susan Sontag, 1933-2004）著，刁筱華譯，《疾病的隱喻》，台北，大田，二〇〇八
朱莉亞・克里斯多娃（Julia Kristeva，1941-）著，張新木譯，《恐怖的權力：論卑賤》，北京，三聯書店，二〇〇一
E. Ann Kaplan 著，曾偉禎等譯，《女性與電影—攝影機前後的女性》，台北，遠流，一九九七
Spivak, Gayatri Chakravorty. In Other Worlds. New York: Methuen, 1987.
佛里曼（Freedman，Jill）、康姆斯（Combs，Gene），易之新譯，《敘事治療：解構並重寫生命的故事》（Narrative Therapy），台北，張老師文化出版，二〇〇〇
佛洛伊德，吳康譯，《精神分析引論新講》，台北，桂冠出版社，一九九八
佛洛伊德，彭舜譯，《精神分析引論》，西安，陝西人民出版社，二〇〇一
傅柯，《傅科集》，上海，上海遠東，二〇〇三
薩拉・德拉蒙特，《博學的女人》，台北，桂冠，一九九五

病恙與凝視

——海派女性小說三大家的疾病隱喻與影像手法

前言——海派女作家與新感覺派

討論海派小說的疾病書寫，多以現代病與都會病命名，從魯迅、郁達夫對精神異常的書寫到新感覺派如穆時英、劉吶鷗、葉靈鳳對結核病的書寫，其中還夾雜性別與醫病關係，通常是男醫生或文人對女病人的凝視，形成主體與客體的關係：在形式上，海派作家與電影的關係非常密切，在寫作技巧上也常運用電影的分場與分鏡、蒙太奇手法，在道具與布景的運用更具用心，然女病人在被凝視中成為戀物的標的則不能免，如穆時英的〈白金的女體塑像〉關於肺結核女體的描寫具有情色的意味，「窄肩膀，豐滿的胸脯，脆弱的腰肢，纖細的手腕和腳踝，高度在五尺七寸左右，裸著的手臂有著貧血症患者的膚色，荔枝似的眼珠子詭祕地放射著淡淡的光輝，冷靜地，沒有感覺似的」，醫生以情欲之眼看待女病人，而使疾病與情欲與浪漫巧妙相連。然疾病就是疾病，與腐朽、死亡、絕望有關，過度美化疾病可能是種幻想而非事實，本文試圖從海派女作家對疾病的視角，找出其欲表達的心理危機。

對於所謂的海派作家勢必要有一定程度的區隔，一般以新感覺派與鴛鴦蝴蝶派為主要區隔；倘若再從性別文學技巧與關注主題等角度切入關照，所謂的新感覺派與海派女作家群之間區辨也許是個不錯的起點。前者包含劉吶鷗、穆時英、戴望舒、施蟄存等所謂的新感覺派作家，後者則泛指張愛玲、蘇青、王安憶等女性作家所構成的小團體。借用羅蘭・巴特的觀念來看，兩個團體的共通之處正是在於拒絕超越或和諧等文學典範，而善於描寫生命的刺點，根據巴特的見解，在現代化的生活中，某種個人的、私密的主體將透過影像中某個偶然「刺點」穿透文化符碼之「知面」所喚起的「強度的點狀自我」，進而逼迫觀看者去面對那不可名狀的「瘋狂真理」[48]，善於使用繪畫與影像手法書寫的海派文學，在這一點上似乎也很貼近巴特的刺點觀。除了這個共同點外，海派的女作家也善於破壞傳統小說圓滿的刺點，其中尤其以張愛玲為主，她善於在女性角色的生命中製造危機，所有的轉機終成危機的懸疑與張力，讀來令人極度不適，直逼我們去面對那生命中不可能解除的困境，無論是新感覺派或海派女作家，在書寫主題或人生觀上，都在都會的情境下，專注在挖掘病與美等主題的書寫，而具有現代意義。

換個角度來看，兩者還是有一定顯著的差異。首先當然就是性別上的差異，前者多以男性組成，後者則全是女性，這種性別上的分別將影響書寫者所描述的經驗與場景的選擇，海派女性鍾愛女性生活，筆下的主角多半是女性與其家庭生活與情感關係，故較私密封閉，新感覺派某程度牽涉到一定的公共性，但筆法則維持在主觀疏離的審美角度，以自他者（自我即他人）的身分漫遊在各種情境之中，卻較少介入參與。

此外就師承關係來看，新感覺派主張橫向移植法國與日本的美學與技巧，大量在書寫中啟用西方的繪畫概念（如立體主義）與法國的象徵主義，同時也受到日本新感覺派的影響甚深，而這些文化橫向的移植也反映在敘事上，新感覺派的書寫不重故事情節的經營或人物與因果關係的發展，反倒強調

48 羅蘭・巴特（Roland Barthes, 1915-1980）著，許綺玲譯：《明室——攝影札記》，台北，台灣攝影工作室，一九九五，頁四〇。

特殊情境的鋪成與文字的實驗性；然就海派女作家而言，除了這層文化橫向的美學影響外，她們也對傳統縱向觀照與突破，蘇青似乎受到出身於京派小說如魯迅等人不小的影響，張愛玲或王安憶則對張恨水的小說或傳統章回小說的題材與形式，都有各自的熟稔與熱愛。

承上所言，新感覺與海派或多或少的借用了繪畫與影像的概念技巧，而這也使得它們在文字視覺化、敘事平面化上有著各自深淺不一的涉入。新感覺派習以觀看女性的方式觀看疾病，以觀看疾病的方式觀看女性，凝視在此是個關鍵，是情欲也是權力，看得到卻觸不到它實踐美學的手段，沒有接觸也就沒有交流或權力高低流動的總總問題，於是看與被看，主體與客體的關係在此確立。海派女作家則傾向以女性主體感受／承受疾病，以疾病的角度重新理解女性。在醫學上，疾病（disease）與病恙（illness）是一組常可交互使用卻有著些微不同的詞彙，前者表示疾病本身，而病恙則強調疑病者身心上的不適或痛苦的感受，罹患疾病者不見得有病感，有病感者也不見得真的有疾病，從這個角度看起來，新感覺派傾向追求疾病的美學，以主觀卻疏離的眼光觀看這世界，美與虛無才是主體，芸芸眾生只是載體，不適與痛苦更是衍生出的副產品；這點跟海派女性的疾病觀有一定的出入，海派女作家關心病者與疾病交互作用下的感受，這種「病恙感」正是其描述的主要對象，小說家穿梭在親身經驗與角色的遭遇中，不斷切換在理性分析與主觀感受之間，為私密的個人建立專屬的人性系譜學，作者極有耐力與耐心，投注全部精力在純粹的描述之上，不作道德判斷，甚至不預留超越或和解的空間，她們赤裸地面對自己筆下的角色，一同走到是非的盡頭。

病患的自書——蘇青小說的肺結核情結

蘇青《結婚十年》與《續結婚十年》中的女主角蘇懷青患有肺病，這使得她不敢親近孩子，並自願過著自我隔離的生活，可以說疾病是導引她離婚離開家庭的重要因素，也是她孤獨寂寞的因子，她為生存而一再陷入感情的陷阱，亦是病態心理導致的病態生活。她對愛情有著極渴與極冷的兩極心理，如〈蛾〉中的明珠既再三喊著「我要」，在一度春風之後又以「愛靜」而把男人推開。肺結核在她的眼中是「自私之病」，在散文〈聽肺病少年談話記〉，描述病情：

> 肺病的特徵是慢吞吞的，使人有病的感覺而不一定時時有死的恐怖。病的感覺，便是覺得自己更嬌貴了，動彈不得，享受卻少不得。沒有死的恐怖，便得為將來生存下去打算，生存下去便少不得享受，享受便少不得錢，於是少爺口裡咽著十全大補膏，胸裡打著金錢算盤。[49]

愛享受並不礙著別人，可怕的是養病時間漫長而引起的傳染，而且大多是傳給服侍他的貧窮傭僕

49 蘇青：《蘇青文集（下冊）》，上海，上海書店，一九九四，頁一六五。

與看護，所以蘇懷青不想傳染給自己的孩子，而寧願擁有自己的房子，她不是真的那麼想離婚，但丈夫對她已無情義，她扮演的娜拉出走其實是十分悲淒的，暫住姑丈家時為怕傳染想用自己的筷子，但怕說出來引人反感，含糊混過，沒想到吃飯中途咳幾聲，姑母問她是否患病咳血，懷青覺得羞慚撒了謊說早已痊癒，推說是支氣管炎，絕不是肺病，姑丈當眾提醒她「那倒也不可不防，你父親是肺病死的，你祖父也吐血，你們是肺病世家」，這句話讓懷青感覺深受侮辱，連飯都不想吃了。

在作者的眼中肺病一點也不浪漫，反而讓懷青覺得自卑，為此才接受金總理的濟助，只為脫離寄人籬下的難堪。小說中的她總有無盡的空虛與寂寞，那是愛情也填不滿的，只有以強沛的母愛對抗之，小說中描寫母愛的情節甚為感人，她不斷呼喊著：「可憐的孩子呀！我要為下一代的青年培養聰明的妻子與良好的丈夫。雖然我自己從來沒有得到真正的愛情過，但是我相信我的兒女一定會有，也肯給予人，不像我一般的自私自利，我要為他們祝福著。」（頁三八三）

作者關心女權問題，但她強調母職，可說是女性主義的本質論者。她的另一篇小說《歧途佳人》，寫的是海上遇見的滄桑女子符小眉，自述從純真到墮落的經過，她有個姊姊符眉英因肺病在青島住院，她原是大學講師，因用功過度而得病，而且是「骨髓結核」，已經命在朝夕，家人還是瞞著她，文中寫到妹妹看見姊姊的病容與死亡只有一線之隔：

> 她的眼眶已凹了進去，嘴唇微微翳動著像要講話，卻又一時講不出什麼來。只好連連苦笑著，她笑的時候，我發覺她的牙齒似乎變得特別長了。

她身上蓋著一條白被單，肉骨已經在布下面消失殆盡，只餘兩根枯乾的手臂露出外面，瘦得不是皺著皮，而是連皮也似乎繃緊了，牢貼在骨頭上，嶙峋可怕。她的手指也僵白尖削，像帶霜的枯木般，令人瞧著起寒冷的感覺。（頁三九六）

把肺病患者寫得像死物一般，一點美感也無，只有寒冷與恐怖，透過女性的凝視，彷佛回映自身的黑暗與絕望。作品由姊姊由生理的疾病延伸描寫心理與社會的疾病，如果姊姊符眉英是新派女子，那麼女主角符小眉則是「橫派」女子，也就是活潑外向恣意任為，她沒有姊姊會念書，卻比姊姊漂亮，因此錢莊老闆看中的媳婦是姊姊，小開看中的卻是妹妹，姊姊因此自尊受傷，更加努力向學。小眉結婚後並不幸福，丈夫不負責任又不守信用，最後只有離婚一途。離婚後她帶著兩個女兒自謀生路，先是當竇公館的家庭教師，因身分曖昧招嫉，被竇太太辭退。在竇公館認識詐騙高手史業倫，一再被他設計利用，詐財詐賭，小眉在家開賭場，淪為交際花，史業倫則扮郎中，結果欠下大筆賭債，小眉求助於竇先生，他給她一大筆錢，要求她離開史業倫，指他為「附骨之疽，社會之蠹」，後來史馬上被祕密逮捕，不久竇先生也垮台。小眉並沒有因此脫離苦海，她還是繼續交際應酬，只是對生命感到空虛與厭煩，什麼刺激都不能滿足她。

這篇帶有社會小說意味的作品，以一個生理有病、一個心理有病的姊妹，寫出女性生活的黑暗與絕望，最後，符小眉問蘇青何去何從時，蘇說：

其實我的境遇也同你差不了多少。我們都像一株野草似的，不知怎樣地茁出芽，漸漸成長，又不知怎樣地被人連根拔起來，扔在一邊，以後就只有行人的偶一回頭或踐踏了。但是，近年來我漸漸悟出一個道理，即愈是憐惜自己，愈會使自己痛苦，倒不如索性任憑摧殘、折磨而使得自己迅速枯萎下去，也就算完結這人生旅行了。我希望……我想不知道我們可不可以多替別人想想，替別人做些事，就照你目下情況來說吧，你就可以多替你母親及女兒，或者就是為痛苦的姊姊做些事，你也許就會忘掉自己的苦悶與不幸。（頁五一九）

人生的痛苦既是無解，只有移情或幫助比自己更弱小更痛苦的人，這是作者看似灰澀但卻高華的思想。

這裡面牽涉多層次的凝視，蘇青對符小眉，符小眉對符眉英，以及作者對蘇青、符小眉與眉英的凝視，心理的病與生理的病一樣痛苦，不幸的是作者兩者兼具。但透過書寫與凝視，更能看見自身，而得到救贖。這種凝視擺脫戀物，而轉為戀己——棄己——捨己為人，可說明海派女性小說從疾病書寫中，殺出的血路。

蘇珊・桑塔格《疾病的隱喻》一書中，提及「結核病」被認為是一種熱情由內燃燒而被消耗的病，是一種「內耗」的病，它構成了「生病」的愛、「燃燒」的熱情的意象。這在浪漫主義來臨前就已盛行的病症，被視為一種「愛病」[50]。

疾病作為一種隱喻，也就說自然的疾病本身就是一種文化的病徵，身體作為一種自然跟文化感受與疾病的實踐基地，沒有什麼可以不是屬於文化的。每當談及人體病症與社會觀感的交纏等問題，桑塔格的觀點提供了一個不錯的切入角度。在《疾病的隱喻》一書中，桑塔格提出了幾點社會特別施加於肺結核病人身上的隱喻。首先將其視為一種凡胎俗體昇華的誤解，「結核病是分解發燒去物質化；它是液體病——身體變成痰、黏液、唾沫、血——及氣體病、『需要更好空氣』的病。……是時間之病；它加速生命，照亮生命，使生命充滿精神。」（頁一八、一九），再者社會慣於以愛欲的眼光凝視該疾病，認為結核病人是一種「被熱情燃燒的人，該熱情導致身體消亡」（頁三〇）；書中也舉了許多文學家與文學角色來說明，結核病病人也被視為一種特殊的社會階級，不是出身自大富或特貧之家，不然就是不見容於當局的知識分子，再來就是才華洋溢而懷才不遇者，而這種階級的偏見似乎也對應在性別角色的扮演上，兩種性別透過出身、才華與外貌等變項在社會之中作分化與匯流。

由此來理解蘇青的作品，在自傳性小說中，短暫的愛情、以及喜歡吃與睡等享受，還有填不滿的欲望與空虛，並轉向同情弱小生命，這是愛病與靈魂病，墮落與救贖的交替歷程，而最後歸給了大自然，與無求的生命態度。

只是現實比作品世界更殘酷黑暗，晚景淒涼的蘇青，文革開始後她先被紅旗錫劇團辭退，並送交里弄監督。她常常脖子上被掛了寫著她「罪行」的大牌子在自家大門外罰站。她的生活僅靠所屬單位——上海黃浦區文化館的一份微薄工資維持。其後她被關入「牛棚」隔離審查，繼而被遣下鄉勞動改造，後又遭批鬥，工資也曾一度停發。蘇青在這一連串的折磨下，肺病復發，可是因為不能享受「勞

50 蘇珊・桑塔格著，刁筱華譯：《疾病的隱喻》，台北，大田，二〇〇八。

動保護」，無錢看病，以致病情日趨嚴重，造成肺部出現空洞。

肺病折磨她一生，她再也不凝視自己，而轉為凝視花朵，她愛盆栽勝於一切，在給王伊蔚的信中，蘇青談到她生命最後一段生活的情形：「天天想寫信，天天沒有如願，原因是想細訴心曲，欲『細』反而不達了……我每天濛濛亮起來，看花要看二、三個小時……這些花是我生命末期的伴侶，我並不悲觀，只是安心等待上帝的召喚……結防所來人叫我去拍片（已二年不拍片了），我也一味拖拉，現在決定不去了，也決定不來買花，不來看你了。但是心有靈犀一點通，一息尚存，總是想念你的。」[51]

在桑塔格的理論中，文學作品中肺結核病人常被過度美化與浪漫化。過度愛美也許也是病態的一種，對照蘇青的一生及其作品，我們感到的不只是美，還有無盡的痛苦與孤獨。

疾病與心理危機——張愛玲小說病態美學

張愛玲是海派作家中最擅長也最喜愛描寫病態的小說家，她探討的病更多是精神上的，如果蘇青探討的是疾病的隱喻，那麼張愛玲探討的是隱喻的疾病，而非僅是疾病的自身，心理的病態比生理的更深邃，因而她更深入民族的集體潛意識中，以顯微鏡的效果無限放大，因而令人覺得恐怖不安。她所建構的恐怖美學更具有現代性，因此她認為：

弗洛伊德的大弟子榮格給他的信上談心理分析，說有個病例完全像易蔔生的一齣戲，又說：「凡是能正式分析的病例都有一種美，審美學上的美感。」——見《弗洛伊德、榮格通信集》，威廉麥檜（Mcguite）編——這並不是病態美，他這樣說，不過因為他最深知精神病人的歷史。別的生老病死，一切人的事也都有這種美，只有最好的藝術品能比。（《張看》頁二六四）

一切的人事物，生老病死中，「病」對她來說更具有美感，尤其能正式分析的病例，她就把〈花凋〉、〈殷寶灩送花樓會〉等單純的病例，寫得極有分析性。

她先從具體的疾病個案開始寫起，如〈花凋〉中患肺病而死的川嫦，自厭自棄地想自殺卻不成功：「川嫦本來覺得自己無足輕重，但是自從生了病，終日鬱鬱地自思自想，她的自我觀念逐漸膨脹。碩大無朋的自身和這腐爛而美麗的世界，兩個屍首背對背拴在一起，你墜著我，我墜著你，往下沉。她受不了這痛苦。她想早一點結果了她自己。她走到街上到處有人用駭異的眼光望著她，彷彿她是個怪物」、「說『這女人瘦來，怕來！』」川嫦的病不但不哀感頑豔，反而帶有哲思的意味，病人被怪物化，病女人更被鬼魅化，川嫦照鏡子凝視自己驚呼：「娘！娘，我怎麼變得這麼難看？」這種自我陌生化、分裂化的場面令人驚心；〈殷寶灩送花樓會〉中羅潛之的肺病讓他感傷而自戀，他愛的與其說是女學生殷寶灩，不如說是文學天真純潔的童女。「他用讀古文的悠揚的調子流利快樂地說英文，漸漸為自己美酒似的聲音所陶醉，突然露出一嘴雪白齊整的牙齒，向大家笑了。他還有一種輕倩的手勢，

51 靜思編：《張愛玲與蘇青》，合肥，安徽文藝，一九九四，頁二三七—二三八。

不是轉螺絲釘，而是蜻蜓點水一般地在空中的一個人的身上殷勤愛護地摘掉一點毛線頭，兩手一齊來，一摘一摘，過分靈巧地。『茱麗葉十四歲。為什麼十四歲？』他狂喜地質問。『啊！因為莎士比亞知道十四歲的天真純潔的女孩子的好處！啊！十四歲的女孩子！』」看來他不僅自戀也戀童，所以小孩一個接一個地生。而寶灩也非真愛他，她說就算羅潛之離婚了，她也不想嫁給像他那麼神經質的男人，這樣做作的男子與女子，是不是也是怪物的一種？這篇題為〈列女傳之一〉的小說，想必還有後續，可能自覺不妥而停擺。如果寫成，可能也是可分析的個案。

這些個案較單純。還有雙重型的，為生理與心理交織的病，如〈金鎖記〉裡有許多病人：曹七巧自己就曾陪著丈夫抽大煙，她的一對子女長安和長白後來都染上了煙癮，他們都從生理的病態轉為心理的病態；另有純粹生理的，她的丈夫姜二爺患有骨癆，從七巧和姜季澤的對話中還可以知道三太太蘭仙還患有腰子病，媳婦芝壽則是被虐待加害成「肺癆」。如果疾病為人性黑暗的隱喻，這個「疾病之家」黑不見底如作者所言「一步步走向沒有光的所在」。

單純的病症是寧靜的，複雜的病症才是恐怖的，看來沒病其實病得最深的是七巧，最後不僅變成「紅粉骷髏」，還是死神的化身：「她摸索著腕上的翠玉鐲子，徐徐將那鐲子順著骨瘦如柴的手臂往上推，一直推到腋下。她自己也不能相信她年輕的時候有過滾圓的胳膊。」瘦到如肺病末期的病人，一如蘇青《岐途佳人》中的符眉英，十分恐怖。

被加害而成痼疾的還有小艾，她的生命就像她那條破被子，窮人翻身了，而她正往死亡的路上走去；加害人最後也染惡疾，如《半生緣》中的曼璐中年生病後的可怕模樣令人想到「紅粉骷髏」，〈多少恨〉中的大老婆逼迫女主角離開，好讓自己死有所歸。「夏太太眼見得她就要走了，立刻軟了下來，叫道：『噯，你別走別走！就算我說錯了，就算我現在求求你，看看我要死的人，你可憐可憐我罷！我這肺病已經到了第三期了！』家茵不禁回過頭來惶惑地望著她，輕輕地自言自語著：『啊？肺病？』夏太太繼續說下去道：『——等我死了，你還不是可以扶正麼？』」；《赤地之戀》中亦正亦邪的戈珊亦患有肺病，在描寫手法上可看出是張味而非完全加工：

——診室的門呀的一聲推開了，一個病人掙扎著往外擠，輪到戈珊進去了。幾分鐘後，戈珊又匆匆地扣著胸前的鈕子，走了出來。門上裝著半截乳白玻璃，映出她的剪影，蓬亂的長髮披在背上，胸脯挺得高高的，青灰色布的夏季列寧裝，袖子捲到肘彎上，露出腴白的手臂。她真不像一個肺病患者。除了她的面頰似乎特別紅豔，有一種「北地胭脂」的情味。（頁一三一）

——她總告訴自己她並不是不愛志豪。不過她實在討厭他那種婆婆媽媽的溫情。永遠小心翼翼偷偷摸摸的，認為於她的健康有礙。她需要的是一種能夠毀滅她的蝕骨的歡情，趕在死亡前面毀滅她。而他不斷地使她記起死亡。有時候他使她已經死了，他是個癡心的嬰孩伏在母親的屍身上吮吸著她的胸乳。（頁一三七）

這個病女人是此作品中唯一活脫的人物，她為救劉荃犧牲了黃絹，同時是被害者也是加害者，也反映出那個時代的疾病，「個個幹部身上都生臭蟲，就稱臭蟲為『革命蟲』——那肺癆菌應當叫『解放菌』」。這些被害者與加害者的疾病都具有極大的摧毀力，或亦是死神的陰影，被寫得更加淒厲，描寫的視角多半是全知全能的觀點，很少人物之間的相互凝視；人物面對時通常是極恐怖與絕望的情景，如在土改的血腥現場互擁的小情侶劉荃與黃絹；還有《半生緣》中喊著「我們回不去」的曼楨與世鈞。

張愛玲一步步建構她的疾病美學，一直到《小團圓》才集大成，其中有單純的生理病，九莉的傷寒，心理上的有母親的神經質，父親的鴉片癮，九林的戀母；還有見不得人的惡疾：邵之雍的的性癮與性病、九莉子宮潰爛，還有親子之間的亂倫之愛……可說是集病態之大成。

這不僅是疾病之家，而是惡疾之家了。這篇小說以第三人稱觀點，也就是有限的全知觀點，以九莉的眼睛猜度一切，因此顯得影影綽綽，似假還真。如果以全知觀點來寫，就會跟〈金鎖記〉雷同，但她以一個惡疾者觀點描寫惡疾者，裡面存有許多想像空間，晚年喜歡偵探小說的作者，讓讀者大玩猜謎遊戲。

裡面的疾病最後都歸結於心理的，跟潛意識的黑暗與碎亂連成一片。跟〈金鎖記〉的全黑不同，它是有明有暗，乍明乍暗的。就像小說中屢屢提及現代的公寓常是以「一明兩暗」配置的，明的部分是理性與同情，暗的部分是病態與無情。

一明二暗，除了有影像色調質感的意涵對應到私人住宅，空間上的分佈也是有其象徵與意象性的。公寓型三開間的房子以一明二暗隔間，在對立於光亮理性的公共空間的私人空間裡，透過空間明暗與隱私度之間的烘托關係，還有兩者間的密度比例與深度的張力與調節，在功能感受與道德上造成更深更具有壓迫性的陰影，在人的審美經驗跟恐懼羞恥的原始欲望上造成影響，陰影就是人欲望透過光的投射，巨大神祕而扭曲，但它不在外面，而是我們眼中的倒影。

人物大多在狹窄的室內空間活動，窄到令人透不過氣來。

張愛玲談的是一種空間的私人性道德感覺與意象，跟五四文學談空間的象徵秩序或平等正義不同，像是考古學家初見遠古時期的洞穴壁畫，那般的震撼，洞裡頭有蝙蝠洞口有迷途的小鹿，洞的底處還有一處女之泉，在一個封閉私人情欲，且道德與時空背景皆不明的空間裡頭，彷彿通往人類所有感覺源頭的鍊結突然的被打開，一種羞恥感。

把病態當作藝術品看待，因此寫出巨大的病態叢結與作品，張愛玲可說是戛戛獨造。

死亡與凝視——王安憶小說中的時代病

王安憶雖被推為海派與張愛玲的傳人，但她對張有另一層次的理解，也從此得到共鳴。她自己曾說：「張愛玲筆下的上海，是最易打動人心的圖畫，但真懂的人其實不多。沒有多少人能從她所描寫的細節裡體會到這城市的虛無。正是因為她是臨著虛無之深淵，她才必須要緊緊地用手用身子去貼住這些具有美感的細節，但人們只看見這些細節。」因此深懂上海之虛無的她，能以細節與文字層層捕捉人性的光影，然她本質上跟張的生命基調大大不同，作品則以健康寫實的風格為多，王與張的不同在一有情，一無情，然無情也是情的一種，更在宗教的層次，對人性的看法，一有光，一無光，張「一步步走向沒有光的所在」，王卻「對人的智慧與熱情發揮到了頂點」，因為在心靈上是流動的，作者形成她流動有致的文體，自由地憑意識與潛意識流動，文字細密然不急促，情感濃烈而不黏膩，形成屬於她自己的「王體」。

描寫人性的光芒，而至小說中沒有一個徹頭徹尾的壞人，頂多有點「皮」或「痞」，這又是作者有光之一面。

在較早的《長恨歌》中她用後設的手法，複寫上海女人王琦瑤的一生，在眾多文本中找到原型，如同她套用《長恨歌》的代言體敘事詩，講說一個三千寵愛集一身的美女的故事：她是上海弄堂的女兒，因蔣麗莉而進入上流社會，並當選上海小姐，開始她的流金與浪漫歲月，蔣麗莉愛著程先生，程先生卻迷戀王琦瑤，這讓蔣痛苦一生，如果王琦瑤是光，蔣麗莉則是影，王以打針護理員扮演醫護者，蔣則患著長期的病患，但她們不是醫病關係，而是情敵關係。蔣因愛王的美而成美癡，又愛程的才成情癡，她一出場就帶來悲劇的氣氛，在自己的生日派對上哭泣，她注定是個陪襯角色與悲劇人物。當時代翻轉，富家千金變成高幹，「她變得越來越不像自己，有點像演戲，卻是拿整個生活作劇情的」，後來罹患多種疾病，先是肝病，最後是腫瘤，也就是癌症，在六〇年代還是一個新名詞：「這時候『癌』這樣東西還不那麼普遍，人們對它的瞭解很少，甚至還不會叫它『癌』，而用『惡瘤』這兩個字代替它。它是一個恐怖的傳說，雖然聽的不少，可從來不會想像它在自己身上甚至自己近處的人身上發生。它一旦來臨，便要叫人嚇破膽的。」病後的蔣更為乖張，與母親反目，與情敵、情人形成奇妙的關係。

在一次交心中，蔣認為自己是全天下最倒楣的人，是王與程一起逼死了她，王回說我比妳更倒楣，兩人相擁而泣，這一段愛恨交織、生死以之的感情與文革前的風暴中的寧靜，寫得極生動：

> 她們不知抱著哭了多久，腸子都揉斷了似的。後來是蔣麗莉口腔裡的味道提醒了王琦瑤，那味道

夾著甜和腥，緩緩地散發著腐爛的氣息。王琦瑤想起她是一個病人，強忍著傷心，把眼淚咽了下去。她鬆開蔣麗莉，將她按在枕上，又去絞來熱毛巾給她擦臉。蔣麗莉的眼淚就像是長流水，流也流不斷。這時候，天也暗了下來。那邊酒館裡的程先生，喝酒喝到一個段落，已伏在桌上起不來了。他耳畔有汽笛的聲音，恍惚間自己也登上了輪船，慢慢地離了岸。四周是浩渺的大水，不見邊際的。一九六五年的歌哭就是這樣渺小的偉大，帶著些杯水風波的味道，卻也是有頭有尾的，終其人的一生。這些歌哭是從些小肚雞腸裡發出，鼓足勁也鳴不高亢的聲音，怎麼聽來都有些嗡嗡營營，是斂住聲氣才可聽見的，可是每一點嗡營裡都是終其一生。這些歌哭是以其數量而鑄成體積，它們聚集在這城市的上空，形成一種稱之為「靜聲」的聲音，是在喧囂的市聲之上。所以稱為「靜聲」，是因為它們密度極大，體積也極大。它們的大和密，幾乎是要超過「靜」的，至少也是並列。它們也是國畫中叫做「破」的手法。所以，「靜聲」其實是最大的聲音，它是萬聲之首。

將疾病與歌哭靜聲化，是一種反寫與「破」筆，將個人的病寫入了時代的病灶，這其中的凝視更為曲折，有蔣與王的相互凝視，程在他方遙遠的視角，與全知全能之神的視角，具有天道不仁的反諷意味。

癌的政治比喻十分常見，先是歐洲猶太人被納粹類比為必須被切除的癌；然後共產主義辯論家托洛斯基在一九二七年被蘇聯放逐後，曾批評史達林主義為淋病、梅毒、癌。隨著文明興起，癌變成活力（破壞力）的隱喻，它的破壞力造成自然秩序或人類秩序的解體。之後癌的隱喻擴展至「遠離城市」

主題。在城市被理解為致癌環境之前，城市被視為癌的自身，即人類成長失衡失常之地。癌與壞影響與貧民區鄰接，它給人無情、偏執、噬人的印象，壞的細胞增生，你正在被「非你」所取代，自我屬於被削除的型態。結核病比較接近命運的捉弄，無能為力扭轉現狀到精神的自覺，間歇性的症狀，隔離和療養，讓它被賦予「乾淨的病」的形象；而癌症則相反，患病者是咎由自取的，作嘔的症狀和暴力的治療加強了「醜陋的病」的形象，正如桑塔格所言：

> 病是一種懲罰的觀念有著久遠的歷史，而且此等觀念經常用於癌患者。我們常聽見向癌宣戰（「fight」or「crusade」against cancer）；癌是殺手病，罹癌的人是癌的受害者（cancer victims）。表面上，癌是罪犯。但癌症病人也被污名化。流行的疾病心理學理論將生病及復原的的責任派給倒楣的病人。視癌不只是病，更是一惡魔般的人的傳統使癌不只是不治之症，更是一不體面的病。（頁七〇）

癌症的敘述與治療充滿軍事用語如「入侵」、「擴散」、「消滅」等語詞，正如蔣麗莉的一生，因失愛而滿懷仇恨，因而利用各種手段改造自己，「舞風弄月被鋼鐵般的覺醒和無私的犧牲言語所替代」，這是她對自我的暴力，而引來疾病對她的暴力，更深的暴力源頭在他人的無知與無感中，王琦瑤即是其中的代表者，她有意無意地將自己置於三角關係之中的勝利者地位，高高在上，因此無法感到她造成的痛苦、充分理解他人熾熱激烈的情感，熾熱激烈恰恰是她缺乏的。她永遠在事物之外，流言之外，時代之外，她有極美麗的軀殼，卻擁有極空洞的靈魂。表面上看來她永遠不退流行，然她也沒真正活過，她的出席造成的是自我的缺席，她是永遠的死者；所以在小說的開頭她在片場中看到的表演，死去的女演員即是自己，一直等到她將死的一刻才幡然醒悟：

王琦瑤眼瞼裡最後的景象，是那盞搖曳不止的電燈，長腳的長胳膊揮動了它，它就搖曳起來。這情景好像很熟悉，她極力想著。在那最後的一秒鐘裡，思緒迅速穿越時間隧道，眼前出現了四十年前的片廠。對了，就是片廠，一間三面牆的房間裡，有一張大床，一個女人橫陳床上，頭頂上也是一盞電燈，搖曳不停，在三面牆壁上投下水波般的光影。她這才明白，這床上的女人就是她自己，死於他殺。然後滅了，墮入黑暗。再有兩三個鐘點，鴿群就要起飛了。鴿子從它們的巢裡彈射上天空時，在她的窗簾上掠過矯健的身影。對面盆裡的夾竹桃開花，花草的又一季枯榮拉開了帷幕。

王琦瑤早在四十年前先預見了自己的死亡，然後她經歷了許多人的死亡，最後被謀財害命，她永遠凝視著自己，也被凝視，因為她是客體，也是賓詞，沒有主體，也不是個主詞。

如果肺病是愛太多之症，那麼癌症病於愛太少。

作者對疾病與死亡的書寫保持著較遠的距離，這劇場是史詩劇場，既強調疏離效果也強調歷史性，這在較晚的家族追尋小說有了改變。

不同於其他作家描述家族史多是悲涼酸苦的，王安憶追尋的是一種英雄式的神話，她說：「我必須要有一位英雄做祖先，我不信我幾千年歷史中竟沒出現一個英雄，沒有英雄我也要創造一個出來，我要他戰蹟赫赫，眾心所向。英雄的光芒穿行於時間隧道，照亮我們平凡的世間。」她追尋的是大寫的我，從母系的追尋（《紀實與虛構》）到父系的溯源（《叔叔的故事》、〈傷心太平洋〉），她要從虛無中找到主體與主詞的「我」。

在〈傷心太平洋〉中追蹤家族歷史、文學血脈，也交織著新加坡的歷史，然而這些歷史只是作家敘述的一條線，另一條線是家族的傷心史，熱愛戲劇與新文學的父親，嚮往祖國，最後回歸祖國，小叔為土地奮鬥，最後回歸土地，而在漢文化中心的作者心靈回歸孕育祖先的土地，在這相對移動中，更說明傷心只是起點，交融才是終點：

> 我看見了我的名字。這時候，我才體會到我與這地下長眠不醒的老人的生死相關的聯繫。我對他們感到心連心、骨連骨的疼痛。

其中描寫到新加坡之役與叔叔的壯烈死亡，透過作者的凝視，主詞與主體才得以出現。

王安憶的作品描寫疾病的部分不多，健康寫實的部分為多，她作品那些溫馨的小人物與人情深美的鄉村，像是桃花源似地是個心靈的避難所，在那個無病無災的世界背後到底隱藏些什麼？

海派小說的電影手法與女性角度

海派文學與電影關繫密切，有關這方面的討論已不少，但這裡列舉的三個女作家涉入電影更深，蘇青在成名前在電影公司待過一陣子，張愛玲寫影評也寫許多電影劇本，王安憶曾與陳凱歌共同編劇《霸王別姬》，又以編劇的身分將張愛玲的〈金鎖記〉搬上了上海話劇中心的舞台，她的父母皆擔任過影劇工作，電影手法進入小說可說是自然的事。

另外，「新感覺派」的成員熱愛電影，劉吶鷗更熱衷於電影藝術的研究，他曾在《現代電影》雜誌上，發表了〈電影節奏論〉、〈開麥拉機構——位置角度機能論〉、〈影片藝術論〉等文章，還編寫過電影劇本《永遠的微笑》、編導電影《初戀》（藝華）、《密電碼》。電影手法可說「新感覺派」的小說形式中重要的元素。如劉吶鷗的〈A Lady to keep you company〉被施蟄存稱為「小說型的短腳本」，還有葉靈鳳的〈流行性感冒〉、禾金的〈造型動力學〉等，把小說寫成了分鏡頭腳本，直接以遠景、近景、特寫、字幕等等的電影表現的手段和想像結構小說，以電影化的影像系列，取代小說中對故事情節的敘述。穆時英的〈夜總會裡的五個人〉、〈上海的狐步舞〉等作品，也幾乎可以說是不標鏡頭的分鏡頭腳本。電影中短鏡頭的組合、疊印、突切、交叉剪輯等技巧，在劉吶鷗、穆時英的小說文本都轉化為省略文體、不連續句法、物象紛呈的表現手法。

新感覺派著重氣氛的營造，在感官上的渲染與蒙太奇剪接著墨甚多，海派女作家則是局部採用，以真實的經驗為基底，著重觀影式的描寫。

蘇青的小說《結婚十年》中，開頭便以一張喜帖的大特寫作為開頭，然後是婚禮的跟拍，花轎中的特寫與長鏡頭，跟新感覺派的歷時性的情節結構法不同，她以事件與時間為主軸作分場處理，對白是精髓，場景與道具特別講究，衝突不斷，並穿插伏筆節外生枝，如〈愛的饑渴〉、〈兩棵櫻桃〉的心靈外遇為婚姻埋下伏筆，在全書二十四節中，以〈歸寧〉心理描寫最細，以〈產房驚變〉、〈逃難記〉

記錄那時代的戰亂流離；最後以發現肺病提出離婚（〈都是為了孩子〉）為結，可說劇情緊湊，對白精采，讓人如臨現場，可說是小說的電影化，如同張愛玲的〈多少恨〉是電影《不了情》的小說化，正續開始都有一段「尿尿」的描寫，也很有畫面感：

> 花轎是由男宅雇定，抬到我家來迎親的，進門的時候已經晌午了，我正在床上著急，因為整個上午沒有起來，大小便急得要命。好容易聽得門外人聲鼎沸，房間裡的人也騷動起來了，孩子們哭呀哭：「媽呀！花花轎子來啦！我要去，因因要去看呀！」我知道花轎到了，心中幸如遇到救星，巴不得她們都一齊出去，好讓我下床撒了尿再說。不料她們卻不動身，只在視窗張望，一面哈喝著孩子不許頂頭迎上去，說是沖了轎神可不是玩的。
>
> 她們喊：「因因，不許上去，快回來呀！新娘子還在床上沒起來哩，快來看新娘子打扮呀」，真糟糕！他們還不肯放我自由哩。那時我的小便可真連拚命也自忍不住了，然而卻又不能下床，給人家笑話說：花轎一到新娘子便猴急起來自己竄下床了，那還了得嗎？我急得流下淚來。淚珠滾到枕上，滲入木棉做的枕芯裡，立刻便給吸收乾了，我忽然得了個下流主意，於是輕輕的翻過身來，跪在床上，扯開枕套，偷偷地小便起來。小便後把濕枕頭推過一旁，自己重又睡下，用力伸個懶腰，真有說不出的快活。（頁三七）

裡面由對白與獨白組成，鏡頭在觀看的人群與主角之間移動，花轎與枕頭等道具——神聖——褻瀆恰成對比，這種描寫可謂入骨，在續作第二回〈寄人籬下〉也有一段類似的描寫，卻是極委屈的：

我思思量量的過了一夜，不覺窗上已呈魚白色了，這才覺得小便急起來。

我輕輕摸下樓梯，正想走向自來水龍頭旁去時，只聽得客堂門呀的開了，老奶奶惺忪著睡眼走出來說：「大小姐，你幹嗎起身得這麼早呀？唉，我真老糊塗了，還沒給你生爐子燒水呢。」我說：「老奶奶別忙，我只想小便。」她說：「馬桶在你姑母的後房，你自己上去吧。不然，等我跟扣上了衣服，我陪你去。」我說：「我不想驚醒姑丈他們，樓下可有什麼地方嗎？」老奶奶凝思半晌道：「那麼只有我的尿壺了，你若不嫌髒……」我不待她說完，逕自闖進後客堂去，在她床下摸到一只尿壺，蹲在地上便撒。天啊，不知道是我的技巧不夠，還是她的尿壺太滿了裝不下，小便淋漓在地上。（頁二二一）

傳統女性自結婚後不斷寄人籬下，流離在不同的空間，最狼狽的是連尿尿都如此困難，遑論其他。作者以女性便溺之描寫反抗男性凝視的審美角度，根據克里斯多娃的「賤斥」理論[52]，人們對於穢物的迎拒跟主體的建構有關，女性書寫便溺，可說是「驅逐異己的暴力」的表現。

52 朱莉亞・克里斯多娃著，張新木譯：《恐怖的權力：論卑賤》，北京，三聯書店，二〇〇一，頁八。

透過女性自身的穢物書寫，在多層次的凝視中轉化為真實的呼聲，這裡面存在著女性的反抗。

莫薇認為女性銀幕形象的色欲與男性三種注視（look）或凝視（gaze）有關，第一層是拍攝者的攝影機造成的男性與偷窺的注視；第二層是劇情中男性的注視，使女人變成他們凝視下的客體，也是戀物與偷窺的標的；第三層是觀影者的凝視，通常是男女觀眾皆站在同一陣線，對影像女性的凝視。由於女性在現實生活中習慣自己身處被凝視的位置，所以電影把女性人物客體化並不會令她們產生反感。而且女性的社會地位較男性低，令她們產生渴求變成男性的欲望，因此電影中的女性人物正好為她們提供了挪用男性角度凝視他人的機會。[53]蘇青在多層次的凝視中，以反審美的女性姿態，表現出自我主體性。

《續結婚十年》較有章回小說的味道，在二十一節中，聚焦在情欲與母職的衝突，空間的轉換更頻繁。一個離了婚的獨居女子，只想擁有「自己的房子」，但她的內心感到無比寂寞空虛，男人來了又去，很難被視為宜家宜室的女人，最後她還是進了醫院，這次不是肺病，而是打胎。

蘇青這兩本自傳性小說，作者藉凝視自己總總不堪，感情得到紓解，讀者則在凝視女主角的總總不堪得到快感，這種女人對自我的凝視暴力，將痛感轉成快感。

張愛玲小說在早期著重顏色、服飾與小道具的運用，後期則以蒙太奇剪接，光與影的捕捉更是出神入化，電影中短鏡頭的組合、疊印、突切、交叉剪輯等亦成意識流的自由聯想與破碎，這在〈浮花浪蕊〉、〈色，戒〉中已突破以往的以敘事為主的格局，而走向浮光掠影式的心靈舞台。

在《小團圓》中一切敘述在潛意識底下進行，事件寫得影影繪繪，人性的黑如猜忌、復仇、背叛、淫亂與人性的微光如天真、付出、犧牲一明二暗相輝映。

在王安憶的《長恨歌》中通篇以電影片場為框架，人物的進出，以接龍式的一個帶出一個，聲音、光線、色彩皆有影像感，在王琦瑤逛片場預見四十年後的自己一段：

> 只見有一個穿睡袍的女人躺在床上，躺了幾種姿勢，一回是側身，一回是仰天，還有一回只躺了半個身子，另半個身子垂到地上的。她的半透明的睡袍裹著身子，床已經皺了，也是有點起膩的。燈光暗了幾次，又亮了幾次。最後終於躺定了，再不動了，燈光再次暗下來。再一次亮起的，似與前幾次都不同了。前幾次的亮是那種敞亮，大放光明，無遮無擋的。這一次，卻是一種專門的亮，那種夜半時分外面漆黑裡面卻光明的亮。那房間的景好像退遠了一些，卻更生動了一些，有點熟進心裡去的意思。王琦瑤注意到那盞布景裡的電燈，發出著真實的光芒，蓮花狀的燈罩，在三面牆上投下波紋的陰影。這就像是舊景重視，卻想不起是何時何地的舊識。
>
> 王琦瑤再把目光移到燈下的女人，她陡地明白這女人扮的是一個死去的人，不知是自殺還是他殺。奇怪的是，這情形並非明慘可怖，反而是起膩的熟。

光線在這裡一再被強調，在明暗之間，燈下的女人一次比一真實，一次比一次更走進心裡，這是一個熟悉的舊景，如同超現實的電影，人物預見未來，雖然每個人的生命終點都是死亡，但王琦瑤代

53 E.Ann Kaplan 著，曾偉禎等譯：《女性與電影——攝影機前後的女性》，台北，遠流，一九九七，頁五一。

表著上海的一切，她的一生只能在舞台上或演成一部影片。

王琦瑤凝視自己，人們凝視著王琦瑤，她是戀物的標的，男人藉凝視女主角達到快感，女人借用男性的角度來凝視電影中的人物，一樣達到快感，然在作者疏離手法下，具有反諷與虛虛實實的效果。

另外，三戀系列的作品則慣用長鏡頭，以寧靜的位移，展現田園詩般的真實感。《富萍》的人物是一個帶一個，形成人外有人天外有天的景象，鏡頭由戶內場景慢慢轉向戶外場景，從陸地進攻水上，由中心向邊緣游離，像卷軸畫般開展。〈流逝〉以長鏡頭照映家裡的布置與周邊空間，像舞台劇般遵守著三一律，《上種紅菱下種藕》，則以近景與特寫互用，從鄉居的民宅到田園風光，人物與鏡頭的運動更加急促；《遍地梟雄》則像公路電影般，亦是一個引一個，以空間橫向移動，人物垂直運動為主，跟拍人物的互動。

王安憶慣以人物的動作與情節的動作帶動鏡頭由近而遠的運動，可說節奏感與韻律感俱卓越的小說家。

結論

納布柯夫認為月光是黯淡的火，必須藉著太陽光來發亮，西方文明之於被迫現代化的中國，也有類似這樣的關係。但在西方文明對中國文學的啟蒙與照明的過程中，那些屬於無論是太陽或月光寧靜深邃陰暗面的，如同唯美主義或象徵主義，也同時透過祕密迂迴的途徑在中國發生。

中國彼時所面臨的問題，至少在文學的表現上，也是沿著兩條軸線交錯發展，一條則是對於現代化與國族的關注，一條就是性別與美學空間的發展。這兩條軸線，至少在北方，係以北京與上海兩座城市為各自的展演空間，採取不同的策略爭取文學政治的發言權。五四文學對於中國的現代化與國族團結有很長足的影響，但在性別與美學空間的發展則有其局限。在這類文學作品中常出現的總是廣場、工廠、茶館、學校甚至是報章雜誌這類的公共空間，跟哈伯瑪斯的公共空間理論沒考慮到的地方類似，它忽略了性別障礙與接近權上的不平等，且它在性別上的表現總是陽性、壓抑性的、與性無關的或不性感的。

而上海書寫則引領我們進入現代生活日常的實踐當中，經過理性與生產生活的剩餘，進入餐廳、戲院、俱樂部等這些聲色場所，來到（女性）家庭生活的創傷核心。一方面女性本身的性別便受到另一性別的壓抑；另一方面，代表女性生活重心的家庭，又不斷受到公共空間擴張的壓縮，現代化的公共生活與家庭生活，無疑是為女性打造了一個雙重的精緻牢籠。女性即便要對社會發聲，最好的管道也是待在私人公寓的書房裡面，描寫的事物也多半只能是室內與屋內所見所為。在如此有限空間內的女性，要無限擴展自己的生命，一套極度精緻頹廢、得以讓女性療傷或反抗的美學發展，是必要的生存策略，而上海特殊的地位、物質條件與審美觀，也提供女性一個得天獨厚的逃難與抗爭的場所。

倘若藉此脈絡反觀新感覺派，其在海派中的地位雖也曾是光彩奪目，由引領風騷的一群風流才子所組成，他們的出現就像慧星一般燦爛，也一樣短暫，撇開文學家應然的使命感不談，他們在性別角色的建立與描述的美學突破上，也並沒有為我們帶來太多大破大立的驚喜。新感覺派所主宰的藝術，終究是一種屬於平面、靜態的藝術，是空間的而不是時間的，它缺少的正是歷史感與總體性，如同許多都市文學的特性一樣，它道出了一個都市生活破碎斷裂的病徵，旋即也變成它的一部分，因而難以垂直接續，只能作橫向的移植。

而海派女作家是時間的，更是立體空間的，或許在性別意識上也是更現實、基進，它的美感與病感更具有普世意義，逼迫出更真槍實彈的人性條件，創造生存的意義，這也說明它為何越滾越大的原因，且能作為海派的重要精神象徵。

參考書目

王安憶，《長恨歌》，台北，麥田，一九九六

王安憶，《富萍》，台北，麥田，二〇〇一

王安憶，《妹頭》，台北，麥田，二〇〇一

王安憶，《流逝》，台北，印刻，二〇〇三

王安憶，《上種紅菱下種藕》，台北，麥田，二〇〇六

王安憶，《遍地梟雄》，台北，麥田，二〇〇五

張愛玲，《張愛玲短篇小說集》，台北，皇冠，一九七四

張愛玲，《傳奇》增訂本，山河，一九四六

張愛玲，《張愛玲文集》，上海，上海書店，一九九四
靜思編，《張愛玲與蘇青》，合肥，安徽文藝，一九九四
蘇青，《蘇青文集》，上海，上海書店，一九九四
羅蘭・巴特著，許綺玲譯，《明室——攝影札記》，台北，台灣攝影工作室，一九九五
蘇珊・桑塔格著，刁筱華譯，《疾病的隱喻》，台北，大田，二〇〇八
朱莉亞・克里斯多娃著，張新木譯，《恐怖的權力：論卑賤》，北京，三聯書店，二〇〇一
E.Ann Kaplan 著，曾偉禎等譯，《女性與電影——攝影機前後的女性》，台北，遠流，一九九七
Spivak, Gayatri Chakravorty. In Other Worlds. New York: Methuen, 1987.

參考論文

韓冷，〈海派作家筆下的肺結核病人〉，《廣東社會科學》，二〇〇七
馮雷，〈從「疾病」的隱喻看中國現代文學的多重現代性〉，《湛江師範學院學報》第五期，二〇〇八

發表於《東海中文學報》，二一七—二三九

生活性與空間性

——張愛玲的香港書寫與晚期風格

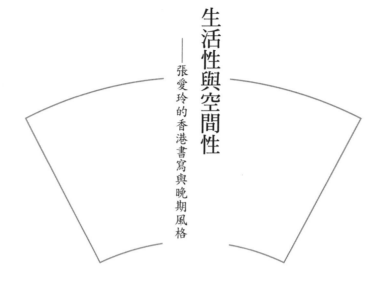

前言

二十一世紀初，離張愛玲過世十年之後，由宋以朗經手出版了張愛玲從一九五〇年末期到七〇年末期的重要著作，依年代順序是英文版《易經》在前而中文版《小團圓》之改寫在後，說明張在美國所作的文學創作努力並未交白卷。一九五九年張將滿四十歲，而母親剛過世，她想以自己家族的故事進攻美國市場，就像當年她以〈金鎖記〉奠定文學地位，這在她離開大陸前仍在進行電影改編的作品，可能是她最滿意的作品，之後一再改寫為英文小說《Pink Tears》與中文小說《怨女》；另一方面她進行自傳小說的大部頭書寫，拋棄了前期小說的戲劇性、香港時期的政治性，轉而朝向自我審視的夾縫書寫，這些小說難讀寫，大多具有影射意義，有優有劣，有人拿它與《孽海花》相比，令人想到薩伊德的「晚期風格」所言：「在他們的晚年作品中並非表現得成熟與圓融，反而表現得更孤僻，更不守常規，展現了精神上的自我放逐，一種刻意不具建設性的、逆行的創造。」另外，書中人物與母親關係為小說的主軸，其中重大的轉折點發生在香港，她在香港大學因成績優異得到自信，她的上進與母親的墮落為重要對比與衝突點，從此母女切斷臍帶，並以雷峰塔倒塌作為象徵，在這場親情災難中她成為她自己。本文從她的後期的自傳小說討論其晚期風格，說明它們的文學意義並強調香港這座城市的關鍵性。

美新處與冷戰敘事

張愛玲在香港的代表作為《秧歌》、《赤地之戀》，這時期的作品跟早期作品大不同，她寫出她自認為不會寫的「時代紀念碑」的作品，跟晚期平淡自然的藏閃文字也有差異，這跟當時的「美元文化」有密切關係，所產生的文學不管是右翼的「綠背文學」與左翼作家，都很難逃脫美國與金錢因素影響，前者反共意識強烈，後者反蔣、反國民黨。兩者相較，「反共」能獲得更大利益，如張為美新處翻譯《荻村傳》的稿酬就一萬多美元，這在當時可說是天價。而反共的大本營亞洲出版社的稿費千字二十元，是一般的四倍。然這些作品是否反映香港的本土與現實頗讓人疑惑，比較靠近的是難民文學，然也以調景嶺為主，如綠背文學的代表人物趙滋蕃《半下流社會》，描寫在調景嶺一理想化的文學奮鬥團體，獲得成功後改拍成電影，他成為亞洲出版社編輯，收入頗豐，可說從此進入「半上流社會」，然因描寫重生島上囚犯的人權慘狀而被遞解出境，下場頗為慘烈。可見英美宣傳的自由人權是有底限的，也要付出慘痛代價。

他們不約而同採用寫實手法，較好的上升到隱喻與象徵的層次，而張愛玲在其中，偏向右翼，然多了許多文學的諷喻，這大約是一種大趨勢使然，然她真正想寫的是自己的故事，自傳加一點東西異國戀與偵探推理，這既符合美元文化的現實，又能實現自己的文學夢，也較多地描寫到香港本土，畢竟她是二度來港，在這個地方生活過。然在美元文化之外，她看到更大的遠景為何？「東西異國戀」和「諜報」是冷戰敘述的最大產物，我們來看韓素音的例子，張愛玲從不與人相比，卻批評過她，因她是當時最大的受益者。她比張大三歲，英籍華裔，曾留學比利時，一九五二年她用英文完成自傳小說《瑰寶》一書，引起西方轟動，一九五五年被好萊塢改編為電影《生死戀》，此片不僅賣座，還獲得三項奧斯卡金像獎，它的故事以國共內戰與韓戰為背景，英國記者與中英混血的戀愛故事，他們歷經萬難無法結合，男主角最後死於韓戰戰場，影片大量在香港取景，用當時最高的攝影規格，拍出香港的美，如香港仔漁港、半山、淺水灣、維多利亞港，還有殖民風格的建築，讓西方觀眾大為驚豔，男主角為威廉赫頓，女主角為珍妮佛瓊斯，都是一時之選。因為太受歡迎，CBS再拍電視劇，由韓素音的女兒為女主角，然因當時美國社會還不能接受異國戀，遭到禁播，這令人思考「東西異國戀」在當時還在幻想的超現實裡，之後《蘇絲黃的世界》、《花鼓歌》、《六福客棧》跟拍風，這主題顯然還是文化霸權的展示，通常是男性白人與東方女性的搭配，符合冷戰的觀看思維，因此大受西方觀眾喜愛，張在這環境下，想寫自傳小說，應該也是大勢所驅。

異國戀在當時還是禁忌，卻大受歡迎，這牽涉到文化霸權的西方中心的凝視，通常白種男人與東方女子的愛戀，就算混血兒還是東方式的保守，那一襲緊身旗袍，展現的是如何緊張的對峙。

冷戰小說的產物還有間諜，《赤地之戀》中的顧岡，為了黃絹不得不下海，最後上戰場；〈色，戒〉的英譯是「Spy Ring」，當她踏上美國，在自傳小說中就加入戰爭、諜報、異國戀的元素，可惜並沒有被接受。因此不是題材的問題，美學的問題較大。

《雷峰塔》、《易經》、《少帥》、《小團圓》皆完成於冷戰時期，一九六〇年代至七〇年代，它們包含東西異國戀、戰爭、間諜等元素，為什麼不受接受，或未完、尚且完成卻不發表呢？主要是在美國國內與國外的讀者和觀眾不同，他們能接受賽珍珠、林語堂、韓素音描寫的中國，卻不接受張描寫的中國，只因她是中國文化的批判者，在小說上「反高潮」的一貫追求，一點也不浪漫。然《小團圓》的美學與技巧是成熟的，在這之前的那三部，皆顯得力有未逮，因她對民國史與家族史資料不全，在心態上又急於求成，於是寫家族史更多集中在寫那些奶媽、丫頭、姨太太，視角採兒少觀點，且往病態的方向走，可說是題材迎合當時的大勢，寫法卻逆向操作，她這時正當寫小說的盛年，說是「晚期風格」誠然太早，只能說是轉型期，在美學上確有破口，它介於寫實與寫虛的尷尬期，可說是不完熟的作品，寫作上的挫敗讓她轉向研究、翻譯《紅樓夢》與《海上花列傳》，之後她的文筆受古典小說影響，走向平淡自然之美，且加入自己的愛情故事，略去異國戀（汝狄），就是真正的東方之戀，以自己為主體，且是為自己而寫的豁開之作，這時她降低家史、國史的成分，雖有戰爭與間諜元素，只寫其時代氛圍，主軸就在九莉身上，和姑姑、嬸嬸可說三位一體。

一切大都是意識流動，若隱若現，人物眾多來來去去，時空自由跳動，這種兼容古典與現代的小說美學至此完熟。這才是真正的「晚期風格」。

一種晚期風格——主客交融的書寫

薩伊德運用阿多諾的「晚期」論點，接連對貝多芬、理查・施特勞斯（Richard Strauss）、莫札特（Wolfgang Amadeus Mozart）、尚・熱內（Jean Genet）、古爾德（Gleen Gould）等人進行討論，描繪出一幅嚴謹而深刻的「晚期圖像」——不僅在音樂、文學、電影上，只要可以統攝為「藝術」的項目，在觸及「死亡」這個無從逃避的主題時，都應發展出屬於個人的、富含辯證性格的「晚期風格」。薩伊德同樣觀察到另一種「晚期」面貌：

> 我們在某些晚期作品裡會遇到某種被公認的年齡概念和智慧，那些晚期作品反映了一種特殊的成熟性，反映了一種經常按照對日常現實的奇蹟般的轉換而表達出來的新的和解精神與安寧。[54]

那是莎士比亞（William Shakespeare）、威爾第（Giuseppe Verdi）的晚年作品，「洋溢著一種復甦了的、幾乎是年輕人的活力，它證明了一種對藝術創造和力量的尊崇」。薩伊德謂之「聰明的順從」。他們的晚期風格，不僅不是和諧與解決，而是冥頑與難解，更是未解決的矛盾，在他們的晚年作品中並非表現得成熟與圓融，反而表現得更孤僻，更不守常規，展現了精神上的自我放逐，一種刻意不具建設性的、逆行的創造。

而薩伊德巴勒斯坦人／美國學者的身分，使他洞穿那些乍看之下乖戾、離經叛道且不合時宜的晚年作品，揭露其永不妥協的莊嚴本真。無疑地，薩伊德為這一類型的晚期風格著迷，並以極其博學的關懷視角，串起各領域大師級的晚期風格，開啟了古今藝術心靈經由細膩的觀察與深刻的理解進行溝通的可能。

從薩伊德的觀點來看張愛玲的五〇年代至九〇年代的作品，可以解釋為什麼它們看來如此怪異與退遲的現象，然而屬於張的晚期風格是不妥協和不與人溝通的偏執：

> 張愛玲屬於哪一種晚期風格呢？也許不適用於其中任何一點。今天我得到一點啟發，也許我們可

以把張愛玲的晚期風格定位為某一種自閉式的自省風格。自閉式就是她真的和塵世隔離了，厭倦其他人。她很不喜歡美國人，崇拜她的人，她也不見得喜歡。自省的方面就是，她把自己的過去，反覆地把它寫出來，思考，甚至於自言自語。[55]

李認為她的「晚期風格」不適合用任何一種來解釋，強調它是「自閉式的自省風格」，這一點我雖同意，但我覺得它並不孤絕，至少是與古典小說同行，她寫這些小說時正研究《紅樓夢》與《海上花列傳》，並試著取法於它們，陳子善認為類似《孽海花》，我覺得精神上相通，形式中有新創，並非那麼沉舊與封閉，尤其寫到九莉自己的愛情，是新穎且真切，真的是「掏心掏肺」，且與她任何一本不同。薩伊德說：「在藝術史裡，晚期風格是災難。」通過製造災難，通過把自己變成一場災難，藝術家實現了自己在美學上的自由。

傳記，轉譯，改寫，正是她的「晚期風格」，正如薩伊德提出的「晚期風格」，「晚」（lateness）並非指「暮年」（senility），薩伊德認為「晚」，在阿多諾的著作裡可視作「遲晚」或「不適時」，甚至有點「不合時宜」（untimely）的意思，暗含作品與當下時間及時尚風格不協調甚至矛盾的風格特

54 薩伊德：《論晚期風格：反本質的音樂與文學》（*On late Style: Music and Literature Against the Grain*），北京，三聯書店，二〇〇九，頁六。

55 李歐梵：〈停不了的張力〉，《城市畫報》，http://magazine.sina.com/bg/citypic/230/2009-05-14/ba71285.html。

質，這亦引申出「晚」的另一層意義：被標籤作「晚期風格」的作品，其實亦比同時代作品在「前衛」程度上更「早熟」一些，例如貝多芬的晚期作品，以及荀白克（Arnold Schoenberg）那些以不和諧及晦澀著稱的十二音列作品。

張的自傳書寫晚於西方的普魯斯特《追憶逝水年華》，卻早於一九五一年出版的《麥田捕手》，同樣叛逆與超時代，而不被讀者接受，成為禁書，說明五〇年代的美國出版界與讀者的保守性。

張愛玲的自傳小說與沙林傑《麥田捕手》同樣是一部少女（少年）成長小說，在他憤世嫉俗的言語中，表達他對現實社會的不滿，作者多次使用「虛偽」來形容他周遭的人、事、物，可看出他對成人世界的不屑和睥睨。「我一直在想像著有許多小孩子在一片偌大的麥田裡玩著種種遊戲。有上千的小孩子，同時又沒有人在旁邊——我是指除了我以外沒有大人。而且我還是站在一個危崖的邊上，我所要做的是，我得抓住每一個跑向這危崖邊去的小孩子，我是說如果他們不知道這是懸崖而跑了過來的話，我就從一個地方出來抓住他們。這就是我成天想做的工作，我只是想做一個麥田裡面的捕捉者而已。」而張愛玲的自傳書寫橫貫她的寫作生涯超過半世紀，她對自己來自的家族是驕傲的，對自己的父母親則極為不滿，逆子逆女的書寫在台灣要到一九七三年王文興的《家變》，才正式上場，張愛玲從四〇年代即以反母道父道為出發，〈私語〉較含蓄，〈金鎖記〉則較經典且激烈，其時已隱含她對母道的質疑；之後越寫越叛逆、越明顯，五〇年代最為激烈，以《雷峰塔》、《易經》為代表，她筆下的邪惡母親比〈金鎖記〉中的七巧有過之無不及，不管是反覆譯寫的《怨女》或自傳書寫皆以此為主題。這種離經叛道的表現，可以薩伊德的「晚期風格」論之。

與當下時間及時尚風格不協調甚至矛盾的風格特質，亦比同時代作品在「前衛」程度上「早熟」，跟同時期的移民作家相比，她的寫作不一定是前衛的，甚至有點後退或不合時宜，她的書寫不斷重複，關於重複書寫在美學上的意義，王德威說：「重複是張愛玲寫作的本命」。

但也不必美化重複，它是文病與心病交融的情結；重複的另一意義也許是「膠著」與「頑抗」，當她在中文世界評價極高的作品，在英文世界一再被退稿，這令她感到困惑與挫折，於是一再改寫、譯寫，最後濃縮到只有幾頁。她對自己的作品有著極頑固的信心，認為總有被接受的一天。

另外，移民作家在文化上出現「退遲」的現象也許是正常的自我防衛，當僑居者處於「賤斥」的位置，依克里斯多娃的理論，自我客體化的結果，是回憶不斷閃現，他不斷回到過去，只為追求靈光的閃現，當主體與他者分裂，他者形成頑強的卑賤物：

> 苦痛、恐怖、死亡、共謀的譏諷、卑賤、害怕……。這深淵，悠悠訴說著在自我和他者——在全無和全有——之間的奇異裂縫。[56]

移民者是「自動的他者」，為驅逐他者（卑賤物）而不斷抹除、遮蔽，父母親情在這裡變成卑賤

56 朱莉亞．克里斯多娃著，張新木譯：《恐怖的權力：論卑賤》，北京，三聯書店，二〇〇一，頁一八六。

物的投射，而以厭惡、反感的面貌出現，因此不斷回到過去，意謂著抹除過去，在遺忘與雷電的兩極相激，真正的真相是沒有真相，只有空洞與分裂。以此說明張愛玲的中、晚期自傳書寫，當可說明她有重複之必要，退遲之必要。

再者，她的自傳三部曲與《瑰寶》之類的作品大不同，她著重自己（主體）的突圍，且朝主客交融的方向努力，著重空間、交通工具、生活性、方言性的描寫，寫活了許多人物，還有香港。雖然題材重複，文類已從散文擴大為數十萬字的長篇小說，寫法一再改變，從四〇年代的抒情，到六〇年代的批判，以兒少視角描寫的家史、國史，帶著濃厚的神話與傳奇色彩，至七〇年代轉向夾縫文章與意識流，以愛情為重心，手法一再改變，可說她盡畢生之力都在處理她自身及家族故事，且一九七六年完成《小團圓》之後並未發，不僅如此，這三部曲都在身後才面世，可見她真心不想迎合時勢。

在放下《小團圓》的同時，她遵照宋淇的意見改寫〈色，戒〉，完全符合冷戰敘事的諜報小說，卻因此引發漢奸的討論，可說吃力不討好，然在二十一世紀初被李安改編為電影，這是一種文化的反撲嗎？以一個東方女性視角，在華人好萊塢導演的鏡頭下，再度回顧冷戰，女性的反擊雖失敗，她作為一個符號被創造，但最後還是被抹除，只留下空白。所以並非重複那麼簡單，而是自我封印、自我禁令，因宋淇要她避開「漢奸妻」這頂大帽子，這也是冷戰下的思維，或是「國共戰爭」下的思維，令一部作品封存，這在文學史上是件大事。

如《紅樓夢》的未完，或卡夫卡的自我封存，這都是文學史上的災難。

然從另一個角度來看，後霸權的凝視依然存在，作者再度寫活上海與香港這兩座城市，還作了很多考察，並畫了上海靜安寺附近地圖，這是作者長期生活且熟悉的區塊，這是王佳芝設計殺人卻被殺的地點，象徵著被割裂的女體與主體。

女體死亡，城市依然存活，她一再重返。

空間性與生活性——自傳小說中的香港

早在一九四〇年代〈燼餘錄〉她描寫在香港的生活與心境轉變，尤其是香港之戰前後，電影劇本也多以香港為背景，在此意義下說她是戰爭前後的香港作家應不為過，她在港大三年，一九五二年從大陸逃出後又待三年，前三年她寫了一系列以香港為背景的小說與散文；後三年她寫出《秧歌》與《赤地之戀》；〈色，戒〉、〈相見歡〉、〈浮花浪蕊〉等也應初寫於此時期，香港在她的筆下是充滿殖民地風情，相對自由的國度：洋修女洋教授、來自東南亞的同學、熱帶植物與風情，最重要的是她擁有自己的生活，畫畫、逛街、交朋友、十九歲〈天才夢〉得獎，又因成績優異拿到英國教授給的獎學金；一九三九年母親來看她，其實是相親旅遊團，住淺水灣飯店，一夜賭掉她的獎學金，母女感情破裂。如果說〈私語〉、《雷峰塔》是弒父之作，《易經》則為弒母之作，從上海到香港，她的後半生都在為雙重的伊底帕斯情結奮鬥。

第三度來香港，她寫了許多以香港為背景的劇本，雖然有些改編自美國的神經喜劇，然其中有甚多對香港特有風情的描寫，如南北系列探討地域與方言問題；《小兒女》則探討後母的心境，這裡更多反映她與賴雅婚後的改變，她自己的後母，兩人關係緊張，最後因去看生母而起衝突，被關半年後逃向生母，從此再無瓜葛；她三十多歲嫁給賴雅為續弦，有一個年紀跟她差不多的繼女，從《賴雅日記》看，賴雅頗愛這女兒，尤其是孫兒，時常見面，張與霏絲相處也沒太大問題，彼此客氣有禮。這讓張對繼母這角色，賦予正面形象，可見她自己藉此劇化解衝突，而其中女主角景慧搭公車被男主角螃蟹勾到的景象，是有香港風情的；最貼合香港的為《一曲難忘》，此劇以香港戰爭為背景，她又一次重返現場。

張到美國之後，作品一再重返香港，雖然電影劇本評價不高，卻港味十足，比小說更在地化，而散文與小說的書寫可說一次比一次細緻深化，因香港對她來說既是啟蒙地也是幻滅地，然又是感情牽繫地，那裡有她最好的朋友與記憶，還有再度出發的勇氣與經濟支撐。

一九六〇年代英文版《雷峰塔》改寫〈私語〉為長篇小說，以雷峰塔的倒塌比喻一個舊家族的崩毀，包括對父母的幻滅，加入許多親族與僕傭的描寫。英文過於淺白，文字魅力大減，移民作家使用非母語寫作碰到的困難，令人難以想像。此部以孩子的觀點書寫，淺白易讀。

英文版《易經》改寫〈燼餘錄〉為長篇，重點擺在香港與母親的衝突，母親的形象極為負面，她把女兒的獎學金一夜賭光，又被懷疑為間諜而入獄，出獄後母女感情絕裂，為前所未見的情節，寫得極為冷厲，是否事發未久，恨意極深，故而醜化母親，裡面的人物皆有不堪之處，與母親絕裂約在二十歲。

這兩部書筆法直接而刻薄，據張的說法是為表達「溝通障礙的障礙」，不擅言辭與辯解的作者，寫此書質疑傳統中國孝道與親子關係，可能是遠離中國之後，切斷擠帶的宣言。

香港在其中扮演的是啟蒙之城與轉變之都，從「燼餘」、「易經」這些語詞可以想見不僅是戰爭的摧毀，更多的是親情的劫毀。

《易經》的場景以香港為背景，描摹四〇年代的街景、山景、海景、戰爭中的景況，她把香港與上海作比較，上海是「沒特色的大城市，連黃包車都是髒髒的褐色的」，而香港則是色彩繽紛的：

上海不止讓她想到一群群的人共住一城卻無緣相識。他們就是世界，就是人生，而香港像個人口稀疏的熱帶小島，整整齊齊的擺出來，等著什麼計畫。到市中心短短的路上放眼盡是簡陋老舊的房舍，傍著窄路，小小的咖啡館髒污的窗上貼著咖哩飯的廣告。[57]

當時香港還是人口稀疏的城市，根據資料顯示戰前香港人口約一百六十萬，戰爭時期，不少華籍居民返回內地，一九四五年八月激減至六十萬人，一九四七年又激增至一百八十萬人，張愛玲在港的期間為一九三九至一九四二年，香港的居民只有五、六十萬人，正是空城期，人口稀疏是短暫的現象，但也說明那特殊時期的景況。

57 張愛玲：《易經》，台北，皇冠，二〇一〇，頁一一一。

戰爭時的街景寫得冷靜而肅殺，琵琶與比比穿越其中彷彿局外人一般：

城中的商業區似乎沒有改變，就是車輛都不見了。許多人行色匆匆，倒像是天氣太冷，必須快步走取暖。她忘了香港沒那麼冷。有個人穿著綿呢唐衫長褲，伸長手腳躺在人行道，循規守法的精神，彷彿在這裡午睡名正言順。

「別看！」比比說。

「死了嗎？」琵琶愕然道。

「噯。」

……人行道有更多身體阻路，總是衣著樸素，仰天躺著，手腳併攏。匆忙經過的人群俐落的閃過，正眼也不看一眼。她忽然有個希奇古怪的想法，槓房來收過屍，卻沒把屍體運走。[58]

作者因在港大就讀，對港大與附近的山景描寫最多，用聽覺與視覺描繪山與海，把香港描寫得充滿古意：

琵琶醒來，天色仍是暗的。松濤一停，香港山上就有種異樣的寂寥。古人愛用松濤來形容風過松林。這裡的松樹每逢冬天就整夜的呼嘯，聽著頗似冰冷的島嶼被狂風巨浪包圍住。可是黎明一近，風聲止歇，汽車也不再環繞山路上山，會有一陣萬籟俱寂，在低於海平面的地方圈養的公雞報曉聲也侵擾不了。奢侈的死寂低低的細細的，像是在屋裡。滿山的石屋建築，每棟屋子都卓然自立，遠眺大海。底盤過大的地基是為了抵擋濕氣。花園都闢在頂端，像亞述古廟。[59]

寫到戰爭中的轟炸，並描繪九龍及附近小島，仿如仙境一般不真實：

> 食堂面對大海，車庫門敞開著。十二月的天氣涼爽。外頭的瀝青小道路邊一溜鐵欄干。坡斜的花園看不見，跟著山腳下的城市一同掉出了視線之外。琵琶坐的地方只看見海與天，鴨蛋殼一樣的暗淡藍綠色。九龍圈著地平線，像在雲裡霧裡。左邊一串駝峰樣的島嶼漂浮在海面上，彷彿空濛中一行烏龜。別的島嶼使別的地平線更往外退。天上飛機排成V字形，飛得低低的，扁扁的，太黑太重，青一色的蛋殼似的天空有點托不住。嗡嗡聲從海灣傳來，相當明晰。有些女孩吃了一半抬起頭來。[60]

作者以冷眼看人生與人性，常以局外人自居，也許是這樣，她的視野常是疏離的，這是好友比比

58 同上，頁二七四—二七五。

59 同上，頁一七四。

60 同上，頁一九四。

影響她的，比比是混血兒，常以外國人角度看中國，故而能出其外，作者是能入其內又出其外的：

粵劇並不精采。與京劇相比粗糙浮華了，琵琶沒看懂，也聽不懂其中的笑話。可是她仍極享受，盡情掬飲劇院裡的各種嘈雜，觀眾嗑瓜子、咳嗽，吐痰、舒舒服服的回到正常的時光與古老的地點。這是她頭一次以觀光客的外人眼光來看中國，從比比那學的，她一輩子都是以外國人的身分住在中國。也是頭一次她愛自己的國家，超然物外，只有純然喜悅。61

從以上可以說明張在香港經歷過戰爭與異文化的洗禮，她產生新的視野，即以超然物外的審美角度看中國的一切，這是為什麼一回中國能以英文向外國人介紹中國，又寫出驚人世故的《傳奇》與《流言》，其中多以香港為背景，可以說香港是她的啟蒙之都。

她的香港書寫，從「一座城的陷落完成她的愛」的愛情聖地與文明廢墟，在《小團圓》中，轉向戰爭與死亡，英國老師的驟逝，讓她直面肉體的死亡，而與母親的決裂，則是精神的死亡，她還描寫許多來自國內外的同學，炎櫻（比比）的比例越來越少，賽梨、愛瑪、婀墜、特瑞絲、瑪麗、茹壁、劍妮、安姬、柔絲……這些名字漂亮的女同學，為何一再出現在她的散文、小說中，跟「九莉」這平凡的名字恰成對比，她們的早熟活潑呼應著九莉的晚熟與安靜。裡面暗藏著她對安竹斯特殊的情愫，如當賽梨提到安竹斯時「九莉又給針刺了一下」，當安竹斯給她八百塊獎學金時，她恨不得飛去給母親看，因為「這是世界上最值錢的錢」，當母親一晚把它賭掉，她傷心失望至極：「一回過味來，就像有件什麼事結束了。不是她自己作的決定，不過知道完了，一條很長的路走到了盡頭。」母親不知道安竹斯對她多麼重要，或許母親知道，故意賭光，不管是哪種都不可原諒。母親的異國戀點出她的異國情愫，母親可以，她不可以，而且還不是她想的那種。母親完全不瞭解她，也不在意她的死活，這在前面就埋下伏筆。

當柔斯來告訴九莉安竹斯的死訊，她最初的反應居然是占有性大發，覺得她才認識他半年，算知道他嗎？「知道」這兩個字用得很重，她才真正知道他，柔絲走後她非常激動：

九莉繼續洗襪子，然後抽噎起來，但是就像這自來水龍頭，震撼抽搐半天才迸出幾點痛淚。這才知道死亡怎樣了結一切。本來總還好像以為有一天可以對他解釋，其實有什麼可以解釋的？但現在一陣涼風，是一扇沉重的石門緩緩關上了。[62]

一個是走到盡頭，一個是緩緩關上，這雙重的死亡，都跟浪漫愛無關，她寫的香港有異國戀、戰爭、間諜，但跟那些寫給西方人看的都不同。愛跟死只有一線之隔，愛是死亡的陰影，愛越深，死亡的威脅越大。感覺上同學或姑姑、嬸嬸都在愛情上呼風喚雨，而九莉的好事都在後頭，這裡只是點題。另一個點題是戰爭與和平運動，關於香港之戰她說：

61 同上，頁三三一。
62 張愛玲，《小團圓》，台北，皇冠，二〇〇九，頁六七。

她最不信上帝，但是連日轟炸下，也許是西方那句俗話：「壕洞裡沒有無神論者，」這時候她突然抬起頭來，在心裡對樓上說：「你待我太好。其實停止考試就行了，不用把老師也殺掉。」63

這些是反覆重寫，每次都有不同意義，她生於戰亂之中，早年走到哪，砲彈就落在哪，蘇州河、香港、國共戰爭、成為難民，直接寫港戰的作家不多，她算重要的一個：

> 她希望這場戰爭快點結束，再拖下去，「瓦罐不離井上破」，遲早圖書館中彈，再不然就是上班下班路上中彈片。
>
> 希望投降？希望日本兵打進來？
>
> 這又不是我們的戰爭。犯得著為英殖民地送命？
>
> 當然這是遁詞。是跟日本打的都是我們的戰爭。
>
> 國家主義是二十世紀的一個普遍的宗教。她不信教。
>
> 國家主義不過是一個過程。我們從前在漢唐已經有過了的。
>
> 這話人家聽著總是遮羞的話。在國際間你三千年五千年的文化也沒用，非要能打，肯打，才看得起你。
>
> 但是沒命還講什麼？總要活著才這樣那樣。64

《小團圓》以許多女同學為開頭，以浪漫的劍妮、比比，和風流的母親暗示九莉的未來，而支持和平運動的茹壁，她同情她，也未後來成為「漢奸妻」的伏筆。

寂靜中只聽見樓上用法文銳聲喊「特瑞絲嬤嬤」。食堂很大，燈光昏黃，餐桌上堆滿了報紙。劍妮摺疊著，拿錯了一張，看了看，忽道：「這是漢奸報。」抓著就撕。

茹壁站了起來，隔著張桌子把沉重的雙臂伸過來，二藍大褂袖口齊肘彎，衣服雖然寬大，看得出胸部鼓蓬蓬的。一張報兩人扯來扯去，不過茹壁究竟慢了一步，已經嗤嗤一撕兩半。……「不許你誣蔑和平運動！」茹壁略有點嘶啞的男性化的喉嚨，她聽著非常詫異。國語不錯，但是聽得出是外省人。大概她平時不大開口，而且多數人說外文的時候都聲音特別低。

「漢奸報！都是胡說八道！」

「是我的報，你敢撕！」65

這段描寫有點長，後來才知她是汪精衛的姪女，跟賽梨因觀點不同在床上扭打，茹璧很男孩子氣，

63 同上，頁六七。
64 同上，頁六四。
65 同上，頁二四—二五。

喜歡角力。這段寫這麼細，是之前沒有的。它可能是暗藏的伏筆，九莉在這其中顯得平淡，只是旁觀者。然命運的安排是多麼捉弄人。

方言感與通俗性——電影中的香港

張愛玲為香港電影中較深入寫香港的有《一曲難忘》、《小兒女》。

寫於一九六三年的《小兒女》是少數被收入文集的劇本，如第七場描寫的景為遊樂場「荔園」；二十六場寫渡輪：「乘客擁擠。許多鄉人帶著雞鴨籠與整袋菜蔬，豬羊發出叫，也有帶公事皮包的工廠職員。慧坐機器間附近，馬達聲隆隆。一阿飛型青年來坐在她身邊，攜一手提無線電在嘈雜聲中開得極響，奏『小兒女』曲，慧不忍聞，赴欄杆邊望海，淚下」，這些景物貼合香港五、六〇年代的風物，比王家衛的《阿飛正傳》更接近庶民生活。另二十七場寫青洲島碼頭，青洲小學，三十三場寫德育中學，四十三場有段廣播：「ZPMA，港九廣播電台。九龍賣花街八十三號王宅走失兩個男孩：王景方九歲，王景誠八歲。如果有人看見，請告訴警察局二區分局。現在時間十一點三刻，請各位繼續收聽音樂節目。」這些都增添在地氣息。故事的重心擺在大女兒景慧身上，是既青春又細膩的角色，相當討好，當時演女主角的尤敏因此片獲得金馬獎最佳女主角。

其中荔園全名荔園遊樂場，原名荔枝園，簡稱荔園，位於荔枝角灣，成立於一九四九年四月十六日，曾是香港規模最大的遊樂場，也是年輕人假日消閒的好去處。

它有三個山泉游泳池，也有濱海泳場。到一九六一年，遠東集團主席邱德根購入荔園，增建「宋城」，入場費為港幣五角，設有摩天輪、旋轉木馬、碰碰車、咖啡杯、搖搖船、恐龍屋、鬼屋等，更曾經有香港唯一的真雪溜冰場。裡面還有粵劇場和歌場，這裡孕育出不少炙手可熱的電視藝員和歌星，歌手梅愛芳與梅艷芳姊妹、羅文，就出身於此。這裡是香港人的共同記憶，張竟然也去過？她不寫沒見過的，主要是家庭劇最好的外景，因它有荔園動物園，有一頭象被命名為「Tino（天奴）」，牠是一頭緬甸大象，於一九五八年隨沈常福馬戲團來港，一直是荔園的吉祥物。這樂園直到一九九七年才關門。

當時香港人愛去的地方，除了荔園就是啟德遊樂場，一九五七年原子粒收音機面世，同年商業電台啟播，帶動了香港的廣播業發展，不少人為了收聽電台的廣播劇或流行音樂，流連於涼茶鋪中，聽眾大多來自工廠區的勞動階層。這些生活細節作者都捕捉入鏡。

而青洲島又稱青洲仔半島（Tsing Chau Tsai Peninsula），在香港大嶼山東北部，得名自半島內一個名為青洲仔的地方。青洲仔半島的範圍大致上為大嶼山屬於荃灣區的部分（大嶼山大部分地區屬於離島區）。當時很偏僻，現在是香港迪士尼樂園所在地。

南北系列，雖有宋淇的文筆，《南北喜相逢》（又名「真假姑母」）應該是張一人手筆，這時她對神經喜劇已駕輕就熟，如其中船上的賣花女，被誤認為富家千金，有張劇本對真假顛倒的喜好，也有她慣用的交通工具如飛機、郵輪出現。南北系列更多地探討風俗、方言、地域、職業的分歧，這些都是香港特有的南北之爭。

如果在劇本中尋找張愛玲，可能會失望。在小說中的她，世故又靈慧，淺淺幾筆皆有人性真實與文字風味；但在電影中的她輕快浮誇，通俗性高，深度不足。然相同的，她大量描寫香港，上海對她而言已是遙遠的夢，越來越模糊，而香港則越來越清晰。

她的小說面對的是對東方充滿偏見的西方讀者，電影面對的是把電影當娛樂的港、台及東南亞觀眾，接受度當然大不同。在五、六〇年代，西方文壇的華裔作家少得可憐，賽珍珠與韓素音是混血兒，林語堂，陳紀瀅，前者以《中國人的智慧》提升中國人的形象，後者反共立場鮮明。張愛玲寫中國人的變態與政治模糊為主，自然很難被接受，連她最有把握的〈金鎖記〉，是在中國受到最多肯定的，改編成《粉淚》，一再被退稿，小說的路走不通。只有寫更變態的《雷峰塔》、《易經》、《少帥》，或更加輕鬆通俗的劇本，裡面異國戀加戰爭、間諜，確是冷戰敘事的操作策略，卻走了偏鋒，這是風格轉變的「尷尬期」，有晚期風格的離經叛道，但在沉潛近二十年，《小團圓》才能說是晚期風格的成熟，她不再迎合大勢，冷戰的元素較淡，而以三個女人的愛情為主，從家族史走向愛情小說，銜接中國古典小說傳統，這樣的返祖，抵抗中心的立場更鮮明，在美學上她已另闢蹊徑，可見她的頑強。

東西迴異的書寫能力與接受史

同樣的故事，用兩種語文來講述，效果完全不同，這只是張愛玲的問題還是所有移民作家的問題？李黎說英文版本的張愛玲因為沒有她註冊商標的那些「兀自燃燒的句子」，讀起來竟然完全不是一回事：「就像同一個靈魂卻換了個身體，那個靈魂用陌生的面孔與我說英文。」張的英文程度明顯地與中文造詣懸殊，這造成她在中文世界大熱，而在英文世界太冷的尷尬處境。而張的英文到底出了什麼問題？

劉紹銘、李黎皆指出張的英文生硬；譬如「Just like him.」「Prosper Wong murmured.」「A tiger's head and a snake's tail. Big thunder, small rain drops.」為成語「虎頭蛇尾。雷聲大，雨點小」；《雷峰塔》和《易經》隨處可見這種似通非通的句子：「Really, if I were you, Mrs Chin, I'd go home and enjoy myself, what for, at this age, still out here eating other people's rice?」「Sunflower said」。

張愛玲的小說，只要是中文書寫，寫得再壞，也能誘人讀下去。她用英文寫作，特別在處理口語時，時有敗筆。劉紹銘在二〇〇五年發表的長文〈張愛玲的中英互譯〉就特別談到這個問題。王德威也認為英文《易經》不如中文的〈燼餘錄〉那麼「扣人心弦」（compelling），郭強生則直接懷疑張在美國沒有真正的創作。

除了語言障礙，人物不討人喜歡，「連奶媽僕人都令人不感同情」，似乎也是致命傷。擅長挖掘人性醜陋的張愛玲，這次過於偏激，而寫出一個個負面卻令人不感同情的人物。

這說明作者在美國急於成名而走的偏鋒並不被美國接受，尤其是《雷峰塔》與《易經》。但稍晚的英文作品進步甚多。她的英文大多靠自學而來，難免有土法煉鋼的現象，而對美國讀者不理解，或美國讀者不理解她，這才是真正的致命傷。

當時書寫中國最著名的當屬賽珍珠與林語堂，前者描寫的中國農民滿口 Darling，不倫不類之處更為可笑，但因為她是長期生活在中國的美國人，因此被接受，還獲得諾貝爾文學獎，其時中國人被期待為神祕而充滿智慧，這在林語堂筆下已成固定的典型。

而張愛玲偏偏要打破這種幻想，寫出新中國並沒改變什麼，人性只有更往下沉淪，怪不得不被接受。

再者，她對書中的女主角的批判亦毫不留情，可說寫到自毀形象的地步，她自己是最大的問題（最有害的蛇），這樣的坦言與自我醜化可說少有，只能說她有強烈的道德焦慮，對於來自的家族或自己。

她利用疏離效果，疏離一切過往，她的美學是否定的美學，她不想討好西方讀者。

主要還是她不同時期面對的讀者不同，在一九四三年之前，她的讀者是在中國的洋人，作為早熟的文化導覽，她是成功的；《傳奇》與《流言》時期面對的是上海人，香港時期則是美新處所控制的特定讀者；美國時期要面對的是對中國充滿歧見的英美讀者，同樣的作品在此處受歡迎，在彼處不受歡迎，孰令致之？

然以中文書寫的《小團圓》在二〇〇九年出土後，受到中文讀者的喜愛，掀起一波新的張愛玲熱，因她始終忠於自己，且對讀者真誠開放，她不放過別人，也沒放過自己，更重要的是她的書寫始終在中國，早期是上海為光香港為影，後期是香港為光，上海為影。

可能她的英文退步了，跟《秧歌》相比筆力降低很多，她的英文書寫不如中文，這是肯定的，再者，五、六〇年代她翻譯《荻村傳》，又寫了那麼多通俗、具娛樂性的劇本，這種中英文並進、互譯的過程，一直是她鍛鍊自己的方法，讓她長期生活於異國，中文不至退步，然因缺少新的生活圈子，英文可能是退步的，總之，剛到美國的二十年，有很長的瓶頸與陣痛期，然《小團圓》並沒有讓我們失望，她的中文沒有退步，還轉化新的手法，這對於大半輩子生活在異國，且中文書與資訊奇缺的移民作家，還能有這樣的筆力，可說極為難得。

移民第一代作家，林語堂用英文書寫取得成功，白先勇停筆多年，寫了《紐約客》，光華減了些，可以相比的只有木心，在海外多年，中文仍是一流，然他寫的是詩文，長篇小說真是不可能的任務，年輕一點的作家有郭松棻、李渝，然他們生活在資訊相對發達的八、九〇年代，東方主義正興起，西方的中心已動搖，處境是無法相比的。

通過一封封與宋淇夫婦的書信，她與香港一直保持藕斷絲連的關係，她不斷與他們對話，文字更鮮活，而在這當中，香港及其人事物，是她心靈的寄託。直到體衰，書信少了，她的創作力也降低。她不算是香港本土作家，然三進三出，香港已成她書寫中的重心之一，《雷峰塔》後半部寫香港，《小團圓》以寫香港始，在現代海外作家中，可說少見。

跟韓素音描寫的香港不同，香港在韓的筆下只是布景，是可以換來換去，點到為止。而張愛玲筆下的香港充滿細節，且有著銘刻的意義。

結語

初到美國的張愛玲，為生活寫了許多劇本，也翻譯許多反共小說，這些都沒有影響她在小說技藝上的追求，尤其在小說上，她先是多少跟隨時勢或冷戰的敘事策略，之後碰到挫折，繞了很大的彎，取法中國古典小說，而完熟她自己的晚期風格，可以說「細密的生活質地」與「人性的金石聲」是她兩大小說美學要求，這時她從上海走到香港，這個她文學的啟蒙地，更是現代文明之都，上海已回不去了。她寫的〈色，戒〉已非當時她所愛的上海，而是諜影重重的人性殺戮場，《同學少年都不賤》

寫失落的上海；〈浮花浪蕊〉寫逃離上海與香港；《雷峰塔》、《易經》寫家族史，香港在其中占很大的部分；《小團圓》寫愛情，香港感覺比例變少，然更為關鍵，它是一切恩怨情仇的起源。她筆下的香港，特具風俗性、生活性、方言化，這個作品不為任何人寫，只為她自己。

參考書目

張愛玲，《同學少年都不賤》，台北，皇冠，二〇〇四

張愛玲，《怨女》，台北，皇冠，一九六六

張愛玲，《流言》，台北，皇冠，一九七三

Marilyn Yalom，《太太的歷史》，台北，心靈工坊，二〇〇三

Marilyn Yalom，《乳房的歷史》，台北，先覺，二〇〇〇

周芬伶，《憤怒的白鴿》，台北，元尊，一九九七

周芬伶，《孔雀藍調——張愛玲評傳》，台北，麥田，二〇〇五

林燿德、林水福編，《蕾絲與鞭子的交歡——當代台灣情色文學論》，台北，時報，一九九七

張小虹，《欲望新地圖——性別・同志學》，台北，聯經，一九九六

Butler, Judith. “Gender Trouble: Feminism and the Subversion of Identity.” London and New York: Routledge. 1990.

南北合

宋淇與張愛玲喜劇電影劇作

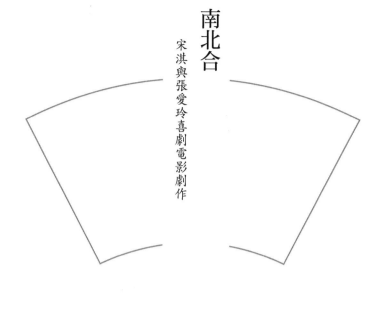

前言

一個是戲劇家宋春舫之子，劇作家與電影人；一個是熱愛電影的小說家、劇作家，成為莫逆之後，合作寫劇本，拍電影，創造了中國喜劇電影的熱潮，不管是「南北」系列電影，或一個製作一個寫劇的都會浪漫通俗劇，都說明兩人對喜劇與通俗劇的愛好，並造成極大的回響。「喜劇」是在中國較不發達的劇種，早在一九四〇年代張愛玲即發表一些有關中國喜劇的評論，她認為好的喜劇應「笑中帶淚」，因此寫出《太太萬歲》（一九四七）那樣經典的喜劇作品，她的電影劇作在這點上與小說大不同，她的小說大抵是悲觀的，擅於描寫人性的醜陋與病態；電影劇作有悲劇有喜劇，然而更多地在劇作中開發喜劇，常描寫人的假面與錯置而引發的喜感；而宋淇在抗戰時期編有舞台劇《皆大歡喜》，並成立「同茂劇團」演出的《甜姐兒》、《弄假成真》……等喜劇，在五〇年代寫出電影劇本《有口難言》，即是改編自法國劇作家法郎士的喜劇作品《啞妻》，可見他對喜劇的愛好亦不遑多讓。這兩個喜劇大家的合作在電影史上具有重要的意義，並開創香港國語喜劇電影之先河。

宋、張為南來影人中的翹楚，他們雖以國語片為主軸，然也參考了本地習俗與方言，在粵語喜劇自有的傳統上，加進更多的文人浪漫氣息，他們的中原意識不那麼鮮明，更多的是南北文化的衝突與融合，將逃避現實轉為歪寫現實，並將亂離的悲哀化為溫情與諧趣，這些都具有時代意義。

有人說這些作品都是為生計而寫，跟張愛玲的文學作品不能相提並論，只能說她盡力地在作品中另闢蹊徑，而且真的走出一條小路。而對宋淇來說，他參與電影製作的部分較複雜，大約是推手一樣的人物，編劇作品雖不多，然對香港電影的貢獻不小。

大眾化的迷宮——幽默與喜劇電影

一般討論張愛玲多著重其華麗與蒼涼美學，其老練世故，較少討論她的幽默感，我想沒有人比宋氏夫婦更瞭解與欣賞她的幽默感，宋妻鄺文美就說：

在陌生人面前，她似乎沉默寡言，不擅辭令；可是遇到只有二三知己時，她恍如變成另一個人，談笑風生，妙語如珠，不時說出令人難忘的警句來。

鄺一再提及她的「風趣可愛，韻味無窮」，令我們想到她寫姑姑與炎櫻語錄，記錄她們風趣與機警的語言，這裡也反映了她相對的風趣與機警，她也曾寫過文章談幽默與諷刺。

宋淇的人緣好，除了修養好，計謀多、對朋友慷慨熱情，幽默也是個亮點，在他與張愛玲、錢鍾書……等人的通信中可知他的風趣與幽默，他與張的幽默都屬於不著痕跡高來高去的那種，就如錢鍾書對他說的：「一個真有幽默的人別有會心，欣然獨笑泠然微笑，替沉悶的人生透一口氣。也許要在幾百年後、幾萬里外，才有另一個人和他隔著時間空間的河岸，莫逆於心，相視而笑。」他特地為錢寫了一個笑話：「前數月曾虛構一笑話，一友人在美結婚，隨後回港拜望岳父母，丈母娘看女婿，越看越有趣，當場塞了他一封見面錢。泰水：『意思意思』，婿（推卸）：『那怎麼好意思呢？』泰水一定要他收下：『小小意思』，婿（連忙收下）：『太不好意思了。』友人是電影導演，問他如此對白精彩否？他說廣東人未必體會，洋人一輩子弄不明白。」在語言上找機鋒，這在他的另一則寓言〈拜銀的人〉亦可見他的妙趣。

兩個風趣幽默又愛好喜劇的人合作寫劇本，那當然是妙趣橫生。而張寫喜劇的時間點相當微妙，寫《太太萬歲》正是她與胡蘭成分手的低谷期，感覺淚多於笑；《情場如戰場》與《人財兩得》則在與賴雅初婚時，在愛情與友情的滋潤下，笑遠多於淚。那是她人生的第二個寫作高峰期（一九五三─一九六四），在小說上有《秧歌》、《赤地之戀》、《雷峰塔》、《易經》……在電影劇作則有十齣，她把這份得意與笑全給了電影劇作，這些作品大多賣座，跟她在美國創作的小說命運恰成對照。

中國人對喜劇較不重視，導致喜劇成為「蠢片」，張年輕時在寫影評時，就覺得這其中的問題是：「現在的觀眾瞧不起喜劇，可又壓抑不住笑這自然天性，難怪悲劇裡也有過量的惹笑場。」因此在悲劇中常出現又要哭又要笑的尷尬場面，張對喜劇自有主張，她認為喜劇與悲劇要分開獨立，該悲劇就悲劇，該喜劇則喜劇，而好的喜劇應該是「笑中有淚」、「隨意不假思索」，張四〇年代的劇作大多沿著「笑中有淚」的方向，六〇年代常是「隨意不假思索」的產物，我們可以把它解釋為「自然流暢膚淺」。確實電懋時期的作品因成本小，快速生產，這種「膚淺」的片子比比皆是。那時拍片有所謂「七日鮮」和「一片制」的作業方式。所謂「七日鮮」，指的是一部電影只拍了七天就殺青；而「一片制」是因為小型電影公司多達百間，這些公司如果拍攝了一部賣座電影，就繼續拍下去，因此常是「一片到底」。而電懋以國語片為主，那時一週拍一部，一年要拍五十二部電影，在製作上自然無法要求嚴謹，這跟當時的觀眾需求有關，把電影看成娛樂，看電影是為看明星，每週嚐新，這樣快速的創作模式，只能是碰運氣，其中的佳作不是沒有，而是成為反淘汰的狀態，如張寫的《紅樓夢》劇本，竟通不過快速的商業競爭而遭擱置，而至下落不明。

此時的喜劇還真有一片天，數量之大難以計數，因為喜劇電影從來是電影產業化的突圍之作，那時的香港無論科幻、災難、愛情、動作類型片大多受到好萊塢電影的影響，通常以大規格大製作複製仍難以匹敵，只有喜劇是本土的，不受此限。因此以本土喜劇抗衡好萊塢是香港電影不約而同的選擇。即使在主打藝術電影的歐洲，在市場能與好萊塢相抗的，主要也是中小成本喜劇電影。可以說當中國喜劇還是戴著鐐銬在跳舞，只能是以小搏大。

香港喜劇片，相對來說投資規模一般不算大，在面臨市場不景氣時常常能取得出人意料的成績，因此喜劇電影長期以來在香港電影中占據著牢固的地位，堪稱是香港電影的「保留節目」與特色。從早期粵語的搞笑片、成龍的功夫喜劇、許冠文兄弟的詼諧劇、香港警察及周潤發賭神系列、周星馳無厘頭搞笑片，都已形成港式幽默，並開出紅盤，香港的喜劇片在多年的發展中，形成了自己的路線。它們追求娛樂性，充滿調侃、自嘲的精神，一些影片還具有顛覆、解構的後現代特徵。不僅是喜劇電影的製作非常興盛，在很多其他類型的香港電影中，也有很多喜劇類型的元素，一些影片還將喜劇片和其他類型電影相嫁接，形成跨類型的電影。

而在六〇年代，那是國語片的天下，香港影壇出現的一些現代都市喜劇，粵語片如《難兄難弟》（一九六〇）、《玉女添丁》（一九六八）等等，獲得了觀眾的一致好評，六〇年代都市喜劇的代表人物就是謝賢和胡楓兩人，可單單是這點成績，還是無力反擊實力雄厚的國語電影。

宋、張的製作模式是國語加粵語南北合，表現出文化衝突與混雜效果，他們的合作，「南北」系列，最開始的點子，應是宋淇，主要以兩個男人為主導與對照的諧趣題材，跟張愛玲常以女性為主角的走向不太相同，她擅常描寫女性的困境與心理，尤其在劇作上，怎麼寫還是回到女性身上。如〈紅玫瑰與白玫瑰〉以振保為主，女性的描寫更細緻些；又《秧歌》與《赤地之戀》的主角為男性，男性在其中只是敘述觀點，寫活的還是女性．同理，在劇本中雖以婚戀與家庭為主，側重的還是女性，寫活的仍是女性。這跟作者堅持只寫她熟悉的題材與人物有關。

「南北」系列以南轅北轍的中年男性為主軸，寫活了市井小人物的喜感，演員的表現尤其亮眼，讓兩大諧星劉恩甲與梁醒波，成為喜劇電影中極閃亮的兩顆星星，在這點上宋淇功不可沒。

故事的源頭來自「電懋」每年例行舉辦慈善籌款活動，其中有名為「萬花迎春」的歌舞表演，裡面包含一段「南北和」的獨幕劇，由宋淇撰寫對白，很獲好評。五〇年代下半，適逢國語影圈陷入低潮，高層遂興起將話劇改編電影的念頭，期待國粵語明星發揮雙重魅力，在兩種語言通行的香港與東南亞一帶創造高收益。影片最初發布由老資格的岳楓擔任導演，葛蘭、文蘭（梁醒波之女）主演，後改為三十出頭的王天林執導演筒，丁皓、白露明擔綱主角，最後卻是梁醒波與劉恩甲更為搶鏡。

也許我們可以大膽推測，「南北」系列，是以宋淇為主，張愛玲為輔的合作，就以《南北喜相逢》為例，原始版本是張愛玲的《真假姑母》，是以中年女性為主的故事，跟南北系列應有區別，經過宋淇的再製作，女主角由「真假姑母」變成「真假千金」，如此梁醒波、張揚、丁皓等原班人馬得以上場，勉強成為系列作品，從張愛玲一九六三年一月九日、二十四日寫給宋的信，都提到這劇本，可知它是出自張的個別劇本，跟「南北」系列無關：

> 上月將《真假姑母》劇本寄到加多利道……不知是否失落了，希望你來張便條告訴我。電懋不知對《真假姑母》劇本有興趣沒有？

同年二月，張收到宋寄來的稿酬，之後演出時就是《南北喜相逢》，估計演出版本與原始版本改動應該不小，這其中就是宋淇的手筆，在宋自擬的簡歷中，列出他寫的三個劇本分別是《有口難言》、《南北和》、《南北喜相逢》。可以說宋是「南北」系列的主要作者，劇中男主角漂亮的對白大多出自宋淇之手，或由演員自由發揮，這些對白可能跟張愛玲無關，如鄧小宇所說：

> 梁醒波的至強項是「爆肚」。他最拿手不按排理出牌，喜歡即興，隨時在現場興之所至，或靈機一觸就擅自更改對白，所以一有梁醒波出場，他念的對白往往與劇本所寫的完全不同……梁醒波的「爆肚」蓋過張愛玲的對白，又或者我們擊節讚賞的某些 gag（插科打諢），竟與張愛玲無關。對張迷來說，可能不是味兒，但卻是事實。

跟張愛玲無關可能是真的，但不可能跟宋淇無關，觀其人其言，能把 gag 寫得這麼雅與機智，非大家不能為。

以人物為中心的反佳構劇

那麼宋淇的編劇理念如何與張愛玲合作無間呢？他們的默契在長期的合作中，已達到「你中有我我中有你」的地步，就算宋為張代筆也看不出痕跡，許多年來，他常為至交奉獻，如為吳興華發表詩作，有時署名梁文星，有時署名鄺文德（跟宋妻鄺文美類似）；而「林以亮」這筆名，來自另一個至交孫道臨，他的學名就是「以亮」，它代表著吳興華、孫道臨、宋淇三位一體，因此宋淇這奇人就是躲在至交背後的推手。而張與宋是名符其實的「南北合」。

張擅長刻畫人物，宋淇擅長對白寫作、情節構成，而他們的共通點都是對僵化的佳構劇作了改寫，而走向以人物刻畫為中心的寫作。

佳構劇（well-made play，法文：la pièce bien faite）或稱情節劇，源自十九世紀的一種寫實主義戲劇文類，它既符合三一律，又由不斷的戲劇性衝突構成，易卜生的多數作品都有佳構劇的影子，然意念與思想深度蓋過情節劇的過度刻意，而能出類拔萃；較老套的佳構劇常流於僵化，動畫、日劇、韓劇或者好萊塢影片等現代商業編劇往往都採用佳構劇的結構寫成。

常見的佳構劇通常由三幕構成：

一、出現意外狀況結果主角做了錯誤的決定；

二、主角死不認錯或者出現其他因素而使狀況越來越不可收拾；

三、主角認錯，真相大白，一切開始順利，好人有好報，所有的伏筆解開，事件圓滿解決。

佳構劇雖流行於英國維多利亞時代，但中國傳統文化中的輪迴、宿命、報恩等元素亦與佳構劇有異曲同工之處。而現代的很多戲劇與電影都深受佳構劇影響，伏筆的設置與解開即為最好例證。

宋春舫主張佳構劇，宋淇認為好的劇本要跳出情節的模式，因為情節只有三十六種，他常翻閱《三十六種戲劇模式》，它主要說明人類的感情最多只容納三十六種戲劇模式，因此把重心放在情節無疑是死胡同。人卻有百百種，他在〈中國電影的前途〉中即寫到：

> 一般電影劇本的通病是過分重視劇本的故事，而忽略了其中的人物，以至本末倒置，一味追求曲折離奇、出人意表的故事，對人物的塑造視為無足輕重。甚至為了遷就故事，人物的性格會前後矛盾、無從令觀眾信服……這是一個錯誤的觀點。由於出發點錯了。中國電影便隨之走錯了方向。[66]

66 林以亮（宋淇）：〈中國電影的前途〉，《明報》，一九七七年九月十二日，頁六〇—六四。

因為著重人物刻畫，他塑造了南人的代表劉恩甲與北人代表梁醒波，劉的打腫臉充胖子，與劉的精打細算，後者接近吝嗇與守財，這種對照產生諷刺效果，因為都是商人，讓我們想到莫里哀喜劇中的《守財奴》中的 Harpagon 阿巴貢，他嫁女兒的條件是對方不能要求嫁妝，不花一毛錢嫁給有錢人。就像《南北一家親》中的梁醒波開出長長的聘禮單。

南北對比產生的對比效果與諷刺意義，這都介於高級諷刺中的反諷與較低階的嘲諷，它們的喜感大多是在言語上的（如方言、廣播、禮單、四大美人等），少數是情境的（如吃西瓜、冰箱、鬥市等），而張喜玩的手法是角色互換與錯置，如《南北喜相逢》中的賣花女被誤認為富家女，《情場如戰場》中的緯芳以虛情掩飾真情，趙文炳冒充富家公子，張對雙重個性與真假不分的人性擅於挖苦；這在《太太萬歲》中表現得更淋漓盡致，為了扮演好太太，家珍哄騙婆婆，不願面對丈夫有外遇的事實，為此吃盡苦頭，最後落得一場空。戲中多用扇子半遮面來表現人物的虛假與分裂，四〇年代的作品較具有原創性，她創造了一個中國式的娜拉與偽君子。張的喜劇重心也是在人物，人物鮮活，這是宋張合作的共同特色，也是片子成功的要素。

「巧合」是佳構劇最常使用的技巧，張愛用的是物件的巧遇，如《太太萬歲》丈夫買給家珍的別針與收音機，不久出現在小三咪咪的身上與家中；《情場如戰場》中片頭出現的照片，男女主角的巧合更是數不勝數。

然不可否認的，他們的劇作，人物個性鮮明，且在小生小旦的主流中，開出末、丑的蹊徑，即老生、老旦與丑角，如《太太萬歲》中的陳父、婆婆，皆令人發噱；而「南北」系列也以老生為主，小生小旦為枝葉。不管是漂亮年輕的小生小旦，還是世俗不堪的老生老旦，構成的多部曲交織成更為複雜與生動的浮世繪。

我們也發現劇中的海派風情如：題材在愛情與家庭之間、都會情境、金錢問題、人性的墮落面等……也有南來影人的若干特質如文化衝突（「南北」系列）、風土適應、家國之思（《一曲難忘》）等。

所謂神經喜劇

鄭樹森在〈張愛玲與兩個片種〉把張的劇本分成兩類：一是「都市浪漫喜劇」（urban romantic comedy）；一類是「現實喜劇」（realisyic comedy），前者著重在「桃色交易」，較接近神經喜劇，因故事都建立在不食煙火的中產階級或富豪，愛情總脫不了金錢的交易，因而讓女主角陷入神經質或幻想，如《六月新娘》、《情場如戰場》最典型；後者指的是較多地反映現實，以「南北」系列為代表。

多數張、宋的劇本改在舞台劇表演也是可以成立的，是以對白為中心的電影：「南北」系列的點子本來自舞台，而張的劇本也多半改編自美國的神經喜劇（Screwball comedy），它又稱瘋狂喜劇、乖僻喜劇。它的特點是嘲諷、性坦白、羅曼史、滑稽突梯之情境，主角來自不同社會階層討喜的人物，以激烈的衝突與誇張的事件為主。它可說是「神經喜劇是介於高雅喜劇（諷刺喜劇）和低俗喜劇（動作喜劇）之間的喜劇類型」。它與鬧、幽默劇極為類似，但不等同於鬧劇。因此它的評價常不是很高，可說它的商業性重於藝術性。

張的都會愛情劇的主角大都是浪漫情侶，他們性格乖僻，行為古怪誇張，行為方式往往違反日常，由此引發出滑稽幽默的趣事，這都是神經喜劇的特色。比如，這類角色經常面對門當戶對的婚姻表現出猶豫甚至逃避，如著名的「落跑新娘」的角色。因此，她們甚至在某種程度上挑戰了以往電影中「男性凝視」（被以男性為主體的觀眾看的對象）的傳統。大體來說它們具有通俗劇的若干特點：

一、戲劇化的情節
二、誇張的音樂
三、以描寫中產階級為主
四、每個都是贏家

這些影片大多以「婚姻」為主題，通常以「結婚」劇終，影片的概念簡單通俗，在謊言與打破謊言中的種種流轉，終讓有情人終成眷屬，達成皆大歡喜的完滿結局，也可說是「高概念」劇本。《太太萬歲》、《情場如戰場》、《南北一家親》都極為典型。在這種規格化的句構裡，顯見她能靈活轉化大眾的趣味於劇本寫作，作為一個轉譯或改寫者，她充分利用高濃度的戲劇張力，讓這些影片有亮麗的票房表現。例如《情場如戰場》這部片原來改編自美國舞台劇的劇本，被張愛玲重新改造、在地化之後，許多人物對白和場面調度的營造已不若好萊塢電影過於直白淺顯或粗製的套式。張愛玲的劇本會在情節細部營造事件的節點，增加故事的曲折性，並納入中國的倫理風情，將美國故事變成一個自然可親的中國式情節。

評論界一直對張愛玲為「電懋」編劇時期的作品評價不高，認為藝術價值低，既沒有深度，也缺乏新意，甚至將其貶為「文丐」（hack）。但根據馮晞乾查找第一手資料所再現的張愛玲為「電懋」

公司進行劇本創作的過程，可以看出張愛玲在劇本的選材、細節創作中都保持創作的自主，並未為謀生計就拋開創作意識，甘為一個平庸的寫手。通過前文的分析，我們也能看出張愛玲的劇本創作完美地移植了西方戲劇經典框架，從內容到結構以及細節元素等各方面進行再創造，其個人風格也並非蕩然無存。在張愛玲的小說中，我們總能體會到張愛玲的亂世情懷，為人世的蒼涼而「哀矜而勿喜」；但在張愛玲的電影裡，我們發現了她的妥協性，並不避諱改編大眾化的喜劇以謀生路，這種務實性格也是她的另一面。

如作者自己在〈多少恨〉中寫道，「現代的電影院劇本是最大眾化的迷宮」，張對電影敘事的魅力始終著迷。誠然，張仍是偏心於印刷文字，因而她最終將《不了情》重寫回小說版本，正是其戀戀於筆下的通俗小說故事以及其能恒久保存作者的風致及「光暈」（aura）。

我們要如何評價宋、張？他們可說是南來影人的另一種代表，藉由旅美的作家引進美國通俗舞台劇，再由富商業頭腦與俠義精神的宋淇包裝成「時髦商品」，也更多的表現南來影人的離散感與憂患意識。電影更能表現張的通俗性與幽默感，宋張合體讓本土香港喜劇增添一些文人色彩，它不僅是通俗的，還是自娛娛人、自嘲嘲人的喜劇。

除了正規喜劇，張也寫了一些自傳性濃厚的電影劇本，可說是兩路並進，很顯然這些並不只是為「稻粱謀」，延續〈多少恨〉的自我抒發，《小兒女》寫後母與繼女情結就頗有自我色彩；另有《一曲難忘》寫歌女南子的苦戀，裡面多有離散描寫，且以香港戰爭為背景，是她少見有「時代紀念碑」式的作品。顯見她也藉電影這媒體表現一個創作者的天職。張愛玲藉著《浮生六記》「昔一粥而聚，今一粥而散」的線路，寫亂世中的愛情如萍聚無因。為了重建「畫舫風光」，特別插入拍攝男女主角在河上釣魚結識，最後在郵輪重逢，改成為「昔一舟而聚，今一舟重聚」的浪漫故事。全劇分為三十三場，裡面有幾場描寫香港圍城之戰，作者加入自己真實的經驗，顯得更真實，更能點出亂離的心境，如第十三場：

（鏡頭移上，停在日曆上，赫然是一九四一年十二月八日，遠遠傳來沉重的爆炸聲數響）（南聽砲聲但並不關心）（南正披上絨線衫拿起皮包與信，將出，隔空呼妹）

二妹：（銀幕外）姊姊，姊姊……

（南入弟妹室，二妹臥病，另有幾張空床，被窩尚未疊）

二妹：姊姊，那是什麼聲音？

南：大概是飛機演習。

（其他弟妹們背著書包蜂湧入）

弟妹們：（七嘴八舌）打仗了！今天不上課，日本打香港，學校關門了！

（南怔住了）（割出）

以上描寫香港戰爭開打的那一天，接著第十四場描寫眾人搶購黑市米，第十五場南家遭強盜搶去財物，十六場描寫街道上貼著日文公告，地下橫屍未收，日軍在街道上捆鐵絲網站崗，並搜查行人。這四場簡明扼要地點染戰爭的氣氛。這裡表達作者自身的亂離，也寫出中國人的亂離，不管他們多麼西化，關注的還是中國人，寫活的也是中國人。

亂世中的哀感與諧趣

宋淇與張愛玲雖都是喜劇好手，然手法還是有不同，宋在人物刻畫與場景道具著力較深，他塑造的南人與北人，各有缺點，卻能互補，在《南北和》中用緊臨的兩家西服店作對比，南人由粵劇明星劉恩甲飾演，北人由梁醒波飾演，南人講信用精打細算，北人講排場愛吹牛皮，電冰箱與吃西瓜的一連串衝突，突顯兩人作風不同，也造成恩怨，有衝突的第一代移民，由較漂亮或接近完美的第二代以愛情化解恩怨，這時洋娃娃又帶出微妙的情愫，聘禮單掀開衝突點，從此仇家變親家。劉恩甲那精括奸詐與梁醒波的澎風作派都是出色的丑角本色，而小生小旦的清麗更是亮點，宋賦予此劇好的題材與架構，張則在此基礎上開展海派精神。

《南北和》以室內場景為多，店鋪、客廳、咖啡廳、電影院……丁皓扮演的空中小姐李曼玲與張清文，帶出時髦的女性工作場域，飛機、航空站、洋娃娃、摩登的裝扮，與家居女白露明形成對比，雷震扮演的低調大亨，因坐飛機灑了空姐一杯咖啡，帶著洋娃娃上門致歉，讓我們以為他對李曼玲有意，沒想到他看上的是同住一層公寓的白露明，而空姐愛上的是仇家之子，同為航空地勤人員的張清文，他們的戀情錯置而互躲迷藏，整體看來諧趣中帶著溫馨，家庭風味較濃。

以張愛玲為主的《南北一家親》與《南北喜相逢》，在同樣的架構與主角中變出不同花樣來，在前者丁皓的工作變成名廣播員，商業仇家變成飯店，她所使用的笑料則淡淡地、不著痕跡地出現在人物表現和整個生活敘事邏輯之中，微妙而細膩地展現出她對南北文化的差異的切身性的感受。例如，她在李曼玲到張清文家裡去見排斥「北方人」的公婆那場戲裡，張愛玲就語言的敏感度寫出南腔北調的趣味；北人李曼玲糾正南人張清文的發音，「日頭、石頭、舌頭」，在張清文的廣東口音中則成了「易頭、習頭、鞋頭」，令人莞爾。香港的身分，上海的意識，這些混雜的現實使得以張愛玲為代表的南來知識分子難以在當時獲得明確的國族和文化身分，也只有通過「通俗劇」置換其家國情懷。其中有幾項跟海派文人擅用的元素，尤其是跟張式風格一脈相承，可以說明他們的現代情懷，其中也有深意：

一、交通工具

無論在「南北」系列或在其他喜劇，出現現代化交通工具，除了摩登，恐怕還有離散的意味，早在四〇年代《太太萬歲》的作品中，張愛玲的劇作就以飛機為重要交通工具，家珍送丈夫搭飛機的場面，旅客與送行人在停機坪上揮手，這種外景在當時還是時髦吧！還有家珍的弟弟是個空軍，常飛來飛去，這裡說明上海人的移動是頻繁的；在「南北」系列中交通工具出現得更為頻繁，尤其是《南北喜相逢》，出現「海歸」，開頭就是郵輪的接客造成的錯認，誤把賣花女認作歸國富家女，碼頭與郵輪為上世紀「遊女」取得身體與移動自由，然又常成為被觀看的客體，因此它也容易造成角色與身分的誤差，或心理的游離；又如《六月新娘》前幾場戲發生在郵輪上，從日本到香港的準新娘，被菲律賓華僑樂手瘋狂追求，豪華郵輪上的舞廳、餐廳、甲板上的躺椅都是主要場景，這被認為有〈傾城之戀〉風味的作品，華洋並存，說明愛情的多重隔膜與矛盾。令我們想到〈浮花浪蕊〉中的洛貞，為客體或他者的離散書寫，有作者自書的況味。因此此劇更具有張愛玲風格。

二、角色互換

在劇情中作角色互換以造成對比與諷刺效果，是作者最擅長的編劇手法，從《太太萬歲》中的正宮家珍與小三咪咪的對立，最後家珍選擇走出這對立，扭轉「善女」與「魔女」的二元對立；而在《情場如戰場》中擅於偽裝自己，透過各種扮演、換裝，以隱藏自己的真情，在這裡角色的互換成為主要的衝突與趣味來源；在《南北喜相逢》中，原名為《真假姑母》，這裡面的主要情節即由真與假的身分置換而成。電影的敘事依循好萊塢常用的俗套，利用「誤認」這個概念，錯位的就是丁皓的身分，一個是闊小姐，一個是賣花女，上演麻雀變鳳凰的故事。南來影人們大多寄託在女性角色身上，尤其是孤兒，因為南來影人多少有些孤兒心態，他們被大陸拋棄，來到了養父養母一般的香港，免不了有寄人籬下與受罪、誤會的情事，如同電影中的丁皓一般。

角色的互換，帶來的真假不分、身分的游離與焦慮，在戲謔中娓娓傳達嚴肅意義。

三、倫理失序

在一個過渡時期，或者說亂世，最明顯的症狀是「倫理失序」，也就是父不父、子不子的訛亂關係。張的小說常探討家庭與倫理關係，尤其是倫理失序與變態，在早期作品中以〈金鎖記〉為代表；中晚期以《易經》、《小團圓》為代表。在電影劇本如《小兒女》中探討後母與繼子繼女的關係；「南北」系列除了討論地域的衝突，也討論兩代之間的衝突，父親將子女當作生意競爭的籌碼，卻沒想到真愛戰勝一切。比較其小說與電影劇本，小說是沉重的悲劇；電影劇本是詼諧的大團圓結局。不管是悲劇或喜劇，焦點常在倫理議題的探討，小說著重母女關係，劇本則在父子、父女關係上打轉，尤其是「南北」系列，因有宋淇合作，父親的形象特別鮮明，如梁醒波、劉恩甲在表演上的特殊表現，可以說塑造了那時代的父親新形象，雖然是誇張與諧趣了，卻有助於鬆動傳統緊張的親子關係。

四、亂世浮華

而到了張愛玲的《南北一家親》中，一九四五—一九五〇年代中期，超過一百萬的內地移民到了香港。而電懋公司一九五五年接管了「永華」片場後，彙集了當時文化界知名人士姚克、宋淇、張愛玲、孫晉三等組成了劇本編審委員會，包括後期的秦羽，他們都是一群有著深厚中原文化心態的知識分子，無論是對個人還是群體，身分的確立是其存在的前提。對於長期生活在一個有著統一的國家意識形態和民族文化的雙層規範下的人群／個體來說，自我身分的認同是不言自明的事情。然而對於一群，或者一個不斷處於跨地域生活的人來說，身分的困惑也就隨之而至，自我身分的認同也就變得猶疑起來，因此作品較多討論「身分」的固著與錯置，而不斷地移動也是他們的特質，淪為小丑般可笑的處境也只能說是「面具」，這使他們的處境也成為克里斯多娃討論的「裂縫」與「恐怖」：

苦痛、恐怖、死亡、共謀的譏諷、卑賤、害怕……。這深淵，悠悠訴說著在自我和他者——在全無和全有——之間的奇異裂縫。(《恐怖的權力》，頁一八六)

那些不斷移動看似光鮮的人物，內心總有著陰影，或不能被說出的祕密，作者都在文化、族群、貧富階級中著眼，顯見昔日在上海殖民地的多元混雜性，轉到同為殖民地香港更為深化與複雜，海上漂來的族群，對這群移民的賤斥感是深有體悟的。

結論

討論宋淇與張愛玲的電影貢獻，宋寫的數量少，製作的作品多，與其說他是傑出的影人，不如說是文化人，他涉獵的領域有現代詩、文學評論、紅學、翻譯……劇作只占少部分，然他與張的興趣重疊，又作為知交兼經紀人。他的劇作表現向為人忽視，作為戲劇家之子，他並未忘情於戲劇，而更多地表現在電影上，可以確定的是「南北」系列電影是以他為主，張愛玲為輔的合作無間作品，這部喜劇改變香港本土喜劇，增添文人電影色彩。

從五六十年代的喜劇電影生態中，可區別國、粵語喜劇的兩種截然不同的傳統。國語片主要以中產階級為對象，由長城、鳳凰、電懋、邵氏幾個大的製片公司和其他一些小一點的獨立公司出品，較為講究品質和品味，製作較大甚至豪華，卡司也較可觀，以輕鬆幽默的人情喜劇為主；而粵語片的觀眾主要是小市民無產階級，趣味通俗，製作上因陋就簡，不注重形象的刻畫，演員淩駕於角色，風格多接近鬧劇。接續其後的如許冠文系列與功夫喜劇如《醉拳》，它們的目的只是為了搞笑。

喜劇是中國劇較弱的一環，然香港喜劇能突圍而出，在於經過長時間的努力，投入優秀的人才，宋淇與張愛玲是其中的一環，而且是重要的一環。

移民女作家的困與逃

——張愛玲〈浮花浪蕊〉與聶華苓《桑青與桃紅》的離散書寫與空間隱喻

前言

移民作家的作品身處文化的邊緣／邊界地帶，女性移民作家的作品更加邊緣化，她們自身的離散處境，使她們的創作與發聲格外困難，書寫風貌則光怪陸離，然在後殖民與流放的觀點下，她們的作品更能表現女性身體與心靈的傷痛。她們是克里斯多娃所言「自動的他者」，必然遭到文化與社會的賤斥，遊女在流浪與流放中，不時受到男性力量的威脅與侵入，心靈或變形或分裂，說明女性的離散書寫為何如此特異難懂，而空間在流動中出現的斷裂、分割、真空也有其必然性，從原生社會到接待社會是否都存在著真空地帶？地圖與非文字符號的出現是否具有更明顯的反叛意味？聶華苓代表的是「逃」的一面；張愛玲代表的是「困」的一面，這兩種主題互為補充，更能說明女移民作家書寫的處境。本文先從移民女作家自身的流放處境出發，再進一步探討其作品之離散書寫與空間隱喻，最後歸結到美學的意義，說明她們的作品在多元社會中的地位，可視之為正統主流文學之重要補充。

奔逃者——被邊緣化的多重劣勢者

女性或因逃難、逃家、移民成為奔逃者，她們是鄭明河所說的「自動的他者」[67]，表面上她們似乎獲得暫時的自由，事實上落入另一種困境，成為被邊緣化的多重弱勢者，內部的圈外人，只能在境界邊緣遊走，如桑青先被困於船中，繼而被困於圍城，再被困於閣樓，桃紅在美國中西部流竄，被移民局逮捕；而〈浮花浪蕊〉中的洛貞被困在毛姆小說的船行世界中，女性移民在文化認同上，她們並非單方面的同化於接待社會，或是一味地固守原生文化，而是把接待社會與原生社會雙方的文化都當成一種「生存的利用手段」，也就是保持距離，以策安全，並透過不斷的解構與重構來定義自我。這種在兩種文化疏離的結果是成為無時間性無空間性的「真空人」。[68]

桑青的逃亡路線，從前方到後方，從大陸到台灣，再從台灣到美國，從帝國中心到邊緣，空間所代表的意識形態、政治性及權力無所不在，桑青的逃是被迫的，桃紅的逃卻是主動的，她逃離一切政治、父權所規定的時空，男性把空間／土地等同於女性的被動／靜止／被宰制，而桑青用主動／移動／越界，表現女性顛覆／抵抗／反宰制的女性。

桑青的逃亡從一九四五年到一九七〇年，時經二十五年，她從桑青變成桃紅，再從桃紅變成永無停止、屈抑填海的帝女雀，她跨越歷史時間進入永恆的神話時間，桑青的逃亡空間接從四川瞿塘峽↓北平↓台北↓北美，最後是茫茫大海，她亦從被壓迫的空間跨越至自由無止境的空間。

桑青與桃紅，一個壓抑，一個奔放，桑青是自卑的，桃紅則是超越的。前者代表的是理性世界，

67 見朱耀偉：《當代西方批評論述的中國圖像》，北京，中國人民大學出版社，頁九四—一〇二。

68 見《桑青與桃紅》中作者書後語〈桑青與桃紅流放小記〉，頁二七一—二七三。

後者代表的是非理性世界，在敘述上，桑青、桃紅兩線交錯，桑青以日記體的文雅，細膩、多情的女性聲音訴說苦難的往事，桃紅以書信與地圖挑釁，潑辣、粗野的母性聲音，向移民官員喊話：「我就在地圖上那些地方逛，要追你就來追吧！反正我不是桑青，我有時搭旅行人的車子，有時搭灰狗車，到了一站又一站，沒有一定的地方，我永遠在路上……」以母性超越女性，這正是克里斯多娃所言母性符號空間的勝利，如果桑青代表屈抑的女性，桃紅代表的是無畏的母性，為前伊底帕斯階段被重新開啟的母性動能，她自由奔放，像水般流動不已，最後終將歸於茫茫無盡的大海。母性的敘述文如胡笳十八拍，回回環環，層層疊疊，訴說著離亂，也訴說著狂亂。

作者塑造的瘋婦，與張愛玲訴說的瘋狂不同，桃紅是外放的，洛貞卻是往內縮的。她從上海逃至香港，再從香港航行至日本，她的空間越來越逼仄，越來越狹小，她本是有業有家的洋行職業婦女，寄居在姊姊家，雖是寄人籬下，總有自己優游的空間，逃到香港住處只有幾尺見方，席地而居，與大蟑螂奮戰，而後困在郵輪中，最後把自己關在狹小的船艙，把苦難關在外頭，也把天涯海角關在外頭。怪不得她會嫉妒姊姊的朋友范妮，看她過得多闊綽，住的房子多大，又有僕人侍候，大家都落難後，范妮跟小孩逃至香港，丈夫留在上海不甚安分，洛貞知道這狀告不得，她還是告了，把范妮激得中風暴斃，洛貞闖大禍，在航行的路上，這如針尖也般的記憶不斷回來，讓她自絕於這個世界。洛貞代表的是屈抑的女性，被驅趕於無邊界無定點的海上，她被無極的時空困住了，像一個蝴蝶標本被釘在船上。她失去她的語言與行動力，只有嘔吐的聲音追隨著她。

張愛玲擅於書寫女性被困的瘋狂，如〈金鎖記〉中被困在閣樓的曹七巧「一級一級，走進沒有光的所在」；她囚禁自己也囚禁女兒長安，為此讓她休學，逼退向她求婚的男子[69]；〈紅玫瑰與白玫瑰〉中的煙鸝將自己囚禁於浴室，看著自己蒼白的肚子發呆，還嗑了一地花生[70]；《半生緣》中被自己姊姊囚禁的曼楨，也被姊夫強暴，直到生下孩子，人都呆了[71]；洛貞自囚於船艙中，這些自願或非自願囚禁的女人，因為抗拒父權社會定位，反而被限制行動，困在小而沒有光的斗室，那是死神的所在，是墳墓也是棺材的象徵，也是無語言無在場的真空地帶。女性藉此扼殺自己的生命，但也藉此逃遁至無人之處。

女性的逃，可以取得發聲權，最終獲得人身與寫作的自由，女性的困，是一步步走向銷聲匿跡，一步步走向枯萎凋零，如浮花浪蕊般消失無蹤。

作家自身的逃與困

這兩篇自傳性色彩濃厚的小說，似乎也預示著女作家的未來，聶華苓與夫婿安格爾主持的愛荷華國際寫作計畫，跨越種族性別，將各式各樣的作家齊聚一堂，可以說發揮了相當影響力，她的作品也

69 張愛玲：〈金鎖記〉，《張愛玲短篇小說集》，台北，皇冠，一九七六，頁一五〇—二〇二。
70 張愛玲：〈紅玫瑰與白玫瑰〉，《張愛玲短篇小說集》，台北，皇冠，一九七六，頁一〇八—一五〇。
71 張愛玲：《半生緣》，台北，皇冠，一九九五。

成為亞美文學研究的教本，在她的自傳《三生三世》中她寫到：

> 我這輩子恍如三生三世——大陸、台灣、愛荷華，幾乎全是在水上度過的。長江、嘉陵江、愛荷華河，Paul和我各自經歷了人世滄桑，浮沉得失，在這鹿園的紅樓中，對失去的有深情的回憶，對眼前無限好的夕陽有說不盡的留戀。[72]

聶華苓的潛逃可謂成功，她終於找到安定且甜蜜的生活，這本傳記她自謂用一輩子的時間才寫成，「也是死裡求生掙扎過來的」[73]，她的逃永無止境，她的書寫也是永無止境。相對的，張愛玲在賴雅死後，過著幾近自囚的生活，從一九七一年離開南加大，就避不見人，二十幾年輾轉流徙於汽車旅館與小公寓之間，她最後住的房子像一間囚室，只有一張行軍床，一個充作桌子的紙箱，其他空無一物，令人想到洛貞，「大家走過房門口，都往裡看看，看見洛貞坐在草蓆上，日用什物像擺地攤一樣，這可搬進難民來了，房子要貶值了。她自己席地而坐很得意，簡化生活成功」，她的難民意識與生活形態似乎根深蒂固，從她逃出大陸，一直不斷簡化生活直至如囚犯般生活。

一九三八年聶華苓與母親弟妹一家五口坐船從武漢逃到重慶，船行艱險如過鬼門關，途中的險象如同桑青自述的瞿塘峽，不同的是同伴改為流亡學生，一九四八年逃到北平，一九四九年逃到台灣，同年進入《自由中國》工作，一九六〇年因雷震案牽連受偵察未逮捕，一九六四年逃至美國。她的逃亡路線和桑青一致，皆是四川↓北平↓台灣↓美國，一九七〇年寫成《桑青與桃紅》，書出在台灣連載未完即因政治因素被禁，一九七六年由香港友聯出版，英文版一九八一年在美國出版，一九八六年在英國出版，一九九〇年得美國書卷獎，一九九七年在台灣出版，一九九八年由柏克萊大學第三女人出版社再版，經歷這一波三折的出版歷程，如同作者桑青的流放歷程，是另一種文化地圖，然而這本書還沒被真正瞭解，作者自言：「褒貶不一，女性運動者說它維護女權說服力不夠，西方左派說它太『黃』，有的說根本看不懂。」[74]看不懂的原因是可以想見的，因為理論和時代跟不上。必須要放在流放文學的網絡中，才能看清楚它的原貌。其中被認為太「黃」的部分，放在當今情色書寫中，只能說是小巫見大巫，女作家的解構與解放，勢必要牽涉到性別、國族、語言的解構與解放。

張愛玲在國民黨時代被打為文化漢奸，之後一直無法在中國去除這污名，縱使她改筆名發表作品，或改寫劇本，亦遭到無情抨擊，這使得她以完成港大學位為名逃至香港，但她一直沒去上課，如果根據〈浮花浪蕊〉的描寫，她曾到日本找工作，當時炎櫻在日本，可能謀職不順，她以難民身分申請到美國，本想像林語堂一樣，以英文寫作揚名世界，然她的作品屢遭退回，一九六〇年代後期，重回中文世界，受到台灣讀者的推崇與喜愛，她的美國夢是破碎了。論者皆以為她後期的作品遠不如前期，尤其〈浮花浪蕊〉一篇更是受到忽視，論者認為這篇作品，傳記上的意義大於文學的意義。女作家心靈不往外放而往內縮，是創作無法突破的主要原因。女性自囚於父權社會的結果，是生命力萎縮，作

72 見聶華苓自傳《三生三世》，台北，皇冠，二〇〇三，頁二五九。
73 見聶華苓自傳《三生三世》跋，台北，皇冠，二〇〇三，頁三四九。
74 同註67，頁二七二。

品魅力盡失。在這點上張愛玲的文學姿態毋寧是較保守的。

保守歸保守，移民女作家的邊緣化，所出現的離散書寫或逃或困皆有一定的意義，逃者反叛，困者退縮，表現為前者的畢竟較多，如叢甦的《癲婦日記》，描寫女性在婚姻中找不到歸屬而精神分裂，她分裂為好幾個人格，在不同地方跟不同男人鬼混，又如於梨華的《考驗》中的女主角因單調的婚姻生活與中年危機，愛上小男生，逃家與情人同居，女性移民作家出現的叛逃主題，可說是離散書寫中重要的現象。

相對的，張愛玲在移民之後出現「困」的主題，可說是耐人尋味，她或許是最邊緣最離散的寫照，她無處可逃，到哪裡都是困境，都是囚牢。她到美國之後改寫的〈金鎖記〉、《半生緣》都是「困」的主題，她把她的生活困境與寫作困境表現在這些作品當中，如果說《桑青與桃紅》令我們感到痛快淋漓，〈浮花浪蕊〉則令我們感到心酸。

囚禁者——船行的陷阱

「船」看起來是逃往自由的交通工具，事實上包藏禍心，桑青在瞿塘峽的船行上遭流亡學生強暴、失去貞操而成為她日後婚姻的致命傷；洛貞在海上航行十天，難民的自賤意識使她自囚在孤絕的情境中，旅行是療傷最好的藥方，可也不斷被不堪的際遇折磨，一個逃難的「老處女」，在邊境遭受陌生的男子的性騷擾，向接濟她的范妮告狀，暗示她的丈夫不忠，導致姊姊的好友范妮暴斃，她卻在喪禮上癡笑，而被視為神經失常。

航行的女人被視為不正常的女人，就像在毛姆小說〈旅行〉[75]中所描述的惹人厭的老處女瑞德小姐，喜歡單獨到處旅行，而且多話多嘴，醫生開給她的藥方是「男人」，船上的男人避之唯恐不及，電報員被迫當她的小情人，這下子老處女沉浸在愛的甜蜜中，安靜得不得了，每天若有所思。男人為讓女人不闖入他們的世界，為讓她閉嘴，不惜使用種種詭計，航行從來是男人的，不是女人的，一個獨自在海外航行的女人，她會被驅逐到邊緣的邊緣，變成他者的他者。洛貞所進入毛姆的世界，是男性的世界，在這裡說話的權利屬於男性，輿論也由男性構成，船長和醫生代表著男性仲裁力量，他們要女性閉嘴，不惜欺騙她的感情，女性在這裡除了情欲，其他一無所有。遊女總是被視為異類，羅素（Mary Russell）如此描述男性眼中的遊女：

> 我們輕易地可以把遊女視為異類——實際上她們就是——把她們貶為到處追逐獵物的獵人、自由落下的潛水者、或確實是三教九流女性作家等。我們不能否認她們的存在，但她們所處那奇怪而不舒適的世界遠在我們的日常經驗之外，我們可以那樣告訴自己，那根本與我們無關。[76]

---

75 毛姆：《毛姆小說集》，台北，巨鷹文化，一九七九，頁六八。

76 Mary Russell, *The Blessings of a God Thick Skirt: Women Travellers and Their World*, London: Collins, 1986, P. 13.

既是異類，「她」成為被眼神入侵的客體，無論是船上的西崽、北歐水手，或乘客、盯梢的男人、伸出魔掌的男人，甚而日本小島上的「倭寇」，都把洛貞視為動物園中的觀賞動物：

> 有一個長挑身材三十來歲的，臉黃黃的，戴著細黑框眼鏡，十分面熟，來到洛貞窗前，與她眼睜睜對看了半晌。
>
> 「我倒成了動物園的野獸了。」她想。（頁六四）

女性為逃離父權所規定的安靜無語無為的地位，她必須叛逃，然她又會落入男性設計的大圈套中，那是一個男尊女卑、男動女靜的世界，深深困在其中。如同最後洛貞把自己關在船艙中，聽隔房日本人嘔吐：

> 船小浪大，她倚著那小白銅臉盆站著，腳下地震似的傾斜拱動，一時竟不知身在何所。還在大吐——怕聽那種聲音。聽著痛苦，但是還好不大覺得。漂泊流落的恐怖關在門外了，咫尺天涯，很遠很渺茫。（頁六六）

洛貞藉著航行才能忘掉一切不如意，當她搬弄范妮丈夫的是非，把范妮氣得暴斃，還在她的葬禮上發笑，連傭人也不禁感到驚異激憤，「有這樣的人！還笑！太太待她不錯」，洛貞一時天良發現，「激動得神經錯亂起來」，她藉著這次航行療傷，作者寫著：

> 上了船，隔了海洋，有時空間與時間一樣使人淡忘，怪不得外國小說上醫生動不動就開一張「旅行」的方子，海行更是外國人蔘，一劑昂貴的萬靈藥。（頁六三）

洛貞真的被治療了嗎？她沉浸在不堪的往事中，越來越退縮，連交朋友的欲望也沒有，李察蓀先生帶著太太拜訪她，她不想回拜，令對方十分不快，但她覺得「不過太珍視這一段真空管過道，無牽無掛，舒服得飄飄然」，她的安適是逃避後的麻木狀態。

而《桑青與桃紅》中的桑青航行在瞿塘峽中的船上，那是個游離於現實的原始世界，那亦是男人以膂力操縱的世界，作者雖然安排一個敢於挑戰傳統的桃花女，她敢於裸露，也敢愛敢恨，更是蘊育生命、哺乳中的母親，可以說是桃紅的前身，如果桑青是超我（super ego）的化身，桃紅是原我（id）的化身，桃花女則是自我（ego）的化身，她具有現實感也最有適應現實的力量，她的丈夫丟下她不管，她帶著孩子去找他，只為弄清事實，她說：

> 我是他老婆，我從小就過門了，我把他帶大的，他小我七歲。他去重慶讀，我就在家侍候婆婆，養兒子，在田上作活，織布。摘茶葉，打柴，我過什麼日子都可以，婆婆的打罵我也受得了，只要他好好的，重慶有人回來說他在外頭有人了！這可不行，我對婆婆說我要到重慶去，她不肯放我走，連街也不准我上，我就抱著兒子，帶了幾件衣服跑出來了。我只聽說我男人在長壽國立十二中讀書，到了長壽我就到他學校去找他，見面，他好，一輩子的夫妻！他不好，他走他的陽

關大道，我過我的獨木橋。（頁四四）

好個爽朗明快的女子，這是桑青與桃紅逆轉中的過渡人物，而純潔善良的桑青，所踏上的是情色之旅，也是性啟蒙之旅，當他們在船上玩骰子，桑青輸了，把玉（欲）拿給流亡學生，玉避邪從她的手中掉出來摔成兩半，這時一場性狂歡就展開了：

> 我（桑青）、老史、桃花女三個人把流亡學生的衣服剝了，只剩下一條內褲。我想起他在甲板上赤條條的樣子，他壓在我身上，頭吊在我肩，我腿上濕濡濡的，那兒有點痛，我不住地摸他的身子，就像太陽裡一塊好石頭，光光的，暖暖的，硬硬的，男人的身子原來是那麼好法！我希望那樣子摸他一輩子！可是他用力擠進我身子的時候，那滋味並不好受。桃花女居然天天晚上和她男人睡覺，還可生出一個娃娃！不知她是如何熬過來的？（頁七五）

這時的桑青已變成桃紅，她是性的主動者，可她馬上對性幻滅了，船上的性嘉年華，帶給桑青嚴重的後果，當她和家綱結婚時，洞房夜丈夫發現她不是處女，咬咬牙說他要倒楣一輩子，一直到死仍沒原諒她，不斷抱怨他娶了一個破罐子，他對桑青幻滅，也對全世界的人幻滅，這是桑青悲劇的開始，她先被困在船上，再被困在閣樓中，也被困在女性貞操的緊箍咒中。

船是冒險的交通工具，也是想像力的象徵，全書寫得最明朗的地方應數瞿塘峽這一段，之後越來越晦暗，越淒厲，個性溫婉保守的桑青一步一步走向死亡。作者在這裡指出女人常被困在性的牢獄中，所以她必須逃，非逃不可！

真空地帶——無父無君的城邦

移民作家女性的離散書寫，在逃與困中出現「真空地帶」，我們可以視為母體文化與移民文化的過渡階段，也就是雙方失連的狀態，它是無政府無國界的混亂地帶，像〈浮花浪蕊〉所描寫：

> 南中國海上的貨輪，古怪的貨船乘客，一九二〇、三〇的氣氛，以至於那恭順的老西崽——這是毛姆的國土。出了大陸，怎麼走進毛姆的領域？有怪異之感。恍惚通過一個旅館甬道，保養得很好的舊樓，地毯吃沒了足音，靜悄悄的密不通風——時間旅行的圓筒形隧道。（頁三九）

令人想到母體的產道，她被重新生出來，但還未真正出生，卡在產道上。在這個時間旅行的圓筒形隧道中，過往的記憶像潮水般地湧進來，也像潮水般流失，什麼都沒有，什麼都抓不住，洛貞在船上遇到的奇形異狀的雜種人，向她索吻的北歐船員，及只有三尺高穿白長衫的西崽，邊境電影中長著鬍子的蘇聯女人，令她有「世界末日前夕」的感覺，這個雜種世界是具體而微的被殖民世界。就好像「船」這個載體，常以女性為名，被男性所操控，而所謂「毛姆」的世界，指的是過去的傳統父權社會，它是過去式，而非現在式，女性在其中極其疏離，她死於過去式，但真正的我（主體）尚未誕生，必須通過一個密不通風無時間性的真空地帶；然而洛貞飲啖如常，因為她知道真空地帶只是過渡，不久她將得到新生。張愛玲把邊界稱為「陰陽界」，這一頭是生，另一頭是死，這一頭是今生，下一頭是後世。就像聶華苓每待過一個地方即為一世，她待過三個國度，故以「三生三世」概括自己的一生。

《桑青與桃紅》中亦有真空人的描寫，那是桑青懷了江一波的的孩子，因他是有婦之夫，妻子貝蒂不放過她，她稱江一坡是「真空人」，這裡意指的是自由，她給丈夫自由真空的生活。為阻止他跟桑青在一起，貝蒂把桑青的信提供給移民局的人。結果桑青死了，貝蒂也死了，這時出現類似甬道的描寫和精神病患似的語言：

我打開門戴墨鏡的人站在房門口他背後是一條很長的窄走道。他要我在下午一點鐘到警察局去談一談我請他進屋談他說他要利用警察局的設備。他要用測謊器嗎他要用刑罰嗎他要把我關在牢裡嗎？（頁二三五）

就在這瘋狂與恐懼中桑青死了，桃紅出現，桃紅對桑青說：「你死了！桑青！我就活了。」桑青與桃紅的轉介是透過江一波（真空人）、貝蒂（死亡），桃紅因此獲得真正的自由，她重新被生出來。以下以表說明流放者在固著與移動之間存在著真空地帶，移民者的意識層面出現的轉變：

・固著	真空	移動
・原生社會	過渡時期	接待社會
・桑青（超我）	桃花女（自我）	桃紅（原我）
・洛貞（原我）	洛貞（自我）	洛貞（超我）
・包容	流浪	賤斥
・純真	轉化	分裂
・開放的房子	隧道（船）	密閉的房子
・定居	休息	逃或困
・有業	尋找出路	失業
・被保護（家人）	獨身	被性侵犯（陌生人）
・食欲	致命的打擊	嘔吐
・正常	被壓迫	瘋狂

亦即女性從原生社會到接待社會，中間存在著過渡時期，這蛻變時期以隧道的形態展現，在這裡她往往孤立無援，並遭受到致命的打擊、嚴重的壓迫，而導致人格分裂，使得她採取逃走或把自己關起來，無論困與逃，皆與原生社會、接待社會脫節，在邊緣遊走，而且越走越遠，終至消失或遁形。

移民女作家的離散書寫，或慘酷或慘淡，皆說明她們的處境是如何不堪。

地圖與帝國中心——被踐踏的女體

在《桑青與桃紅》中一再出現美國中西部地圖，以及桃紅（逃紅）逃走路線，她寫信給移民局：「移民局先生：我在地圖上那些地方逛，要追你來追吧！」附上的地圖以美國中西部肯他基州、田納西州為主，上及印地安納，下至阿拉巴馬，東至北斷裂的卡及密蘇里。地圖所呈現的是不完整的美國，疆域不明顯的離散空間，地圖為帝國與女體的隱喻，她複製地圖／身體／帝國，一切卻加速崩潰瓦解，如果地圖呈現的是女性的「強暴空間」，如同男性凝視下的處女地，那麼強暴與殺戮將隨之而來，女性在男性知識系統中成為游標，她企圖瓦解逸出，她無所不在，也無所在，意義的系統崩潰，她打破地圖／國家的統一性，說明桃紅對國族認同或國家意識之棄絕，她尚且要生出一個小孩，在最後一封信中，她說：「我要為我的孩子找一個出生的地方，我將生出一個有血有肉的小生命」，這個小生命如同〈跋〉中的帝女，她是太陽神炎帝的女兒，不甘溺水亡於東海，死後化為鳥，喚帝女雀，日日銜石填平東海，她是女性的新生，也掌有永恆不朽的生命。

然而單獨旅行的女性成為男性的獵物，似乎無所逃於天地之間，純真的桑青在船上被強暴，嫁給家綱被嫌是破瓦罐，逃到美國之後又跟江一波發生不倫之戀而懷孕，在無路可逃之下她變成桃紅，她想生下孩子，嫁給逃亡中善待她的小鄧，但她不想讓小鄧娶一個「死了」的女人，不管怎麼逃，總逃不開男歡女愛的輪迴，男人帶給女人無窮的痛苦，於是桃紅在牆壁上塗寫著：

我即花
霧非霧
我即霧
我即萬物
女生鬚
男生子
天下太平矣

這裡女生鬚，男生子，顛倒性別，即顛覆帝國，撕破地圖的動作。桃紅在帝國的中心，一次又一次被撕裂，一次又一次被驅逐，當她退到無可退時只有反擊，扭轉乾坤，倒寫帝國，粉碎地圖，她以自己畫的三張圖取代三張地圖：

三張地圖分別附在第一、二、四封信前，頁一二、八〇、一九七：

赤裸的刑天斷了頭，兩個乳頭是眼睛，突出的肚臍是嘴巴，一隻手拿著一把大斧頭向天亂砍，另一隻手在地上摸索，旁邊有一座裂口的黑山，裂口邊上有個人頭。

一個高大的人端端正正坐在太師椅上。金錢豹的臉：金額，金鼻子，金髖骨，黑臉膛，黑眼睛，白眉毛，額頭描著紅白黑三色花紋，他打著赤膊露出胸膛，胸膛是個有柵欄的神龕。

神龕裡有一尊千手佛，所有的佛手向欄外抓，佛身還是在神龕裡。

一個赤裸裸閉著眼的女人，腰間繫了個黑色大蝴蝶結，兩條縋子拖到地上，四周灑著玫瑰花，一條小北京狗蹲在旁邊，昂頭看著蝴蝶結上吊著的卡片：桑青千古。（頁五一八）

這三個圖像，第一個代表父性世界的崩毀，相傳刑天與炎帝激戰，炎帝砍掉他的頭，刑天仍奮戰不已，炎帝只好把他的頭藏起來。這裡父親的死亡恰是女性的誕生，奮戰不已的刑天被炎帝砍下頭，猶如被閹割的男人，或被砍傷的祖國。第二個代表西方世界帝國的力量，它的體型高大，長相半人半獸，半白半黃，似乎是雜種的神人，他將東方世界的力量困在其中，但鎮壓不住，仍不斷地掙扎；第三個是桃紅宣告桑青的死亡。也就是母親宣告女兒的死亡，這是桃紅以圖宣告自我的歷程，從祖國的死亡，到東方的死亡，到自我的死亡，而桃紅皆不在其中，她已潛逃成功。

地圖往往被視為殖民地與女體的象徵，桃紅展示地圖，那是帝國無所不在的威權威嚇，但她反其道而行，以肉身的死亡，宣告自己的不在性，也是永存性。

〈浮花浪蕊〉中的洛貞，在邊界羅湖，彷彿越過陰陽界獲得新生，逃出界的女性，遊走在無時間無空間性的真空地帶，她的生命被分成好幾截，在今生追憶著前世，前世彷如浮花浪蕊那般不真實。她逃過邊界，在南中國海上遊走。她仍逃不開父權社會的陰魂不散，她作了一件違背良心的事，對父權社會作了一些破壞，她賤斥自己，也被賤斥，如同克里斯多娃所言，主體與他者的分裂，他者形成頑強的卑賤物：

> 他不斷地與這個卑賤物（the abject）分離，對他而言，卑賤物是一塊被遺忘的領地，同時又是一塊時時被回憶起來的領地。在被抹除、遮蔽的時間裡，卑賤物一定是貪婪的磁極，但是被遺忘的灰燼現在樹立成一座屏風，並且映照出厭惡、反感的過去。清潔平整變成了骯髒，珍品成了廢物，魅力成了恥辱。這時，被遺忘的時間突然迸出，聚合成一道閃電，照亮一種活動，我們可將這活動想成相斥兩極的一起迸發，發出閃光，就如同雷電交加的釋放。賤斥的時間（the time of abjection）是雙重的：遺忘的時間和雷電的時間，朦朧的綿延無期和真相大白的那一刻。[77]

洛貞越遠離原生社會，不堪的回憶不斷回來糾纏她，在這被賤斥的時間中，映照著厭惡、反感的過去，遺忘的時間和雷電時間相交，真相顯露了，她已找到安全，雖然四周人事物是如此不安全。

深層心理傷痕描寫——大膽實驗手法

同樣在七〇年代發表的作品，張愛玲的小說手法比聶華苓保守許多，她採用的是意識流的寫法，

---

77 Kristeva: *Powers of Horror: An Essay on Abjection*. Trans. Leon S. Roudiez. New York: Columbia UP. 1982, P. 8.

事件紛繁，時空錯亂，心理隱微，她在一九七八年十一月二十六日寫給夏志清提到這篇小說的技巧：

〈浮花浪蕊〉是用社會小說的結構——當然需要modified——寫短篇小說的一個實驗，裡面暗示女主角在日本找不到事，她在香港找事倒彷彿很有辦法，回香港船錢到底有限，不會流落在日本，所謂社會小說的結構，是指繼承《儒林外史》以降的小說手法，其特徵如魯迅所言，「雖云長篇，頗同短制」、「頭緒紛繁，角色複雜」、「記事輒與一人俱起，亦即與其人俱訖」，因此往往無法顧及小說的統一性。[78]

張在〈談看書〉一文中也提到：

社會小說，似乎是二〇年代才有，是指從《儒林外史》到《官場現形記》一脈相承下來的，內容看上去都是紀實，結構本來也就鬆散，散漫到一個程度，連主題的統一性也不要了，也是一種自然的趨勢。[79]

表面上她的小說繼承傳統，然更深入人物的深層意識，導致時空轉換十分自由，事件也堆疊至無法辨識。這是對寫實傳統的反抗，可以說是極具現代意義的。

寫實主義是十九世紀至二十世紀上葉的小說主流，對應著早期資本主義，也對應著帝國主義，在中國五四運動引進而成為文學主流，結合著國家民族主義，形成所謂史詩般的大河小說，如三部曲、四部曲似的連鎖結構。張愛玲也寫過這類小說如《赤地之戀》、《秧歌》，移民至海外之後，她的書寫轉向心理小說與同志書寫，創作姿態更為前衛，但評價皆以為不及前期小說[80]。然張在美國的創作不斷受到退稿而至精神崩潰，被迫保持沉寂十幾年，這可說是女性移民作家同樣的命運，就如同聶華苓逃難至美國也沉默了六年，一直到能寫時自然要寫不一樣的：

> 一九六四年從台灣來到愛荷華，好幾年寫不出一個字，只知不知自己的根究竟在哪兒，一枝筆也在中文和英文之間飄盪，沒有著落。那幾年，我讀書，我生活，我體驗，我思考，我探索。當我發覺只有用中文寫中國人、中國事，我才如魚得水，自由自在。我才知道，我的母語就是我的根，中國是我的原鄉，愛荷華是我的家。[81]

在文字中尋根的結果是更叛逆更開放，聶華苓早期小說技巧亦相當保守，亦不脫離寫實主義的範疇，在《桑青與桃紅》中她跨入後現代書寫，出現割裂、瘋狂、認同錯亂的作品，在美學的意義上，它似乎比〈浮花浪蕊〉前衛，事實上這兩篇創作年代不同的作品，恰可看出女性在五〇年代的離散書

78 夏志清：〈張愛玲給我的信件〉，《聯合文學》第一四卷第九期。
79 見張愛玲〈談看書〉，《張看》，台北，皇冠，一九七六，頁二一五。
80 見周芬伶《豔異——張愛玲與中國文學》，台北，遠流，一九九九，頁一一五。
81 聶華苓：《三輩子》，台北，聯經，二〇一一，頁九七—九八。

寫手法與七〇年代有所不同，相同的是文體自由流動，時空片斷切割，夾雜著圖像與文字及非文字素材，在移民女作家的作品中，非文字素材似乎也是敘述策略之一，如韓國移民作家車學敬的作品《聽寫》（Dictee），就由文字的斷片、照片、圖像、書法等不同的藝術媒體組成，而其文字又包括詩歌、散文、神話、歷史等多種不同的元素，又如張純如寫的報導文學《南京大屠殺》等被歸類為歷史的著作，其書寫分裂自我的意圖也相當強烈，她藉著重構歷史，重構祖國／家園／主體，一張又一張破碎的肢體／主體一再被割裂，她因而發出憤怒的控訴與指責：「有問題的不是那個民族，有問題的是那個政府！」照片在其中扮演著相當重要的地位，它除了還原歷史現場，還有訴說文字無法表達的深層意識的作用，看那些支離破碎的屍身，不正反映著女性支離破碎的自我？一九九四年，張純如第一次看到南京大屠殺的照片激動不已，她說：「忘掉屠殺即第二度屠殺。」圖片在這裡扮演著更直接的真實，它挑起記憶，並為歷史作見證。

出現在《桑青與桃紅》中的文字夾雜著書信、日記與神話、沙字扶乩等不同文類的越界書寫，圖像有地圖、牆上的圖畫；出現在〈浮花浪蕊〉中的有相簿，這些富於「物質感」的東西，是在蒼白的文字上加入肉體的層面，以捕捉殖民主義入侵者的血腥，也表現女性在發聲的困難下，顯現的語言障礙，那些喑啞的圖像不正是女人失去言語／舌頭的寫照嗎？正如車學敬所說：

> 意義是一個工具，而記憶戳穿了皮膚、刺穿了血、血的流量、血的實質的物體成為衡量的標準，變為紀錄、變為文件……那些沒有受刺於相同的壓迫的國家者，即不曾目睹，也不能暸解。敵人、

暴行、征服、背叛、侵略、破壞等僅僅深奧的文字和名詞……不夠有物質感。[82]

在這文字充斥的年代，文字相對也貶值，它變成深奧的名詞，冷冰冰的符號，莫怪女性移民作家使用非文字媒介表達難以表達的憂憤。令人更憂憤的是車學敬在三十一歲被姦殺，張純如因寫作的壓力飲槍自盡，得年才三十六。她們書寫被帝國殘殺血一般的歷史，也以自己的血肉書寫歷史，這痛苦豈是單薄的文字所能表達？

女性的書寫誠如伊麗葛瑞（Irigaray Luce）所言，女性語言和她們身體一樣，不是以一為中心，而是雙數的、複雜的、散發性的，可以說比較散漫而不集中，不是以理智為中心，而是比較感性的，因此只有女性語言才足以表達女性經驗。張愛玲的女性書寫擅以細節隱喻女性深層心理，並創造富於女性意義的意象，改寫名言與神話，在四〇年代已大放異彩[83]，而聶華苓擅於描寫女性的分裂，童真與淫蕩，理性與瘋狂，早在五〇年代即以《失去的金鈴子》奠定基調。她們的崛起，聶比張晚十年，卻在七〇年代有了共同的焦點，同樣是離散書寫，也同樣改寫男性小說，張改寫毛姆的小說，以女性的觀點看旅途上的男人與女人，聶改寫英雄神話，如刑天，又改寫美國公路小說或電影，女性猶如警察

82 馬奇洪姆，成令方譯：〈女性主義文學批評〉，《聯合文學》第四卷第一二期，頁二一四—二一九。
83 周芬伶：《豔異——張愛玲與中國文學》，頁二六七—二九〇。

追緝的逃犯，在邊境上逃竄。改寫使得作品呈現乾坤挪移的世界，其外在是混亂、怪誕、突梯，內在則是自由奔放的。女性書寫基於獨特的女性美學，出發點容或不同，目標確是殊途同歸，同樣以邊緣性的話語抵制中心性的話語，抵制性越強，離心力越強，因此女性的聲音是二重性，它既反映父系社會結構性的殘缺，又隱隱傳出遺落的女性呼聲，它本身具有反闡釋力，可作為父系文學的補充，移民女作家的女性書寫，更為邊緣，其多元性、複雜性、散發性更勝於國內女作家。如果問她們為什麼把小說寫得如此難讀，不如問她們遭到如何不堪的際遇。

結語

本文討論這兩篇文章，看起來不相關，張愛玲成名在國內，聶華苓出名在海外，在國內所受到的注意太少，相比之下張所受的注意又太多了。很少人以女性美學的觀點比較她們在海外完成的作品，離散書寫與空間隱喻在她倆之間搭起橋梁，而富於物質感的非文字素材顯得複雜晦澀，她們的作品因而受到忽視，我們對她們的關注還是不夠多，於梨華、張純如、車學敬……我們在急於建構女性文學史的過程中，往往遺落她們，而她們的作品是如此激烈如此難懂，不是現在的文學理論能充分解釋，創作於上個世紀七〇年代的作品，直至舊世紀末新世紀初才有批評文字出現，她們的創作路途格外艱辛，生活更是如此，移民文學牽涉諸多問題，政治的、社會的、心理的、文化的、美學的……可謂跨領域的研究，是正典文學遺落的聲音，當台灣亟急建構文學史時，可作為一參考系統，在華文世界中，移民文學將占有重要的地位，女性移民作家無家可歸，作品如浮花浪蕊的問題，應獲解決，方不負她們以血淚寫成的作品。

《台灣文學研究學報》第二期，二〇〇六年

穿越紅樓夢

「情典」文本的生成

——張愛玲「自傳小說三部曲」與《紅樓夢》的互文與新異

張愛玲自言《紅樓夢》與《海上花列傳》是她一切的來源，童年即嗜讀《紅樓夢》，並進行仿作，當她五〇年代到美國之後想為創作找新路，卻在六〇年代回歸這兩本小說的研究；同時，從六〇年代到八〇年代創作「自傳三部曲」，其書寫直接受《紅樓夢》影響，其互文性可說你中有我，我中有你。前行研究者已指出這點，然她如何拆解紅樓、襲用紅樓，其工程如何浩大，以及是套用還是創新，並未有人說得詳細。這其中有紅學與張學的，也有張學與紅學的交織，本文以互文的方式解讀，然又說明其衍異，是在傳統中有創新，在互文中產生變異，從自傳書寫到愛情經典的樹立，可說是文本的拆解也是重組、重生工程，也走一次文本發生學的注重手稿的演變、探討文本如何生成的過程，以說明張的自傳書寫新意。

前言——成書研究與文本發生學

二〇一九年八月，筆者採訪宋以朗，張的遺稿只剩與宋淇夫婦書信未出版[84]，出土結束，已到作版本回顧的時間點。在宋以朗先生那裡看到的許多手稿，尤其是〈愛憎表〉，令人想到張愛玲晚期作品不斷改寫與增刪，以致留下許多手稿的狀況，其中有許多是她生前未發表或出版，其中存在著張書寫的過程與難以言說的祕密：她對《紅樓夢》的成書過程亦迷之成狂，花十年將各種鈔本反覆對照，而成《紅樓夢魘》，已為成書研究的重要著作。西方的「文學發生學」興起於一九七〇年代末，而中國的《紅樓夢》成書研究卻早了幾十年，他們同樣對文學發生的過程、創作手法的改變、手稿與早本的原樣、各本的演化有著興趣，它或許可以解開創作的祕密，張愛玲研究《紅樓夢》的成書，同時書寫自己的自傳小說，讓紅學與張學產生對話的可能。

前行研究者注意到這兩種平行關係，強調張只是進行改寫而非創作，如也斯指出，張愛玲對古典小說的見解可對照她晚期的小說實踐，改寫的過程也可看出後期作品不同的風格，並進一步說明：「翻譯、改寫、重寫都是張愛玲第二個創作生命的特色。」[85]郭玉雯更指出：「她以小說家貼近小說家的心理與情感，使這本考據之書就像是曹雪芹與張氏同時道出自己創作小說的心路歷程與原理方法」[86]，有些人不將張愛玲考證的《紅樓夢魘》列入正典的紅學，然她在各種鈔本中拼湊「舊時真本」，跟文本發生學的方法相通，可說也趕了成書研究的早集，不能說沒貢獻；她把《紅樓夢》的寫作心法放在自己的小說作實驗，創造古今交融的寫法，也是走在時代前面，不能把她的「自傳三部曲」視為重複、改寫，而非創作。

張從香港逃出後，就有心為自己與家族寫傳，在美國五〇年代中期，將四〇年代的兩篇散文改寫為四十萬字的長篇小說，第一次是用英文書寫；七〇年代中期又用中文改寫一次，手法與篇幅都有巨大的改變，改寫自己的舊作不能算創作嗎？她執著於這個題材，同時期借別人題材寫自己的〈色，戒〉能說不算創作？可見借別人的新素材不能滿足她，否則為何一再改寫呢？改寫沒有比新創容易，寫自己更難，這也造成這系列小說跟《紅樓夢》一樣「未完」；如以她較滿意的《小團圓》來說，其筆法充滿實驗性，在七〇年代可說是超前的作品，當時台灣鄉土文學為主流，西方「新小說」興起，她的自傳書寫與莒哈絲自傳小說狀況類似，而並不遜色，莒哈絲是法國「新小說」的大將，跨足小說、電影、舞台劇，擅寫自身戀情與家族故事，筆法充滿實驗性，題材也常重複、改寫，有人會懷疑她的作品非創作嗎？

張愛玲的創作取法自古典小說，尤其是《紅樓夢》與《海上花列傳》，在研究這兩本小說時，她不斷修改自己的自傳小說，彼此形成互文關係，而《紅樓夢魘》是否是「融匯評論與創作的奇書」[87]，只能說《紅樓夢》的成書方法更讓她確定，重點不在自傳，而在筆法（創作），主題也不限

84 後來二〇一〇年在皇冠出版《書不盡言——張愛玲往來書信集II》時，宋以朗說所有文稿已出齊。
85 也斯：〈張愛玲的刻苦寫作與高危寫作〉，《零度看張》，香港，香港中文大學出版社，二〇一〇，頁八五。
86 郭玉雯：《紅樓夢學——從脂硯齋到張愛玲》，台北，里仁，二〇〇四，頁四〇九。
87 陳耀威：〈墮世在何年——詳《紅樓夢（魘）》〉，香港，《素葉文學》六十三期，一九九七，頁一〇〇。

自傳與家族史，愛情才是最後的訴求。她留下大量改寫的手稿，我們在其中也可找到她的成書過程，這過程跟「字字看來皆是血，十年辛苦不尋常」一樣艱辛，讓人不得不正視。

透過她的作品流傳與《紅樓夢》研究，從香港到美國，輾轉到台灣，張學與紅學的重疊關係越來越多，張學因紅學匯入經典，紅學因張學而擴充，兩者的關係可說非常微妙。張是現代作家，卻與近三百年前的作品形成參照系統，這讓《紅樓夢》與現當代小說的關係更加密切，本文試圖釐清張學與紅學的交叉關係。

從仿作到考據

張愛玲十四歲仿作《摩登紅樓夢》至少六回，回目雖由父親代擬，可以從中看出情節梗概，現代寶黛住進高樓大廈，十二金釵時裝大賽，愛好繪畫的張愛玲會不會配上插圖，畫下上海時裝的「更衣記」？從其中一個回目「萍梗天涯有情成眷屬，淒涼泉路同命作鴛鴦」來看，寶黛不但生為眷屬，死為鴛鴦，這父女的兩代合作，可見其父的文筆品味皆不差，也可說是第一個啟發她研究《紅樓夢》的長輩。據張子靜作《我的姊姊張愛玲》中描述在父親離婚至再婚的三、四年之間，可說是父女感情最親近之時，張常在父親的書房看書，跟父親談小說，張最愛談《紅樓夢》，張父詳細訴說此書的時代背景、曹雪芹的家世、書中主要人物的刻畫，談最多的是高鶚的續作。過幾年，張上高中那年的暑假，約十四歲，她提出兩個疑問：一是高鶚在續作中對某些主要人物的形象描寫，與原著相差太多；二是原書開頭寫寶玉夢中在警幻仙子處看見十二金釵畫冊上的題詩，已暗示了她們將來的歸宿，但續作並沒有按照曹雪芹的構想去寫，她認為這是續作最大的不足[88]，這初步想法成為她研究《紅樓夢》的主要基礎。

一面仿寫《紅樓夢》，一面討論《紅樓夢》，這奠定她與紅學的基礎，她熟讀且創作，這是她認為的自己的長處[89]。

她的紅學淵源相當曲折，在認識胡適之前，想成為像林語堂一樣的作家，中英文雙寫、寫作與研究雙修，因此在香港幾乎是使用全英文書寫閱讀。在林語堂之前還有許地山，她在港大的成績優秀連拿兩年獎學金，曾有兩位老師對她產生了重要影響，一個是佛朗士（N. H. France）的歷史課，她的努力與優異表現，得到老師的獎學金，這讓她具備歷史感與初步的世界觀；還有一個是中文教授許地山，他出生台灣台南，留學英美，卻老是一襲長袍，早在燕京大學讀書的時候，他蓄長髮，穿自己設計的土黃色長袍，手戴白玉戒指，不但奇裝異服，還是五四運動中的大將，曾發起「文學研究會」，也是《小說月報》的主要成員，並常發表小說，他懂多國語言，為神學院學士、宗教學者，搜藏大量服飾的古畫影印本、人物木刻畫和各種照片，並書寫《中國服裝史》，這樣的人物成為她的老師，自然產生影響。如果佛朗士對她是知遇之恩，那許地山會是民間與女性文明觀察的啟迪者，他對女性與民間文化的關注，加上奇裝異服，不就是從香港回來後的張愛玲嗎？我們在理解這些之後，才知她的「戀衣癖」

88 張子靜、季季：《我的姊姊張愛玲》，台北，印刻，二〇〇五，頁一一四—一一五。

89 張愛玲：《紅樓夢魘》自序，台北，皇冠，二〇一〇，頁三。

是有理論支撐的，愛穿旗袍且更改設計，讓它古今交融，說明她的美學基礎。

許在〈近三百年來底中國女裝〉一文中[90]，論述清兵入關以來至近代中國近代史女性服飾的演變，結論是「女人底衣服自明末以至道光咸豐年間，樣式可以謂沒有多大的改變」[91]。張唸港大時，許正擔任中文系教授及主任，因此可以理解為何張愛玲一九四三年在上海發表的文章〈談中國人的宗教〉、〈更衣記〉等文中的學者氣息並非憑空而來，當時張愛玲已從港大轉讀聖約翰大學中文系，當時的她外貌衣著皆跟去港前有很大改變，戀衣且奇裝異服，張子靜說：

> 她的脾氣就是喜歡特別：隨便什麼事情總愛跟別人兩樣一點。就拿衣裳來說吧，她頂喜歡穿古怪樣子的。記得三年前她從香港回來，我去看她，她穿著一件矮領子的布旗袍，大紅色的底子，上面印著一朵一朵藍的白的大花，兩邊都沒有紐扣，是跟外國衣裳一樣鑽進去穿。領子真矮，可以說沒有，在領子下面打著一個結子，袖子短到肩膀，長度只到膝蓋。我從沒有看見過這樣的旗袍，少不得要問問她這是不是最新式的樣子，她淡漠地笑道：「你真是少見多怪，在香港這種衣裳太普通了，我正嫌這樣不夠特別呢！」[92]

香港經驗改變了她，在散文〈更衣記〉簡述了中國三百年來的婦女衣裝，結論跟許地山差不多：「滿清三百年的統治下，女人竟沒有什麼時裝可言」；然她也有自己的觀察：「逢著喜慶年節，太太穿紅的，姨太太穿粉紅。寡婦繫黑裙，可是丈夫過世多年之後，如有公婆在堂，她可以穿湖色或雪青。」衣服是身分的表徵，特別是顏色。她對穿皮裘也有一功，說：「有功名的人方能穿貂。」又寫到什麼季節穿大毛或小毛。張愛玲應該曾聽過許地山於港大開設的課或演講，因此〈更衣記〉可說延續他對服飾的研究而發揚光大之，而且對宗教也有自己的看法。

她對女性服裝的興趣也反映在《紅樓夢魘》上，在〈紅樓未完〉一文中，她談到滿漢之別，除了裹小腳的有無，服裝也是重點，黛玉的穿著一直未明寫，她指出脂批「不寫衣裙妝飾，正是寶玉眼中不屑之物，故不曾看見」，她指出唯一的例外：

> 唯一的另一次，第八回黛玉到薛姨媽家，「寶玉見她外面罩著大紅羽緞對襟褂子，便問：『下雪了麼？』」也是下寫，也是一色大紅的外衣，沒有鑲滾，沒有時間性，該不是偶然的。「世外仙姝寂寞林」應該有一種飄渺的感覺，不一定屬於什麼時代。[93]

因此當她第一次讀到後四十回黛玉穿著「水紅繡花襖」，頭上插著「赤金扁簪」，覺得「非常刺目」，另外她寫湘雲衣服只限男裝，晴雯常穿褻衣。這些服裝細節描寫正是她最在意也最敏感的。

張愛玲與林語堂也有微妙的關係，林除了是雜文家、小說家，也是紅學家。一九三八年，林語堂

---

90 陳慧芬：〈更衣記和許地山〉，二〇〇三年七月三十日，新華網，http://big.news.cn/gate/big5/www.news.cn/。
91 同上。
92 同註88，頁一六五。
93 張愛玲：《紅樓夢魘》，台北，皇冠，二〇一〇，頁一七。

計畫將《紅樓夢》翻譯成英文，後來發現難度太大，不如新寫。他借鑑《紅樓夢》的架構與人物完成小說，裡面重要人物摹擬紅樓人物，說是摹擬，還是有些差距，著重女性角色這點倒是相似。這本直接挑戰《紅樓夢》的小說，風行一時。不知張愛玲是否讀到這小說，當時她十八歲，早在中學時代她就立志要跟林語堂一樣有名，可見她對他是有認識的。一九四三年，林語堂在台灣開明書店出版《無所不談合集》，其中《紅樓夢》的專題論文就有十二篇[94]，他高度評價後四十回的文學性與價值，認為《紅樓夢》後四十回是曹雪芹所作，高鶚只是依據曹氏底稿進行「整理補丁」而非「續作」，這種說法相當大膽。張對此非常有意見，但他用紅樓筆法重寫小說，看來是一條可行之路，這也是她正發表文章走紅之時。

一九五五年，張赴美不久立即去見胡適，甚少崇拜者的她在文章中寫「跟胡適之先生談，我確是如對神明」[95]，胡適除了是新文學導師，對紅學研究亦有開創之功，他在一九二一年發表《紅樓夢考證》，一九二二年再寫《跋〈紅樓夢考證〉》將「紅學」改為「曹學」、「版本學」。他自然主張《紅樓夢》是自傳。

張與胡的會面在歷史上有重大意義，第一，自認在一切文學之外的張從此與「五四」有交集——「五四」除了是德先生與賽先生，也是愛國運動、新文學運動。在全盤西化的潮流下，胡適卻揀起「國故」，他是重視證據的實證主義者。張愛玲在見他之後還寫一篇小說〈五四遺事〉，在研究古典小說上，更是實事求事，可說精神與方法上有所繼承。第二，在《海上花列傳》上，提出國語的文學，並推進到方言的文學之上，尤其張因見了文學大師而提出翻譯《海上花列傳》的想法，儘管這大工程原不在她的寫作計畫中，有可能是一時熱血的發心，沒想到二十年後她不但實現了，還用十年的時間交出一本《紅樓夢魘》，又用十年翻譯國語與英譯本《海上花列傳》。第三，張繼承考據派，卻開「成書研究」一支，使紅學的研究更具現代意義，可說早於西方的文本發生學，而「啟示」[96]紅學。

胡適指出甲戌本，即一七五四年本為「海內最古的《石頭記》鈔本」，疑點是它四回裝為一冊，就裝幀來說更為精細，不太可能如此超前部署，再說裡面第一回跟晚本、程本的第一回相同，這不太可能。但當她讀到早本情節時，感受頗為震撼，張自言在一九五四年左右，在香港看到脂批研究八十回後情節，「在我實在是感情上的經驗，石破天驚，驚喜交集」，之後只要相關的近著必看，這裡埋下她對「舊時真本」的探索熱情。

張的《紅樓夢》研究是從仿作開始，漸進到創作，一九六一年她到香港寫劇本，完成電影劇本《紅樓夢》上、下集，想必對《紅樓夢》有進一步的認識，可惜沒拍成，作品也無存，試想張的《紅樓夢》劇本，是否以早本為底，不特別強調寶黛，史湘雲的戲分多些，是個反高潮灰撲撲的結局？對話想必精彩。沒有拍成的原因也許是早本戲劇性沒程本高，而且還有張一貫的反高潮？

這時她更深入文本，創作的困頓讓她轉向《紅樓夢》研究，一九六八年她在《皇冠》雜誌發表

94 如：〈說晴雯的頭髮兼論《紅樓夢》後四十回〉、〈續論紅樓後四十回問題〉、〈說高鶚手定的《紅樓夢》稿〉、〈《紅樓夢》人物年齡與考證〉、〈新發現曹雪芹訂百二十回《紅樓夢》本〉、〈再論紅樓百二十回本〉、〈平心論高鶚〉、〈平心論高鶚弁言〉等。

95 張愛玲：〈憶胡適之〉，《惘然記》，台北，皇冠，一九九三，頁一九。

96 「成書研究」為紅學的一條路線，有「一稿多寫」、「兩書合一」兩派，張愛玲屬於後者，且占一個重要位置。

〈紅樓夢未完〉，作為研究的開始，一九七三年在《皇冠》發表〈初詳紅樓夢〉；一九七五年在《皇冠》發表〈二詳紅樓夢〉；一九七六年發表〈三詳紅樓夢〉。一九七七年《紅樓夢魘》由皇冠出版社出版。花十年考據紅樓，同時英譯《海上花列傳》，一九八一年出版國語本《海上花注譯》，這工作到一九八一年才完成，可說作為一個正當創作顛峰時期的創作者，把十幾年光陰都花在這兩本小說上。

一九七五至七六年，與研究古典小說同時，她書寫長篇自傳小說《小團圓》，加上五、六〇年代完成的《易經》上下、《少帥》，合稱為「自傳三部曲」[97]，跟早期以兒童或青少年視角進行不同，晚期以出身的四大家族為經緯，母女的愛恨決裂為核心，男女的禁忌之愛為其背景，主題也在愛情與「禁果與樂園」神話打轉。

張是否以紅學為輔在建構自己的家族故事，是創作而非自傳，因此她說「此二書（《金瓶梅》、《紅樓夢》）是我一切的來源」，而這兩本的主題都在愛情。

有關《紅樓夢》在愛情小說上的重要性，她在〈海上花譯後記〉一文中說：

> 抛開《紅樓夢》的好處不談，它是第一部以愛情為主題的長篇小說，而我們是一個愛情荒的國家，它空前絕後的成功不會完全與這無關。自從十八世紀末印行以來，它在中國的地位大概全世界沒有任何小說可比。[98]

張考據《紅樓夢》重點為「是創作而非自傳」、「第一部以愛情為主題的長篇小說」，她花十年推敲比對：「像迷宮，像拼圖遊戲，又像推理偵探小說，早本各各不同的結局又有《羅生門》的情趣」，並說天才不是一天造成的，將早寫的文筆與最晚寫的次第析出，認為寶黛的文字最成熟，應是較晚完成。又早本採寫實筆法，灰撲撲，但走在時代的前面。因而討論高鶚續書的心理，回應了她十四歲時的疑問。從一九六七年到一九七〇年末，張大都在美國大學或研究中心擔任訪問學者或研究員，她進行的研究計畫就是《海上花列傳》與《紅樓夢》，其中宋淇也成為通航頻頻的研究夥伴。

胡適曾在民國三十四年拿出珍藏的甲戌本，在出版社影印發行後，於附錄〈跋乾隆甲戌脂硯齋重評石頭記影印本〉中大談成書問題，並指出《風月寶鑑》可能是一種小型的《紅樓夢》，其中可能有「正照風月寶鑑」一類的戒淫勸善的故事，故可以說是一本幼稚的《石頭記》[99]，這個觀點也影響著張愛玲。她開啟成書研究並成為紅學的一條支線；之後沈治鈞分為「一稿多寫」、「兩書合一」兩派[100]，張愛玲屬於後者，且占一個重要位置，成書研究是近年來紅學的一個重點，結合探佚、考據與創作心理學。

說是分兩派，其實想法差不多，都存在著一本《風月寶鑑》的加入，只是加入的時間與完整度問題，一稿多寫論者主張是在《風月寶鑑》的基礎上，延伸出《紅樓夢》：《風月寶鑑》在前，《紅樓夢》在後；兩書合一論者認為另外存在一本《石頭記》，後為脂硯齋或曹雪芹自己將《風月寶鑑》兩書合一，

97 這裡採馮晞乾認定的「自傳三部曲」說法，見〈平行時空裡另一個張愛玲〉，《在加多利山尋找張愛玲》，香港，三聯，二〇一八，頁三二七—三二八。
98 張愛玲：〈海上花列傳注譯〉，《續集》，台北，皇冠，一九八八，頁五九—六〇。
99 胡適：〈《紅樓夢》考證〉，《胡適文存》，台北，遠東，一九七一，頁三三七。
100 沈治鈞：《紅樓夢成書研究》，北京，中國書店，二〇〇四，頁二二二。

《石頭記》在前，《風月寶鑑》為後加。

也就是說作者在一七五四年的甲戌本並非最早本，這點她不贊同胡適的說法，甲戌本前五回有明顯的改稿痕跡，她更關心在更早的時期作品如何形成。

張愛玲於一九七七年出版了《紅樓夢魘》，這是第一部集中探討成書過程的專書。一般把她列入「一稿多改」派，事實上是「兩書合一」的倡議者。她認為先有早本，寫至一半加入《風月寶鑑》，次第是《石頭記》→《情僧錄》→《金陵十二釵》→《風月寶鑑》→《紅樓夢》→《石頭記》，也就是寫到「金陵十二釵」時，將舊有的《風月寶鑑》加入，因此甄士隱、賈雨村是後寫的，太虛幻境、甄家、秦可卿、秦鐘、賈瑞、賈赦、寧府、北靜王、衛若蘭、二尤、賈芸與紅玉的戀愛、寶黛之戀、改寫金釧與晴雯這都是較晚寫的。她的標準是越晚寫越精細，如金釧與晴雯一前一後呼應，賈芸與紅玉夢帕有現代精神，寶黛愛情之描寫成為愛情經典。

她所說的早本的時間表並不太早，如沈治鈞所說：「然而這『早本』似乎早不到《風月寶鑑》與《石頭記》那裡去，只能到今本前一階段的新《金陵十二釵》的時間表」[101]，時間約在一九五〇年，張稱為X本，其增刪過程是：

> 最初十年內的五次增刪，最重要的是雙管齊下改寫結局與出家。添寫一個寧府為罪魁禍首，《風月寶鑑》因此而收入此書。同時加甄士隱、賈雨村同時帶累賈家。襲人在第一個早本內並未迎養寶玉夫婦，不然寶玉、湘雲的下場不會那麼慘。改出家後終於添寫襲人迎養寶玉、寶釵，使寶玉削髮為僧時不致置寶釵的生活於不顧。因此襲人雖有其人，〈花襲人有始有終〉完全是虛構

的。[102]

兩書合一論的假設存在著一本已寫成的《風月寶鑑》，以秦可卿為主軸，太虛幻境為源由，以風月之事鑑戒色即空相的書，故有二尤、秦鐘、賈瑞、秦可卿、賈芸與紅玉淫喪之事，看來類似《金瓶梅》那樣的風月之書，風格較為寫實潑辣。

張的考據除了看過諸多版本，主要依據俞平伯的說法，他把《風月寶鑑》視為另一本書，內容有賈瑞、二尤、秦氏姊弟、香憐、玉愛、多姑娘等，將其情節加入《石頭記》：「秦可卿的故事應是舊本《風月寶鑑》的高峰。」[103]。另外吳世昌認為《石頭記》有一個時期叫《風月寶鑑》，可見她的說法只是總結前人之說，並進一步說明如何增刪，次第如何。

舊時真本原貌

她假設存在一本比一七五四年更早的X本，明確指出可能含有早本的內容或回目，她認為早本分

101 沈治鈞：《紅樓夢成書研究》，北京，中國書店，二〇〇四，頁二二一。

102 張愛玲：《紅樓夢魘》，台北，皇冠，二〇一〇，頁三六〇。

103 俞平伯：〈影印《脂硯齋重評石頭記》十六回後記〉，〈從《風月寶鑑》等談所謂增刪〉，《俞平伯論紅樓夢》，上海：上海古籍出版社，一九八八年，頁九五七—九五八。

布在各本中，庚辰、己戌、全鈔本……早本約百回，在一七五四年之前就完成，死前仍在改，然已散佚，故而稱「未完」。她指出含有早本的內容回目，以下以全抄本、庚辰本回目為準，整理得出：如第五回「游幻境指迷十二釵　飲仙醪曲演紅樓夢」[104]、第六回「賈寶玉初試雲雨情　劉姥姥一進榮國府」、第七回「送宮花賈璉戲熙鳳　宴寧府寶玉會秦鐘」、第八回「比通靈金鶯微露意　探寶釵黛玉半含酸」[105]、十七、十八回「會芳園試才題對額　賈寶玉機敏動諸賓」[106]（後十七、十八合回為「大觀園試才題對額　榮國府歸省慶元宵」）、二十二回「聽曲文寶玉悟禪機　制燈謎賈政悲讖語」[107]、二十四回「魘魔法姊弟逢五鬼　紅樓夢通靈遇雙真」[108]、二十六回「蜂腰橋設言傳心事　瀟湘館春困發幽情」[109]、二十八回「蔣玉菡情贈茜香羅　薛寶釵羞籠紅麝串」[110]、二十九回「享福人福深還禱福　癡情女情重愈斟情」[111]、第三十一回「撕扇子作千金一笑　因麒麟伏白首雙星」[112]、三十七回「秋爽齋偶結海棠社　蘅蕪苑夜擬菊花題」[113]、三十八回「林瀟湘魁奪菊花詩　薛蘅蕪諷和螃蟹詠」、三十九回「村姥姥是信口開合　情哥哥偏尋根究底」、四十回「史太君兩宴大觀園　金鴛鴦三宣牙牌令」[114]、四十五回「金蘭契互剖金蘭語　風雨夕悶制風雨詞」[115]、四十七回「呆霸王調情遭苦打　冷郎君懼禍走他鄉」[116]、五十四回「蘆雪庵爭聯即景詩　暖香塢雅制春燈謎」、五十五回「辱親女愚妾爭閒氣　欺幼主刁奴蓄險心」[117]、五十六回「敏探春興利除宿弊　時寶釵小惠全大體」[118]、五十七回「慧紫鵑情辭試忙玉　慈姨媽愛語慰癡顰」[119]、六十二回「憨湘雲醉眠芍藥茵　呆香菱情解石榴裙」、六十三回「壽怡紅群芳開夜宴　死金丹獨豔理親喪」[120]、第六十四回「幽淑女悲題五美吟　浪蕩子情遺九龍珮」[121]、第六十五回「賈二舍偷娶尤二姨　尤三姐思嫁柳二郎」[122]、六十七回「情小妹恥情歸地府　冷二郎一冷入空門」[123]、七十五回「開夜宴異兆發悲音　賞中秋新詞得佳讖」、七十六回「凸

104 同註102，「第五回寶玉房裡的四個大丫頭內有個刪漏的『媚人』，與襲人、麝月、晴雯並列。似乎早本有人字排行的丫頭……可人只有此處一見，看來也是早本遺跡」，頁二六一。

105 同上，「統觀第六、七、八，這三回戚本、甲戌本大致相同，是文言與南京話較多的早本」、「第六回至第八回屬於此書基層，大約在最先的早本裡就有這三回」，頁一〇四。

106 同上，庚本第十七、十八合回。「第十七、十八合回屬於詩聯期」，頁一四六。

107 同上，「第二十二回與六十三回同是從最早的早本保留下來的」，頁二八七。

108 同上，「第二十四回寶玉初見紅玉一節內，晴雯有母親，是晴雯與金釧兒的故事還沒分裂為二的早本」，頁二九〇。

109 同上，「第二十四回寶玉初見紅玉，第二十六回紅玉、佳蕙談話，兩節都來自晴雯、金釧兒還是一人的早本」，頁二一五。

110 同上，「第二十八回寫得極早」，頁三三六。

111 同上，「第二十九回裡『奶子抱著大姐兒，帶著巧姐兒』，大姐兒與巧姐是兩個人，姊妹倆。第四十一回劉姥姥替大姐兒取名巧——大姐兒與巧姐已經是一個人了。第四十一回還在用『嫽嫽』，更可見第二十九回之老」，頁一〇〇。

112 同上，「第三十一回襲人吐血，『不覺將素日想著後來爭榮誇耀之心盡皆灰了，眼忪不覺滴下淚來。』」、「襲人是好勝所誤」……這條是批第一個早本」，又「〈白首雙星〉顯然是早本回目，因此衝突。這早本沒有衛若蘭，已有第三十一回」，頁三〇四。

113 同上，「有瑪瑙碟的第三十七回來自寶玉別號絳洞花主的早本，有自行船的第五十七回該也是早本」，頁二三一。

114 第三十九、四十回同屬於X本……至少這一部分是個早本，還在用「嫽嫽」，頁一一九。

115 同上，「第四十五回初提賴尚榮得官。此回黛玉自稱十五歲，反而比寶玉大兩歲，是早本的時間表。」、「可人只有此處一見，看來也是早本遺跡」，頁二四七。

116 同上，「所以最早本已有四十七回，後來另加香菱入園學詩，添寫第四十八回一回」，頁二四七。

117 「第五十四、五十五回本是一大回，到一七五四年本才分成兩回，這兩回顯然來自早本」，頁二四五。

118 同上，「第五十六回末填空檔的甄家一節也來自早本。與它共有吳語『小人』的戚本第六十七回也是早本」，頁二三三。

119 「有瑪瑙碟的第三十七回來自寶玉別號絳洞花主的早本，有自行船的第五十七回該也是早本」，頁二三一。

120 第一個早本已有第六十二（缺下半回）、六十三回，第五十四至五十六回也來自極早的早本。頁一五八。

121 同上，「顯然它的第三十七回、六十四回兩稿都是早稿」，指賈敬喪事，賈政在家，全鈔本已改不在家。頁六六。

122 同上，「全抄本第六十五回，尤二姐還在說『你們拏我們作愚人待』是較早的本子」，頁二三九。

123 同上。

碧堂品笛感淒清　凹晶館聯詩悲寂寞」、七十七回「俏丫鬟抱屈夭風流　美優伶斬情歸水月」[124]、七十八回「老學士閑征姽嫿詞　癡公子杜撰芙蓉誄」、七十九回「薛文龍悔娶河東獅　賈迎春誤嫁中山狼」、八十回「美香菱屈受貪夫棒　王道士胡謅妒婦方」[125]等，應是含有早本的回目，之後有些回是兩回併一回（如十七、十八合），或延伸回。再加上遺稿的部分、首回楔子、末回情榜，合成百回。

也就是說早本在一七五〇年初已定稿，現有三十多回原稿夾在改稿中，原稿加改稿為一百回，主要有兩種：一是「舊時真本」，以賈寶玉、史湘雲淪為赤貧相守為結局，可稱之為《石頭記》，內容為「沒抄家也沒獲罪，寶玉湘雲白頭偕老——這分明是第一個早本」；一是《百回紅樓夢》，寫黛玉早亡，寶玉最後「懸崖撒手」，內容為「舊本之二，八十回後與程本不同，但是也有抄家，因此是家境驟衰。抄沒後寶玉、湘雲流落重逢而結合，與第一個早本的老夫妻倆流落正相反。此本也是根據這早本續書，不過將流落提前，結婚宕後，增加戲劇性」[126]。但這早本經刪改，只剩少許回目存在今本中，可說是《紅樓夢》初期。張的依據是脂批、前人考據、形制、語言風格還有她自己的推理，這種唯心論不論是否可靠，她拼湊出早本的架構，可以看出故事的梗概。最早以賈府、大觀園、十二金釵的故事為主，粗估其內容，以較寬鬆的計算法，如下表示：

一	楔子	
二—五	（可能有缺稿，寶玉與湘雲自小一起長大）	
五	游幻境指迷十二釵　飲仙醪曲演紅樓夢（殘留人名細節，大多為後加）	第五回
六	賈寶玉初試雲雨情　劉姥姥一進榮國府（從此以下皆張指出存在今本的回目）	第六回

七	送宮花賈璉戲熙鳳　宴寧府寶玉會秦鐘	第七回
八	比通靈金鶯微露意　探寶釵黛玉半含酸	第八回
九—十六	（可能有缺稿）	
十七	會芳園試才題對額　賈寶玉機敏動諸賓	十七回
十八	林黛玉誤剪香囊袋　賈元春歸省慶元宵	十八回
十九	聽曲文寶玉悟禪機　制燈謎賈政悲讖語	二十二回
二〇	魘魔法姊弟逢五鬼　紅樓夢通靈遇雙真	二十四回
二十一	蜂腰橋設言傳心事　瀟湘館春困發幽情	二十六回
二十二	蔣玉菡情贈茜香羅　薛寶釵羞籠紅麝串	二十八回
二十三	享福人福深還禱福　癡情女情重愈斟情	二十九回
二十四	撕扇子作千金一笑　因麒麟伏白首雙星	三十一回
二十五—三〇	（可能有缺稿）	
三十一	秋爽齋偶結海棠社　蘅蕪苑夜擬菊花題	三十七回

124 同上，頁三五。

125 同上，「統觀這最後五回，似都是早本舊稿，未經校對，原封不收入一七六〇本」，頁二〇四。

126 同上，頁三二四。

三十二	林瀟湘魁奪菊花詩　薛蘅蕪諷和螃蟹詠	三十八回
三十三	村姥姥是信口開合　情哥哥偏尋根究底	三十九回
三十四	史太君兩宴大觀園　金鴛鴦三宣牙牌令	四十回
三十五	金蘭契互剖金蘭語　風雨夕悶制風雨詞	四十五回
三十六	呆霸王調情遭苦打　冷郎君懼禍走他鄉	四十七回
三十七—四十三	（可能有缺稿）	
四十四	蘆雪庵爭聯即景詩　暖香塢雅制春燈謎	五十四回
四十五	辱親女愚妾爭閒氣　欺幼主刁奴蓄險心	五十五回
四十六	敏探春興利除宿弊　時寶釵小惠全大體	五十六回
四十七	慈姨媽愛語慰癡顰　慧紫鵑情辭試忙玉	五十七回
四十八	憨湘雲醉眠芍藥茵　呆香菱情解石榴裙	六十二回
四十九	壽怡紅群芳開夜宴　死金丹獨豔理親喪	六十三回
五〇	幽淑女悲題五美吟　浪蕩子情遺九龍珮（紅玉和佳蕙談話一節、賈敬喪事，賈政在家）	六十四回
五十一	賈二舍偷娶尤二姨　尤三姐思嫁柳二郎	六十五回
五十二	情小妹恥情歸地府　冷二郎一冷入空門	六十七回
五十三—六十二	（可能有缺稿）	
六十三	凸碧堂品笛感淒清　凹晶館聯詩悲寂寞	七十六回
六十四	俏丫鬟抱屈夭風流　美優伶斬情歸水月	七十七回

六十五	老學士閑征姽嫿詞　癡公子杜撰芙蓉誄　七十八回
六十六	薛文龍悔娶河東獅　賈迎春誤嫁中山狼　七十九回
六十七	美香菱屈受貪夫棒　王道士胡謅妒婦方　八十回
六十八—七十四	賈家獲罪前（數回，估七回）
七十五—七十六	寶玉遷出大觀園（粗估兩回）
七十七—七十八	探春遠嫁（同上）
七十九—八〇	黛玉死（同上）
八十一—八十七	獲罪後數回（算七回）
八十八	花襲人有始有終
八十九—九十六	懸崖撒手（六至七回）
九十七—九十八	情榜（兩回）
	（遺稿，「掃雪、拾玉」、「紅玉、茜雪探獄神廟」、「雪夜圍破氈，寒冬噎酸菜」等）等六回，偏後段
	（遺稿，「射圃」）應在前中段

以上為張明確指出，可能筆者有遺漏或算錯，主要是拼湊出為何她說已有百回，以及故事輪廓。她的算法很寬鬆，不足百回的部分可能已遺失、刪除或改寫，這些早回加遺稿連同楔子、情榜，就是作品的初期原貌，加總約百回：

遺稿除了遺失的「五六稿」——不包括末回，撒手就是六七回——還有八十回後賈家獲罪前數回，定稿，寫寶玉遷出大觀園，探春遠嫁黛玉死；獲罪後數回，背景在榮府，待改；以及〈花襲人有始有終〉、〈撒手〉諸回的初稿。以上都在一七六八年左右永忠所見的《紅樓夢》裡。只缺衛若蘭射圃回。但是這本子終於失傳了。[127]

這個早本沒有抄園、抄家，只有衰敗，寶黛之戀、賈芸紅玉之戀還未俱足。如張所說：「書中不但避免寫抄沒，而且把重心移到成長的悲劇上——寶玉大了就要遷出園去，少女都出嫁了，還沒出事已經散場。大觀園作為一種象徵，在敗落後又成為今昔對照的背景，全書極富統一性。但是這塊房地產太值錢了，在政治清明的太平盛世，一時似乎窮不到這步田地。這也是因為文字獄的避忌太多，造成一個結構上的弱點。為了寫實，自一七五四年起添寫抄沒」[128]。早本不但跟抄沒無關，跟賈家的敗德與罪惡也無關，情欲亂倫的描寫更是少到幾乎沒有，它是詩意與青春的描寫，也沒神仙鬼怪，大約是書寫作者所說畢生見過的絕妙女子的描寫，所謂「風塵懷閨秀」即是。只是它就小說的規模小了一點，以賈府的故事為主，賈家的規模不大，「看來早本賈家家譜較簡，《風月寶鑑》加入此書後才有寧府，才將惜春改為賈珍之妹」，這個早本跟明義與永忠看到的「明本」大約相合，可說是至今可知最早的本子。

早本的特色之一是描寫較簡淡，較文言，有時簡到像缺文：

例如紅麝串一節，沒有寶釵的心理描寫。元妃的賞賜，獨寶釵與寶玉一樣，她的反應如何，自然

> 非常重要。全鈔本只有寶釵在園中裝不看見寶玉，走了過去，後來寶玉索觀香串，「少不得褪了下來」，不太願意，也是她素日的態度。未提這新的因素，到底不夠周到。[129]

用一句描寫動作，不交代心理因素，可謂簡之又簡，卻留下許多空白與想像空間；早本特色之二，是寶黛等主要人物年紀較大，年紀越改越小，如第四十九回寶玉與諸姊妹「皆不過十五六七歲（各本同）」，也是早稿；第三，吳語較多，如全鈔本「物事」，庚本作「事物」；「事體」則各本都有，多、都不分，這些都是江南讀音。第四，白話還在草創時期，有許多字借用，如「理」作「禮」，全鈔本第十九回「竟有出去的禮，沒有留下的禮」、「沒有那個道禮」。而「逛」均作「曠」，甲戌本作「俇」。

綜合以上幾點，很顯然她更喜歡早本的寫法，如她寫《易經》上下，主角的年齡都在兒少時期，寫《小團圓》的筆法也是簡化到像缺文。這跟她早、中期的作品都大大不同。因為沉迷於早本的寫法，一回一回細分早晚，因而謂之「詳」。

127 張愛玲：《紅樓夢魘》，台北，皇冠，二〇一〇，頁二九七。
128 張愛玲：《紅樓夢魘》，台北，皇冠，二〇一〇，頁二一七。
129 同上，頁六十八。

增刪裁併過程與創新手法

如果二十二回是極早的早本，那麼太虛幻境就是跟著《風月寶鑑》一起加入，這是本書的第二期。加入後，作品有了較重的口味，既是寫勸鑑風月之事，不免以情欲淫喪為主，要結合兩書可說是大工程，從此有了甄家與寧國府，賈珍、賈芸、賈蓉、賈瑞這些「色胚」，也有風流或潑辣的女子秦可卿初版、二尤初版（增寫柳湘蓮與三姐情事）、燈姑娘、香憐、玉愛等。張雖未說明《風月寶鑑》的內容，卻一再說明甄士隱、賈雨村、甄家、太虛幻境、秦氏姊弟、二尤、賈芸、紅玉、燈姑娘、香憐、玉愛都是兩書合一之後增添的情節。它們有可能是《風月寶鑑》的主要情節。它涉及亂倫與淫喪之事，如賈珍與秦可卿，賈瑞與王熙鳳，賈璉與燈姑娘，賈珍、賈蓉與二尤，賈寶玉與秦鐘，秦鐘與智能兒，香憐、玉愛等，因是涉敗德故有寶鏡為「鑑」的點題，因此獲罪、抄家，符合說部報應之說。

刪書也正是這階段，秦可卿「初版」淫喪天香樓，獲罪、抄家這一串是因果報應自然的結果，我們可以感受到《紅樓夢》的寫法，一寫實，一浪漫，既詩意又潑辣就是這麼來的。假設《風月寶鑑》也二十來回，那麼最後添寫的是哪些呢？這才是張的研究重點：

寶玉大致是脂硯的畫像，但是個性中也有作者的成分在內。他們共同的家庭背景與一些紀實的細節都用了進去，也間或有作者親身的經驗，如出園與襲人別嫁，但是絕大部分的故事內容都是虛構的。延遲元妃之死，獲罪的主犯自賈珍改為賈赦、賈政，加抄家，都純粹由於藝術上的要求。

金釧兒從晴雯脫化出來的經過，也是創造的過程。黛玉的個性輪廓根據脂硯早期戀人，較重要的寶黛文字都是虛構的。正如麝月實有其人，麝月正傳卻是虛構的。紅樓夢是創作，不是自傳小說。[130]

她反對自傳說，強調「《紅樓夢》的一個特點是改寫時間之長——何止十年間『增刪五次』？直到去世為止，大概占作者成年時代的全部」[131]，改寫二十多年，作者完全無範本可循，可說「起了個大早，趕了個晚集」，因此受挫受困，改改寫寫，不厭其煩，一路硬挺下來，就是這種精神，讓他也成了增刪家，也讓張有增刪癖。

《風月寶鑑》的書寫筆法確有不同，是接近勸鑑風月淫喪之書，秦鐘是張指出的，智能兒是筆者添加的，在此基礎上增寫抄家獲罪，有人主張它可能是短篇小說集，類似三言二拍的形式，如是的話，合一更加困難：這是本書最混亂的時期。兩書合一說起來簡單，修改起來一定相當艱苦，加上面對身邊諸多意見，因此進行大刪裁，可說既辛苦又不尋常，刪完後，添寫賈芸與紅玉之戀、寶黛之戀，增加北靜王這人物、金釧兒的故事，改寫時間約在一七六〇至一七六二年，這裡也是張強調的完全是創作，而非自傳的部分，這部分約有幾回呢？以下以庚辰本回目為準：

130 張愛玲：《紅樓夢魘》，台北，皇冠，二〇一〇，頁二一七。

131 同上，頁四。

人物、情節	回目	附注
北靜王	第十四回　林如海捐館揚州城　賈寶玉路謁北靜王	其餘分散在各回，十五、十六、二十四、七十一回
賈芸與紅玉之戀	第二十四回　醉金剛輕財尚義俠　癡女兒遺帕惹相思 第二十六回　蜂腰橋設言傳心事　瀟湘館春困發幽情 第二十七回　滴翠亭楊妃戲彩蝶　埋香塚飛燕泣殘紅	
寶黛之戀	第十九回　情切切良宵花解語　意綿綿靜日玉生香 第二十回　王熙鳳正言彈妒意　林黛玉俏語謔嬌音 第二十三回　西廂記妙詞通戲語　牡丹亭豔曲警芳心 第二十四回　醉金剛輕財尚義俠　癡女兒遺帕惹相思 第二十五回　魘魔法姊弟逢五鬼　紅樓夢通靈遇雙真 第二十六回　蜂腰橋設言傳心事　瀟湘館春困發幽情 第二十七回　滴翠亭楊妃戲彩蝶　埋香塚飛燕泣殘紅	其餘散見各回
金釧兒	第三十二回　訴肺腑心迷活寶玉　含恥辱情烈死金釧 第三十三回　手足眈眈小動唇舌　不肖種種大承笞撻 第三十四回　情中情因情感妹妹　錯裡錯以錯勸哥哥 第三十五回　白玉釧親嘗蓮葉羹　黃金鶯巧結梅花絡	

這裡不以整回論，就取回目為概括，因增刪手術複雜，不可能整回整回增加，是取具有新寫痕跡的回目，這些張判定是最晚完成的部分，也就是本書的第三期，約十五回至二十回。遺失、刪改約六十幾回，又補上四十幾回，僅得八十回，因此未完——張愛玲式的算術，可能有誤差，但至少沒人敢這樣精算，她透過對比，得出結論，並提出《紅樓夢》的晚寫部分，即改文特色，這些看法前人只說了不同，但未具體指出，在寫作上，她提出有客觀證據的具體特色：

第一、由青少年視角改為兒少視角：早本寶玉與姊姊妹妹們年紀較大，越改越小，早本湘雲比黛玉大，之後成為「林姊姊」。

第二、從現代化、前衛化改為保守化：早本寫法更前衛，可說超前進步，因此自覺危險而加以修正。「第一個早本是性格悲劇，將賈家的敗落歸咎於寶玉自身，但是這樣不大使人同情。」於是添加了賈赦一房，因而獲罪。這樣寫固然讓人同情，小說卻走上勸誡的「老派」小說之路。

第三、從平淡化改為戲劇化：早本較省略平淡，前八十回無大事發生，越寫越詳細而從平淡化改為戲劇化：「都是改文較周密，而不及原文的技巧現代化。想必在那草創的時代顧慮到讀者不懂，也許是脂硯等跟不上，或是他們怕讀者跟不上。」[132]也就是早文較素樸，不那麼強調戲劇性，即「一向讀者看來，是後四十回予以輪廓，前八十回只提供了細密真切的生活質地」。

132 同上，頁一七七。

第四、越寫越著重愛情，從自傳書寫偏向「情典」的塑造，手法上從外在描寫到心理描寫，越寫越精細，且有二重奏、相互呼應法。如寶黛與賈芸、紅玉之戀，著重心理與細節描寫；祭釧則為呼應祭晴雯，為有寫之寫，點不寫之寫祭黛玉。

她以一七六〇年添寫的賈芸與紅玉之戀為例，曲折夢幻，且過程詳細，再加上寶釵作為偷聽者，層層疊疊，筆法更為超卓，推而及金釧、晴雯之死與寶黛之戀都是晚寫，可說越晚越細，還原作者寫稿的前後，早本與晚本的差距，而得出結論：

> 曹雪芹的天才不是像女神雅典娜一樣，從她父王天神修斯的眉宇間跳出來的，一下地就是全副武裝，從改寫的過程上可以看出他的成長，有時候我覺得是天才的橫剖面。[133]

綜合以上，她得到的結論是，天才的傑作非短時間能夠完成，除了天才自己需要成長，作品更需要不斷增刪，有時得花幾十年之力，幾次修改，才能完成偉大的傑作，張愛玲花十年考據，是致敬也是學習，藉以得到寫作靈感，她在諸本中尋找早本，只因早本簡化、現代化，得「平淡近自然之美」，因此她認為好的小說跟詩一樣好，這成為她書寫自傳小說的目標。

張愛玲「自傳三部曲」的紅樓傳承

周汝昌認為張愛玲的才氣在當代無人可以比肩[134]，張平生也只甘心學習《紅樓夢》、《海上花列傳》，早期的作品她只有翻譯，沒太多的改寫與增刪。必須注意的是，她到美國之後心心念念的自傳小說，與考據《紅樓夢》大約同時，可能受其影響，不斷改寫、增刪，為何如此執著於這個題材，她在一九七六年宋氏夫婦勸阻出版時，曾去信說明：

我寫《小團圓》並不是為了發洩出氣，我一直認為最好的材料是你最深知的材料。但是為了國家主義的制裁，一直無法寫。[135]

到了自由國度，放開去寫自己的家族與愛情，受到好意勸阻後，她並沒有放棄，持續改寫，到一九七九年，就算被宋淇壓下來沒出版，她還是持續改寫，就算另寫〈色，戒〉，還是沒有放棄，她的改寫著重在把九莉寫得不像她，在三人的書信往來中，討論改寫問題，連續好幾年，她在給宋氏夫婦的信中，寫出另一個重要動機：

我在改寫《小團圓》，我一直覺得我母親如果一靈不昧，會寧願寫她，即使不加以美化，而不願

133 同上，頁四。
134 周汝昌：《夢解紅樓》，福建，漓江，二〇〇五。
135 同註130，頁四〇六。

被遺忘。[136]

她執著於此書的兩個重要原因，是自由地書寫最深知的題材與為讓母親不被遺忘，總之她鍥而不捨地改寫這個題材，說明了她的真心與深心。

是一種刻意或巧合，她的寫作方式與筆法，呼應著她正在研究與考證的《紅樓夢》，這是種傳承或互文？它們相似之處至少有四點：

（一）五十年幾度改寫、增刪、易名，由兒少視角改為成年視角，由自傳、家族史轉向愛情

張愛玲的自傳書寫，也是一個重覆經驗不斷增刪、改寫的過程，最早是在散文中明白表露自己的成長，主要是與父親的衝突並逃家，對於母親則多所保留，那是一九三八年的英文散文〈What a life! What a girl's life!〉與一九四四年的《流言》中的諸多篇章，那時與母親的關係尚未決裂。移民至美國之後，接續長達五十幾年的自傳書寫，由自傳散文、小說至一九九二年《對照記》才算終止，這讓她戀戀不捨的題材，她用了近一輩子書寫，以自傳始也以自傳終，其中經歷文體與手法的轉變，由實寫變成虛寫，再由虛寫變成實寫。討論其中的演化或可說明一個作家如何割斷臍帶走向孤獨的過程，也可說明移民作家的離心書寫，是如何崎嶇而坎坷的路程。

可見她用英文改寫兩篇散文，又把它們合為小說的的上下部，也就是兩文合一之後的兩部合一。但這部小說當時沒有出版，以手稿的方式存在，塵封半個世紀。一九七五至七六年再進行改寫成《小

團圓》，加入大量的羅曼史，書名也與婚戀有關，在題材上層次變得很豐富，人物形象的改變最大，姑姑、嬸嬸、九莉，三個人俱風流，嬸嬸是明，姑姑、九莉在暗，後者的羅曼史一點也不輸嬸嬸，自我揭發的意味更重。小說敘述觀點也由兒少視角改為成人視角。

視角改變之後，情節更豐富且超展開，原來的家族故事只是背景，內容與《易經》差不多，時序卻時而前溯，時而後退，以三十歲為分水嶺，前追幼年，後接在美國至眼下的情思，焦點放在蕊秋、珊瑚、九莉的愛情，蕊秋的情人數不清，為她離婚的簡煒、意大利歌手、勞以德、畢大使、范斯坦醫生、馬壽、誠大姪子、布丹大佐……如珊瑚說的：「二嬸這些事多了！」珊瑚雖稍遜色，情史也不少，簡煒（甘心與嫂嫂分一個男人，一明一暗）、緒哥哥、德國醫生、美國老闆……九莉雖「板板的」，也有緒哥哥、范斯坦醫生喜歡她，她自己也有之雍、燕山、汝狄，還被荀華調戲過。這三個女人不但多情還互搶男人，珊瑚與蕊秋不僅「分一個男人」，蕊秋為簡煒打胎，她說：「我那時什麼都不懂。那時候想著，要是真不能離婚，真沒辦法的話，就跟我結婚，作掩護。我也答應了。」這姑嫂之間一直有類戀愛的關係：「二嬸剛來時我十五歲，是真像愛上了她一樣。」范斯坦醫生原是母親屬意的對象，卻暗戀九莉；珊瑚喜歡緒哥哥，為他傾家蕩產，他喜歡的卻是九莉。這麼複雜的愛情關係，已非跨性別、亂倫能訴說。

整部小說因此主軸改變，追根究底，作者沒要分好壞，或譴責，自我揭發的成分多些，在當時可

136 張愛玲、宋淇、鄺文美，宋以朗主編：《紙短情長：張愛玲往來書信集I》，台北，皇冠，二〇二〇，頁四〇六。

能以此回應胡蘭成，我雖沒你「濫」，但我也有風流的因子，一切的指向是蕊秋，她貌美風流，又是愛情超級發電機，作為她周圍的人能不帶電嗎？電流亂竄的結果，相愛相殺，最後只有遠離彼此。

張延續《金瓶梅》、《紅樓夢》、《海上花列傳》的愛情主題，前兩者是女性客體在男性主體中爭取女性主體，後者是在女性客體中爭取女性主體，她顯然接近《海上花列傳》，而更進一步強調女性主體與其他女性主體發生衝突，當然也與男性主體發生衝突，她沒有「勸善」也沒有「鑑誡」，也不說以色悟空大道理，只是自我如實訴說，最後走向徹底虛空。她孤獨地起了大早，趕了晚集，用半個世紀的增刪、修補，完成自己的自傳小說，可惜這部小說也遭到塵封三十多年，一直是手稿狀態，跟《紅樓夢》手稿自一七六〇年流傳三、四十年，至一七九九年出版的命運類似。

在增刪上，一九七六年的改寫幅度更大，不僅兩書合一，還改主軸為愛情，並加入她未完的創作：（六）那段發生在西湖上的故事；（七）還有一個類似偵探小說的，那段我的圓臉表姊被男人毒死的事……。這算是四書合一嗎？

作品	內容	手稿與出版
〈私語〉、〈燼餘錄〉	兩歲至十八歲、十歲至二十一歲，自傳散文，家族史與成長故事。	一九三八—一九四四年（收入散文集《流言》）。
《雷峰塔》、《易經》	兩歲至十八歲、十八歲至二十一歲，自傳小說，家族史與成長故事。	一九五七—一九六三年（當時未出版，以手稿封存，二〇一〇年出版）。

《小團圓》	《雷峰塔》、《易經》、那段發生在西湖上的故事，還有一個類似偵探小說的，那段我的圓臉表姊被男人毒死的事。增添愛情故事，以愛情為主軸。	一九七五—七六年（以手稿封存，當時未出版，二〇〇九年出版）。
〈愛憎表〉	兩歲至二十一歲，未完，自傳散文，家族史與成長故事。	一九九〇年，未出版，以手稿封存，二〇一五年發表，二〇二〇年收入《對照記》出版。
《對照記》	四歲至七十三歲，照片圖文集，家族史與成長故事。	一九九二以圖文集出版。

經過《紅樓夢》考證，翻譯《海上花列傳》國語本、英譯後，她偏向《海上花列傳》藏閃的夾縫文章，更以愛情為核心，而有了新風格、充滿嘗試精神的《小團圓》，其底本有部分保留早本，其他轉了一個大方向：不是從自傳走向創作，家族走向愛情那樣簡單，而是美學上的轉化，從寫實走向意識流，從抒情化走向實驗手法，由個人折射出多棱鏡，繖狀點出當代文人與女人的畫像；以三十歲為定點掃向香港、上海、美國的戰亂浮世錄，裡面點到的人物超過百人。

如以一九五七年作為分水嶺，之前的自傳書寫以散文為主，之後以自傳小說為主，最後以圖文並置的《對照記》為結束，文類與寫法都不同，代表不同時期的創作心理與美學。

張的自傳書寫，除了更大工程的增刪，其規模已超過《紅樓夢》，裡面一樣是四大家族構成的成長故事，在幾度改寫後，原本側重家族史與成長史，改以愛情為主軸，寫作時間點約與考據《紅樓夢》平行，寶黛之戀最後完成，她的愛情書寫也是最後完成，故《小團圓》是她歷經三十餘年完成的成熟的作品，可說是在《紅樓夢》影響下寫成的作品。我們無法將它與《紅樓夢》相比，畢竟說部經過千年才達到小說顛峰，而其時現代小說才發展半個世紀多一點，還很稚嫩。

可以相比的是寫作方法，曹雪芹在《風月寶鑑》的基礎上寫《紅樓夢》，在兩書合一後，經過多年改寫、擴寫，成為一本「情」典；張愛玲則在兩篇散文的基礎上改寫為小說，先是家族史與成長故事，後再增刪、改寫為《小團圓》，也可說是另一部「情典」。《紅樓夢》未完，經過三十餘年由程偉元出版；《小團圓》也未完，因宋淇夫婦勸阻而未出版，經過三十餘年，由其子宋以朗整理出版，為什麼說《小團圓》也未完呢？在一九九三年十月七日給編輯的信上說：「《小團圓》一定要盡早寫完，不會再對讀者食言。」可見她依然在改寫，如今看到的可能只是一九七五年的版本。

（二）介於《紅樓夢》與現代之間

張自覺〈金鎖記〉是「介於《紅樓夢》與現代之間」的作品，這成為她畢生寫作努力的目標，她的「自傳三部曲」與古典小說研究平行，尤其是《紅樓夢》研究與創作雙管齊下，更加強化自己站在《紅樓夢》與現代之間的位置。《紅樓夢》改寫並擴大「才子佳人」小說，而她也改寫「才子佳人」佳話，以反高潮的方式表現。如果「才子佳人」原型在她的心中，構成某種情結，那也是有條件式的，否則反而突顯主角個性之保守與封建。

《紅樓夢》是以愛情為主題的小說，且指向理想愛，這是張認為它重要的原因，《海上花列傳》接其緒，而她是否步武其後呢？張曾在《小團圓》中寫九莉對之雍的愛是為「追求聖杯」：

她崇拜他，為什麼不能讓他知道？等於走過的時候送一束花，像中古世紀流行的戀愛一樣絕望，往往是騎士與主公的夫人之間的，形式化得連主公都不干涉，她一直覺得只有無目的愛才是真的。當然她沒對他說什麼中世紀的話，但是他後來信上也說「尋求聖杯」。[137]

她的才子佳人只是表面，骨子底是虛無的，非典型的才子佳人小說，可說創造另一部新情典。她穿過世情，卻能洞視愛情的荒謬本質，因此才成就一篇篇傳奇佳作，且深入人心。

張的小說繼承《金瓶梅》、《紅樓夢》的筆法，平淡近自然的小說美學，她有很深的才子佳人情結，但卻往反才子佳人小說的方向走。可說她自己要完成的是溝通《紅樓夢》與現代的橋梁。

（三）平淡近自然的美學

最早提到張愛玲小說與《紅樓夢》、《金瓶梅》有淵源的是傅雷[138]，胡適評《海上花列傳》「平淡而近自然」，張寄《秧歌》給他，信中寫著希望此書符合他說的「平淡近自然」，胡回信中肯定：

137 張愛玲：《小團圓》，台北，皇冠，二〇〇九，頁一六五。
138 傅雷：〈論張愛玲小說〉，《張愛玲文集》，安徽，安徽文藝，一九九二，頁四〇四。

你這本《秧歌》，我仔細看了兩遍，我很高興能看見這本很有文學價值的作品。你自己說的「有一點接近平淡而近自然的境界」，我認為你在這個方面已做到了很成功的地步！這本小說，從頭到尾，寫的是「饑餓」，——也許你曾想到用「餓」做書名，寫得真好，真有「平淡近自然」的細緻功夫。139

一九七六年寫完《小團圓》後被勸阻，張改寫為〈色，戒〉，在四月二十三日的信上說：「『平淡而近自然』一直是我的一個標準。寫《半生緣》的時候，桑弧就說我現在寫得淡得使人沒有印象」，《半生緣》是她追求平淡之美的開始，到《小團圓》更加明顯。

自從魯迅在《中國小說史略》評《海上花列傳》「平淡而近自然」，此小說美學成為小說的重要標竿，胡適《海上花列傳》序讚賞作者的穿插藏閃筆法，也再提到「平淡而近自然」：張愛玲看了胡適的序才讀《海上花列傳》，一讀入迷，還花十年進行《海上花列傳》的注譯，她認為《海上花列傳》承繼了《紅樓夢》八十回本的寫實傳統，注重的是細密真切的生活質地，可說把《紅樓夢》八十回本的傳統發展到極端。她說：「（中國的小說）發展到《紅樓夢》是個高峰，而高峰成了斷崖。但是一百年後倒居然又出了個《海上花》。」張愛玲早已肯定《紅樓夢》、《金瓶梅》對自己的影響：「這兩部書在我是一切的泉源，尤其《紅樓夢》。」

它們之間形成互文關係，其中的美學 DNA 是「平淡而近自然」，美學家宗白華論及貫穿中國美學歷史的兩種美的理想，分別是「錯彩鏤金」與「芙蓉出水」，前者是人工的，後者是自然的，且「初發芙蓉」高於「錯彩鏤金」[140]，第一流的作品是雅俗共賞的。他的美學觀高舉「自然」，自然常與真實、寫實相連，這與小說的發展也相呼應，五四小說的寫實精神高於一切，偏向自然素樸。張早期的文風偏向「錯彩鏤金」，就是一般所說的「華麗與蒼涼」；中晚期的作品追求「初發芙蓉」之美，這跟她酷愛與研究《紅樓夢》有關，而「平淡」或出於「滄」，米芾、倪瓚的作品或稱之為滄美的起始，它說的是一種幽微，取之象外，隱而不顯的美，簡單地說是大量留白。因此「平淡近自然」是寫實的一種轉化，也是深化。

張愛玲如何具現「平淡而近自然」的美學，從《秧歌》的中文版與英文版的差異可以看出她的用心，在英文版中有好幾頁描寫金花辨認金根的屍體，而譚大娘發現月香的屍體，中文版卻刪去這幾段描寫，而讓他們不知蹤影，呈現開放的結局。也就是用刪去法留下空白，讓人更有想像空間，這是不寫之寫，簡化的筆法。

另外，《十八春》的結局是所有人都到東北參加建設，曼楨跟豫瑾在一起，有個「偉光正」的尾巴，且豫瑾的戲分更重，要看到後來才知他是真正的男主角。改寫為《半生緣》後，曼楨與世鈞都是一心一意，且留下開放性的尾巴，讓人覺得餘味無窮，這也是留白的簡化筆法。

這種美學具體表現在《十八春》、《秧歌》上，而在五〇年代的《雷峰塔》、《易經》走了偏鋒，

139 張愛玲：《惘然記》，台北，皇冠，二〇一〇，頁一二—一三。
140 林同華：《宗白華美學思想研究》，台北，駱駝，一九八七，頁一四四—一四五。

也許在英文書寫中會更張揚而失去平淡之美，在七〇年代《小團圓》上，她結合《紅樓夢》與《海上花列傳》的筆法，含蓄迂迴，藏閃、千里埋伏而讓「平淡近自然」筆法更為幽微，不得不說她是古典小說的現代化極用心的傳承者。早期與中晚期的轉折在一九四六至一九五一年她「隱匿」的五年間，這段時間她去溫州找胡蘭成，一個多月的鄉下生活，對她來說激發新的靈感，因此一路筆記，後來寫成《異鄉記》，這是她自得的作品，有些片段流入小說《秧歌》、散文《華麗緣》中，她注重的民間精神與日常生活得到實踐，在沉潛的時間，她為自己的身分感到不安，儘管轉向寫電影劇本，大多以普通人的生活為基底，還是受到圍剿，改以梁京為筆名寫下政治正確的〈小艾〉、《十八春》，這是一種時勢的驅使，還是有意識的轉向？只能說她轉向後就再也回不去「華麗」，而平淡近自然的極端可以說在《小團圓》上表露無遺，大量的留白、幽微、無形之象或大象無形，隱而不顯的筆法，讓小說難讀或耐讀，然張對《紅樓夢》追求平淡之美可能是美學的偏執，《紅樓夢》兼有「錯彩鏤金」與「芙蓉出水」之美，這是它難以被超越之一重點，正如我們對張的誤解是只有「華麗」、「蒼涼」，其實早期加晚期的風格才是完整的張愛玲，也就是她有「錯彩鏤金」的一面，也有「芙蓉出水」的一面，這也造成她難以超越之處。

另外，她的藏閃與簡化、詩化更具現在刪除寫實的筆法，事件與文字高度壓縮，筆法簡無可簡，時空跳接，讓意識自由流動，這其中有《紅樓夢》的，也有《紅樓夢》沒有的張氏發明。

（四）是創作而非自傳

她的「自傳三部曲」原都是被壓下來的手稿，時經三、四十年才出版，它們跟紅樓抄本的命運相類而不相似，相類的是「未完」，命運卻大不同，紅樓抄本在早期已身價不凡，張的抄本塵封數十年才出版，出版後評價兩極。

有許多人說，張愛玲在美國的書寫，沒有新意，只是不斷「改寫」，其實她比我們想像的寫得多；《怨女》改寫自〈金鎖記〉，《半生緣》改寫自《十八春》，然就「自傳三部曲」來說，它與根據的兩篇散文差很多，寫法也一再改變，光人物就增添好幾倍，擴充至四十萬之後，又壓縮為二十萬，《易經》時期是擴寫加虛構，參考「紅樓」筆法，著重在揭發家族之惡，它之所以讓人難以親近，應該是裡面批判非人性反人性的態度過於激烈，有時過度神化或醜化，反而造成閱讀距離。它像是兒童版的《風月寶鑑》，裡面多是反人倫的故事，父親嫖妓抽大煙，關押自己女兒，母親像交際花遊走於多個男人之間，最後淪為間諜關押，女兒與她絕交，大爺是被餓死，富辰活埋自己的母親……這些事已不是敗德所能訴說，這時作者寫自傳加上虛構，年紀壓在童年到少年，一樣是成長故事：母親被拘押、琵琶為同學弄到機票當了救星、弟弟病死等情節都是虛構，又穿插許多民間傳說與神話，如白蛇與雷峰塔、地獄等，上部神話與童話的色彩濃些，下冊倒成為戰爭間諜寫實小說。參考的是《紅樓夢》早本的「簡化」、「現代化」、「平淡化」，晚本的「心理化」、「精細化」的筆法，以及《海上花列傳》的藏閃、夾縫筆法。至於情欲的書寫採《紅樓夢》早本、《海上花列傳》極簡手法：

《小團圓》裡黃色的部分之 shocking 在自傳性，其實簡無可簡。台灣雖清教徒式，連皇冠都有黃色文字。九莉 unsympathetic，那是我相信人性的黑暗面，除非不往深處發掘。[141]

往自己的人性黑暗處發掘，九莉像一個病態樣本，可怕的是她看似不自覺，其實是自覺的，那是更暗黑的自己。

移民作家書寫母國變形的神話與傳說，是在華裔小說中常常出現的母題，如湯亭亭的「變種猴子」，流亡或移民想訴說一種不穩定主體狀態，怪異的神話與典故像鬼魂般四處飄散，你可以說那是母國史與文化的邪現，是移民者不穩定狀態的匯集。

書中的女主角的自我批判十分嚴厲，這樣自毀形象可說少有，她認為自己就是一切災難的來源（最有害的蛇），自我醜化毫不留情，可以感受其中強烈的道德焦慮。

有些人認為張的自傳書寫只是重複與改寫，如果是的話，那《易經》上下部為何要加入大量神話傳奇與虛構？而《小團圓》使用意識流手法，且皆採第三人稱視角？可以說她正挑戰《紅樓夢》以來自傳小說的寫法，現代文學中她只欣賞丁玲與蘇青，丁玲的《莎菲女士的日記》，是日記體自傳小說，沒有人會把它當自傳，或懷疑其文學性或創作意義。張曾公開讚美蘇青，並說：「我想起許多的命運，連我在內的；有一種鬱鬱蒼蒼的身世之感。『身世之感』普通總是自傷、自憐的意思罷，但我想是可以有更廣大的解釋的。將來的平安，來到的時候已經不是我們的了，我們只能各人就近求得自己的平安。」[142]也就是在自憐自傷中，各人要在其中取得更廣大的解釋，以求得自己的平安。

到美國之後她還特地看了蘇青《歧途佳人》，書中描寫在旅遊船上遇見的女子符小眉，她自述墮落的過程，因病而貪愛貪錢貪玩，女主角的病態讓人覺得恐怖，而有怪誕之美。透過作者的凝視，彷彿回映自身的黑暗與絕望。「這種凝視擺脫戀物，而轉為戀己——棄己——捨己為人，可說自傳小說從病態書寫中，殺出的血路。張愛玲繼承這樣的傳統，進一步描寫惡己—惡人—自我解脫的過程」[143]。

也就是說自傳小說從《紅樓夢》開始就不是正傳、準自傳、偽自傳，而是自我的探索與分化，每個人的自我不會只有一面，還包含分化與異化的成份，這些異於己者的部分才是作者要作不斷探索的創作狂熱，它包含著作者對自己的凝視，也包含作者對小說人物的凝視，以及人物間彼此的凝視，自我呈現分化與阻斷的現象，除了像周蕾研究少數族裔的自傳書寫作品，指出他們的作品呈現「被阻斷的自戀」情結（thwarted narcissism）[144]，因此它們才如此曲折與難讀，情感表達也常是疏離而淡漠的。我們還可參考佩索亞「類異名者」的概念：「他是我的類異名者，因為他的個性不等同於我的，但也沒有差異，只不過從我個性中砍掉了一些部分。」[145]這讓創作原則徹底抹除了自我，像是一種自我分裂，從琵琶到九莉、王佳芝，女主角幾度改寫，只有個性是像她的，這個「集體的人」是從不同的人

141 張愛玲、宋淇、鄺文美，宋以朗主編：《紙短情長：張愛玲往來書信集Ⅰ》，台北，皇冠，二〇二〇，頁三一三。
142 張愛玲：〈我看蘇青〉，《天地》十九期，一九四五。
143 周芬伶：〈病恙與凝視——海派女性小說三大家的疾病隱喻與影像手法〉，東海中文學報，二〇一一，頁二一七—二四〇。
144 Rey Chow, *The Protestant Ethnic and the Spirit of Capitalism*. New York: Columbia UP, 2002.
145 理查澤尼斯：〈佩索亞、異名者，與不安之書〉，佩索亞《不安之書》英文版譯者序，台北，野人，二〇一七，頁一二—三一。

中回望的自我，沒有耽溺，沒有自戀，只有不斷塗寫的自我。她自己也說：

> 這兩個月我一直在忙著寫長篇小說《小團圓》，從前的稿子完全不能用。現在寫了一半。這篇沒有礙語。……我在《小團圓》裡講到自己也很不客氣，這種地方總是自己來揭發的好。當然也並不是否定自己。[146]

可見她沒用舊稿重寫一遍，九莉是自己，但更是不斷塗寫，更複雜、真實的自己。她雖承襲《紅樓夢》的增刪、一改再改的精神，筆法卻融合《金瓶梅》、《紅樓夢》、《海上花列傳》三書的筆法，使用的是漂亮現代中文，它直接承襲《海上花列傳》，她知道直接承襲是不可能的，只要求三分像，因《海上花列傳》與《紅樓夢》也有三分像。周汝昌也說：

> 張愛玲曾英譯了《海上花列傳》，她認為《海上花》三分神似芹筆。此意此語與我全合，我在初版《紅樓夢新證》中正是這麼說的，從未有第三人見及於此。[147]

「三分像」加上自創的文字、筆法才是這「自傳三部曲」的文本發生過程，與歷史新境。所以，是創作，並非只是非自傳。

結論

一種奇妙的巧合，一個生於清初，一個生於民初，相隔兩百年，兩人卻有奇妙的相似與關連，曹雪芹為貴胄世家之後，家道中落之後，耗費十年寫成《紅樓夢》，他能詩能畫、多才多藝，寫《紅樓夢》之時有家世相近的脂硯齋、畸笏叟在一旁指點，在成書後，脂硯齋等人還作了點評，知音不少，讀者眾多，流傳久遠。書中描寫四大家族的興衰，癡情兒女之戀夢幻滅，點出繁華皆夢的主題。

兩百年後，一個出生貴胄之後，家道中落的女作家，幾度書寫自己的家族故事，也是由四大家族組成，描寫癡情兒女之戀夢幻滅，不管是《雷峰塔》、《小團圓》、《易經》，書名都是古典語彙，她還考據《紅樓夢》，認為「是創作，非自傳」，以自書家族小說的親身體驗，推翻紅學「自傳說」，主張《紅樓夢》源自自傳，但最後是創作。我們也可從這點來看她的「自傳三部曲」，也是創作，並非完全是自傳。《紅樓夢》寶黛之戀最後完成，給予她靈感，《小團圓》轉向愛情，姑姑、嬸嬸、九莉的愛情也是最後完成。

張寫作時也有宋淇夫婦在旁指點，有時還代筆，他們過世之後，還有其子宋以朗代為出版評點。張自言《紅樓夢》、《金瓶梅》是她一切的來源，那麼她會不會將之自比，或者成為《紅樓夢》與紅

146 宋以朗：〈小團圓前言〉，《小團圓》，台北，皇冠，二〇〇九，頁四。
147 周汝昌：《夢解紅樓》，福建，漓江，二〇〇五，頁二四〇。

學的追隨者？她作這些，是繼承還是比肩？或者是超越，她超越了嗎？

現當代作家受《紅樓夢》夢影響的無數，許多大家都想挑戰或學習《紅樓夢》，然《紅樓夢》是一座大山，如同在曹雪芹時代，《牡丹亭》、《金瓶梅》是難以越過的大山，他傳承了它們，並有所超越，令現當代作家競談《紅樓夢》，如果張超越了這座大山，紅學將引申為張學，然張並未超越，或者只能說是紅學的復興者。

張學與紅學的重疊關係越來越多，這說明在創作失分的，在文學影響卻是加分，張學因紅學匯入經典，紅學因張學而擴充，兩者的關係可說非常微妙。張是現代作家，卻與兩百年多前的作品形成參照系統，這讓《紅樓夢》與現當代小說的關係更加密切，文學的承先啟後關係是這樣微妙，張打破古典與現當代文學的界限，打通了古典與現代的橋梁。

參考書目

一、傳統文獻

蘇廣成，《野草閒花》，上海，啟智書局，一九三四

林語堂，《無所不談合集》，台北，開明，一九四三

胡適，《胡適文存》，台北，遠東，一九七一

趙岡，《紅樓夢研究新編》，台北，聯經，一九七五

曹雪芹，《紅樓夢校注》，台北，桂冠，一九八三

曹雪芹，《紅樓夢校注》，台北，里仁，一九八四

胡適，《胡適紅樓夢研究論述全編》，上海，古籍，一九八六
林以亮，《紅樓夢西遊記》，台北，聯經，一九八七
俞平伯，《俞平伯論紅樓夢》，上海，古籍，一九八八
余英時，《紅樓夢的兩個世界》，台北，聯經，一九九六
吳世昌，《紅樓探源》，北京，北京出版社，二〇〇二
周汝昌，《點評紅樓夢》，北京，團結，二〇〇四
沈治鈞，《紅樓夢成書研究》，北京，中國書店，二〇〇四
周汝昌，《周汝昌夢解紅樓》，桂林，漓江，二〇〇五
馮其庸，《馮其庸論紅樓夢》，北京，新華書店，二〇〇五
林冠夫，《紅樓夢版本論》，北京，文化藝術，二〇〇七
周汝昌，《紅樓夢新證》，北京，中華書局，二〇一二
林語堂，《平心論高鶚》，湖南，湖南文藝，二〇一九

二、近人論著

宋以朗編，《張愛玲私語錄》，台北，皇冠，二〇一〇
宋以朗編，《紙短情長：張愛玲往來書信集Ｉ》，台北，皇冠，二〇二〇
張愛玲，《張愛玲短篇小說集》，台北，皇冠，一九七六
張愛玲，《流言》，台北，皇冠，一九九三
張愛玲，《秧歌》，台北，皇冠，一九九三
張愛玲，《赤地之戀》，台北，皇冠，一九九三
張愛玲，《半生緣》，台北，皇冠，一九九三
張愛玲，《小團圓》，台北，皇冠，二〇〇九
張愛玲，《雷峰塔》，台北，皇冠，二〇一〇

張愛玲，《易經》，台北，皇冠，二〇一〇

張愛玲，《紅樓夢魘》，台北，皇冠，二〇一〇

張愛玲，《少帥》，台北，皇冠，二〇一四

張子靜，《我的姊姊張愛玲》，台北，印刻，二〇〇五

宗白華，《美學的散步》，安徽，新華書店，二〇〇一

Rey Chow, The Protestant Ethnic and the Spirit of Capitalism. New York: Columbia UP, 2002.

高全之，《張愛玲學：批評・考證・鉤沈》，台北，一方，二〇〇三

佩索亞，《不安之書》，台北，野人，二〇一七

蘇青，《蘇青文集》，上海，上海書店，一九九四

Spivak, Gayatri Chakravorty. In Other Worlds. New York: Methuen, 1987.

蘇珊・桑塔格著，刁筱華譯，《疾病的隱喻》，台北，大田，二〇〇八

郭玉雯，《紅樓夢學——從脂硯齋到張愛玲》，台北，里仁，二〇〇四

參考論文

也斯，〈張愛玲的刻苦寫作與高危寫作〉，《零度看張》，香港，香港中文大學出版社，二〇一〇

陳耀威，〈墮世在何年—詳《紅樓夢（魘）》〉，香港，《素葉文學》六十三期，一九九七

陳慧芬，〈更衣記和許地山〉，二〇〇三年七月三十日，新華網，http://big.news.cn/gate/big5/www.news.cn/。

「情典」文本的傳播

——張學與紅學的交織中的愛情主題

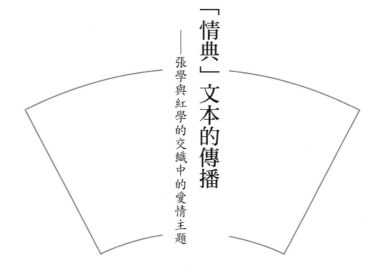

前言——後張愛玲學

從一九四〇年代研究討論張愛玲至今，已近八十年，幾度轉折，張愛玲研究已成顯學，也自成一個學派，謂之「張學」。而張愛玲繼承胡適考據《紅樓夢》，開成書研究之端，又與另一個紅學家宋淇相唱和，宋為文藝批評派之一員，然兩人皆透過《譯叢》將《紅樓夢》、《海上花列傳》定調為「愛情小說」，這影響著台灣對《紅樓夢》的見解，張、宋皆為創作者，在紅學中的地位尚不可知，然張將作品財產全部遺贈宋氏夫婦，令其子宋以朗成為張的代言人與研究者，這其中張學之紅學化，紅學之張學化，以及張學與紅學之交織，以及愛情主題之傳播為本文探討的重點。

二〇〇七年宋以朗回國接管張愛玲的遺著與相關事物，之後的張學有了改變，主旋律出現，其他的次旋律聲音漸小，宋氏父子對張的影響可謂深且遠，然而其時大家還未意識到小宋先生的重要性，在宋氏夫婦與張的筆下，他似乎是活在自己世界裡的數字天才，文學品味未可知。二〇〇九年宋以朗出版《小團圓》，重要的著作出土，他的序言義正辭嚴，引證詳細，卻產生兩面的回響。事實上，宋以朗出，史料、傳記與歷史研究已限縮，張愛玲是上海的，也是香港的，她與台灣已隔著一定的距離；之後，《雷峰塔》、《易經》出，其一再重複書寫，令人產生創新疑惑，至《少帥》出，幾無人討論。她是中國的，香港的，但似乎離「世界的」越來越遠。不是作品不夠好，而是她的中文與英文造詣相差太遠，晚期作品是無法翻譯的，該翻的是早期作品，晚期走的穿插、藏閃筆法，是更幽微的，就算她用英文自書，還是失去「張味」光芒。

出完張愛玲重要作品，才是小宋先生的自我展現之時，他出版《張愛玲私語錄》，收集張與宋氏夫婦長達四十年的書信，這些都是非常重要的史料，讓我們瞭解張的心靈世界，更理解她與他們的關係，彷如脂硯小組與雪芹再現，一個寫一個評，有時評者還引導作者，一種光與影的關係，可以說是張愛玲中、晚年最重要的人，甚至已不能切割。這本書太重要了，小宋先生的耐心與毅力，精算的那面終於顯現，之後出版《宋淇傳奇》，算是他自己的作品，感覺上有點離題，但脂硯小組既是《紅樓夢》這麼重要的人物，張愛玲有宋淇兒子為他立傳，等於讓我們知道影之於光的關係。

有時是影，其實是光，這使我之後的論文焦點轉到宋淇身上，因此覺得宋以朗作為脂硯小組與雪芹的代言人，能說不重要嗎？

馮晞乾先生為宋以朗的忘年知己，他為《少帥》寫評論，文筆老到，他的考證與評點，自成一路，如此造就了後「張學」，此時距離張過世已有二十年，跟九〇年代的張愛玲研究熱不同，是伴隨文本出土的解讀，其中有一手資料的詮釋優勢，是文獻學亦是探佚法。

張學從來不是考證的，它先與新批評近，後與女性、解構相應，自宋、馮合作，張學與紅學的命運越來越近，好比索隱派退，考證為主流的彼時，馮以考據證明作者存在，而且一切都必須回到作者自身，這種反潮流，也可看出其叛逆之一面。

馮的《在加多利山尋找張愛玲》總結這十年來他作的張愛玲研究，自然是以考證與文獻整理成績最亮眼，藉著一手資料，我們得以看到〈愛憎表〉（手稿整理及注釋本），這是九〇年代《對照記》的一部分，張原本想附在其後作為「後記」，書名擬定為《張愛玲面面觀》，後來嫌「有點尾大不掉」，故而作罷。讀〈愛憎表〉覺得眼熟，它們大多是舊作的一部分，尤其是《小團圓》。馮作了九十一個注解，說明它是張在《雷峰塔》、《易經》、《小團圓》未能出版之後，她難以割捨的部分舊稿。為此他的〈愛憎表的寫作、重構與意義〉，首先說明它是未完稿，卻是散文稿：「它不是小說題材，是作者坦蕩蕩的自述，既可理直氣壯地將散文內容視為傳記素材，對張學研究者有莫大裨益」，《小團圓》雖是小說，素材是她最珍視的「人生的金石聲」，讀者儘可把它當自傳讀。但我覺得《對照記》與〈愛憎表〉特別珍貴，它的語調接近〈私語〉，常有珠光閃閃的刺點，是張最令人喜愛的文體。

全書最重要的兩篇，當屬〈評《少帥》——民國愛麗絲夢遊仙境〉與〈評《小團圓》——深藏不露的記憶之書〉，當年初讀《少帥》，有點驚嚇，一是作品怎麼這麼短？而且，同樣的情節與句子重複，為什麼沒寫完？另一是被比主文還長一點的評論嚇到，感覺是新手，可是方法是老的，路數有些看不清。現在重讀一遍，覺得有許多正解，他用的方法以考據為底，神話原型批評（愛麗絲夢遊仙境）為主軸，有點道理，但也有點違和感，因為只注重在變大變小，變形本是神話常有的情節，然它也是個女英雄成長故事或歷險故事，要經歷召喚—啟蒙—考驗—自我實現的過程，愛麗絲只是其中的一種，年紀定在十三歲，恰是女童變成女人的分水嶺，它同時也帶有禁果與樂園的原型：

> 他歷劫歸來，這對於她是他們故事的一個恰當結局，從此兩人幸福快樂地生活在一起。童話故事裡往往是少年得志，這種結局自有幾分道理。在那最敏感的年齡得到的，始終與你同在。只有這段時間，才可以讓任何人經營出超凡的事物，而它們也將以其獨有的方式跟生命一樣持久。十七

歲她便實現了不可能的事，她曾經想要的全都有了。[148]

十三到十七歲，二十三到二十七歲，同樣是四年，已是永恆，這是童話時間，也是神話時間。有兩個重點很重要，也是全書的亮點，一是《少帥》套用張學良與趙四的故事寫自己與胡蘭成，因此《雷峰塔》、《易經》、《少帥》才是自傳三部曲，可惜前者當時未出，後者未完；第二，作者想藉《小團圓》「帶讀者進——不是人未到過的境界，而是人未道出過的境界」（張愛玲語），馮進一步的解說更清楚：

> 因此《小團圓》是在「摹擬現實」的文藝原則下，具有邏輯必然性地採取「穿插藏閃」這種含蓄敘事法，先以伏筆若隱若現的道出現實——它最後通常都顯得「恐怖」——顯現出某一個橫切面，隨後才緩緩透出另一面，借懸疑來挑起恐懼，直至最後才藉自己或他人的憶述而全體盡露，帶來「震驚」的效果。這個「隱現—回憶—揭示」的三重結構，不但界定了小說的敘事形式，其實也設定了我們的閱讀方法。[149]

148 馮晞乾：《在加多利山尋找張愛玲》，香港，三聯，二〇一八。
149 同上。

這裡讓我想到在資料盡出，考證俱足之後，我們可以討論張的閱讀方法了，她早已改變敘事方法，我們當然也需改變閱讀方法，去讀出那些「人未道出過的境界」，這些可能都是有關愛情的。

美援體系下的張愛玲與紅學

張愛玲來港及赴美之後，一方面大量接美新處譯書計畫；另一方面，在宋淇、夏濟安、夏志清兄弟影響所及的現代主義美學與翻譯團體，讓張愛玲在戰後文學再起及形塑地位，可說居功奇偉。夏濟安創辦的《文學雜誌》，可說是美援下的產物，而宋淇為該刊香港通訊員，三方的關係相生相成。夏志清透過宋淇閱讀張愛玲小說，進而撰《中國現代小說史》（*A History of Modern Chinese Fiction*，一九六一），將張愛玲帶進文學史討論，奠定張的文學地位，且將張學與紅學相連，形成一種大論述，而非小論述，此論述概括古典小說傳統。

張的小說進入台灣，透過自由派文人夏氏兄弟、宋淇等人的大力推動，文學雜誌與《中國現代小說史》的建構，而這些人跟美新處都有一些密切的關係，在麥卡錫主義下，「反共」是表，「自由主義」、「保守主義」為裡，因此「愛情」小說也成為另一種自由表徵。而《現代文學》代表的「現代主義」陣營，又讓張帶有現代主義的精神。

也就是說，張愛玲的小說是以「現代主義文學」的風範，並與反共文藝不相悖，進入台灣的。張愛玲進入台灣不僅僅因為台灣五〇年代中期的現代主義文學浪潮，也不完全因為夏志清的引介，還因為張愛玲的小說論調與當時的反共宣傳合拍。

而張與紅學的關係，一再被討論，如夏志清在《中國現代小說史》中談到：「自從《紅樓夢》以來，中國小說恐怕還沒有一部對閨閣下過這樣一番寫實的功夫。」高全之則說明〈金鎖記〉的纏足描寫印證張愛玲延續《金瓶梅》與《紅樓夢》的社會寫實傳統。郭玉雯指出「她以小說家貼近小說家的心理與情感，使這本考據之書就像是曹雪芹與張氏同時道出自己創作小說的心路歷程與原理方法」，也斯則將張愛玲的晚期寫作形容為「高危寫作」與「刻苦寫作」，接近曹雪芹的「字字看來皆是血，十年辛苦不尋常」。張愛玲自己曾將〈金鎖記〉界定為「介乎《紅樓夢》與現代之間」，可見她以承接《紅樓夢》自許，且是承先接後的位置，因此她的作品在古典中有現代，但比現代更接近古典。

當時香港紅學也正興盛，從上世紀六〇年代潘重規在香港中文大學新亞書院建立第一個紅學機構「紅樓夢研究小組」，創辦第一個紅學刊物《紅樓夢研究專刊》。一九七〇年代，宋淇創辦香港中文大學翻譯研究中心，將此論述場帶入翻譯領域，並以《譯叢》為代表，如此張愛玲及《紅樓夢》也被帶進《譯叢》，並將《紅樓夢》尊為中國小說最高典範，且身後隱藏著張愛玲的身影。一九八〇年代初，宋淇在《譯叢》為張愛玲量身訂作 *Middle brow Fiction* 專號，再一次墊高她的文學地位。

張愛玲強調《紅樓夢》的日常性，把世情小說的美學指向為「平淡近自然」，以寫實、現代性、世界性為依歸，又將世情小說的重心指向愛情小說，如《紅樓夢》、《海上花列傳》集中討論愛情，她也從這兩部小說作為自己小說的「一切的來源」，並追求「平淡近自然」的筆法，與「事實的金石聲」，這論述又藉由宋淇及其《譯叢》雜誌，在冷戰時期美新處的主導下，從美國掃向香港，又從香港掃向台灣。張研究《紅樓夢》特別強調「愛情」：

拋開《紅樓夢》的好處不談，它是第一部以愛情為主題的長篇小說，而我們是一個愛情荒的國家，它空前絕後的成功不會完全與這無關。自從十八世紀末印行以來，它在中國的地位大概全世界沒有任何小說可比——在中國倒有《三國演義》，不過《三國》也許口傳比讀者更多，因此對宗教的影響大於文字上的。150

她不僅強調愛情，也成為新愛情小說的創作者與代言人、研究者，她自己有才子佳人情結，也將才子佳人小說改寫為「新愛情小說」。她反對《紅樓夢》的「自傳說」，提出「創作說」，在《海上花列傳》注譯中定義「愛情」：

戀愛的定義之一，我想是誇張一個異性與其他一切異性的分別。書中這些嫖客的從一而終的傾向，並不是從前的男子更有惰性，更是「習慣的動物」，不想換口味追求刺激，而是有更迫切更基本的需要，與性同樣必要——愛情。過去通行早婚，因此性是不成問題的。但是婚姻不自由，買妾納婢雖然是自己看中的，不像堂子裡是在社交的場合遇見的，而且總要來往一個時期，即使時間很短，也還不是穩能到手，較近通常的戀愛過程。……《海上花》第一個專寫妓院，主題其實是禁果的果園，填寫了百年前人生的一個重要的空白。書中寫情最不可及的，不是陶玉甫、李漱芳的生死戀，而是王蓮生、沈小紅的故事。151

注譯古典小說的同時，等於將自己的小說跟這兩本小說捆綁在一起，她詮釋經典，經典塑造她，她提出愛情，愛情也籠罩她，因此成為愛情小說「教主」。

才子佳人情結與愛情主題

追溯張愛玲的一生，很複雜也很單純，不斷遷移與流動，造成寫作題材與文風轉變：國籍與身分轉變，讓她越走越在主流之外；家族陰影與才子佳人傳奇，成為她書寫不盡的泉源。

如果「才子佳人」原型在她的心中，構成某種情結，那也是有條件式的，他們都具有某些共通特色，分述如下：

（一）亂世

生逢亂世，在一切的毀壞與破敗中，「才子佳人」傳奇是某種救贖或生命力的彰顯，如蹦蹦戲的花旦，在文明毀滅之中，最後存留的生命奇蹟，如范柳原與白流蘇，世鈞與顧曼楨，張愛玲家族與生命中遇見許多對才子佳人，她也在小說中創造許多棋逢對手的佳偶。這些故事安慰了她自己也安慰了

150 張愛玲：《國語本海上花》譯後記，台北，皇冠，一九九三，頁五五。
151 同上。

亂離之人，戰爭與亂離是它們的故事背景。

張家與李家經歷過清末中法戰爭、甲午之戰等國敗家敗之亂，張佩綸與李菊耦的結合，不僅是當時的一段佳話，也是張、李家族浪漫因子的開展，「才子佳人」情結之緣起。張茂淵身歷三朝變換，與李開弟的世紀之戀，張認為是「我唯一親見的偉大的愛情故事」；母親的連續不斷的羅曼史；宋淇夫婦的金玉良緣的現實版，她稱鄺文美為「兼美」，這些情結已深入血液中，造就她自己的「傾城之戀」：張、胡與宋氏夫婦經歷上海與香港之戰，並流亡與移民海外，這是時代的大匱乏，也是個人的大匱乏，更要緊緊抓住美麗的心象。

這讓張愛玲的小說與傳統小說有了承先啟後的關係，上接話本、章回，尤其是話本小說的才子佳人與骨肉離散故事，充滿底層的生命力，而在敘事藝術與境界的追求，直接受《紅樓夢》影響，如同曹雪芹與《牡丹亭》、《金瓶梅》的傳承關係。是為古代跨到近現代的重要聯結。

（二）遁世與易代之痛

在明清的才子佳人小說中，帶有濃厚的遁世情懷，它們或許脫離現實，更多的是逃避與隱遁的心理作用，尤其在易代之際，遺民之痛化為一則則鴛鴦蝴蝶故事。才子佳人小說的作者多為中下層文人，常有懷才不遇之哀嘆，這種哀嘆並不隨著易代而改變，因此，小說關注的中心是「小我」而非家國，才子佳人故事成為作者們理想世界的寄託，也具有心理補償的作用。

張、李家族走過中國有史以來，少有的混亂改朝換代，戰亂之外，外侮入侵，半個世紀中多少次的改朝換代，這樣的亂世為才子佳人故事作了最殘破的背景，多少風流人物出現在這「蹉跎暮容色，煊赫舊家聲」的張、李之家，這其中因遺老的身分，不得不避世，否定新朝還是較正面的，更隱微的是走向隱世、遁世之路，張愛玲幼時因讀到伯夷、叔齊不食周粟而大哭，她高度的自尊心，走向另一極端，也可說是遺老心理的寫照。

（三）懷才不遇與相互餽贈

才子佳人小說向不為主流文學肯定，作者多少有懷才不遇的落寞感。張愛玲雖天才早發，驚動上海，然文學地位一直處在不穩定的狀態，連她也自言「在一切潮流之外」，胡蘭成能欣賞她的才，這裡面不免有知遇之感，然她在中文世界雖有一定的地位，美國卻不能接受她的作品。她的才子佳人故事還是繼續寫下去，不過更扭曲與陰暗。

才子佳人故事，除去才貌兼美，主要是公子落難，佳人贈金，張佩綸落難時，李鴻章贈金，李菊耦贈詩；李開弟被改造時，張茂淵除了親力親為，以她的大方，想必贈金也免不了；至於張胡之戀，是相互贈金，他先給她，她還他更多；宋氏夫婦對朋友的慷慨更不用說，張最後回報他們的是全部財產，包括著作。

（四）追求聖杯

張曾在《小團圓》中寫九莉對之雍的愛是為「追求聖杯」：

她崇拜他，為什麼不能讓他知道？等於走過的時候送一束花，像中古世紀流行的戀愛一樣絕望，往往是騎士與主公的夫人之間的，形式化得連主公都不干涉，她一直覺得只有無目的的愛才是真的。當然她沒對他說什麼中世紀的話，但是他後來信上也說「尋求聖杯」。[152]

對於張來說，她自己的愛是未完成，但親眼見到姑姑與宋氏夫婦的完滿愛情，有另外一種滿足；至於那未親見的祖父與祖母之愛，更令她戀戀不能自已，那純粹是愛，洗滌了她，靜靜地流在血液中。張的深情都在愛侶與密友上用完了，說她孤絕，卻忽視她有情的一面，而她嚮往的除了才子佳人，還有為朋友肝腦塗地的俠義之風，這種知遇之恩她領受了，也算是自我的另一種完成。

（五）打破佳話

張的才子佳人故事常出現的「反高潮」已與傳統的通俗情節分道揚鑣，中晚期的〈色，戒〉、《半生緣》可作代表，而她的一系列自傳小說，已走向無高潮也無佳話的狀態，情節平直低抑，點到為止。她不想寫別人希望看見的，或者故意打破佳話，這種自我幻滅，也讓讀者幻滅的寫法，可說走了偏鋒，令人心疼。這跟她骨子底的硬氣，張家人的「軸」有關，作者的虛無色彩讓一切沒顏落塞，殘破不堪。然而她內心是滿足自在的。

人未道出過的——情癡與幻愛

《紅樓夢》提出「情癡」，透過賈雨村演述，說明「情癡」與「淫魔色鬼」有何不同：

天地生人，除大仁大惡，餘者皆無大異。若大仁者，則應運而生；大惡者，則應劫而生。運生世治，劫生世危。堯、舜、禹、湯、文、武、周、召、孔、孟、董、韓、周、程、朱、張，皆應運而生者；蚩尤、共工、桀、紂、始皇、王莽、曹操、桓溫、安祿山、秦檜等，皆應劫而生者。大仁者修治天下，大惡者擾亂天下。清明靈秀，天地之正氣，仁者之所秉也；殘忍乖僻，天地之邪氣，惡者之所秉也。今當運隆祚永之朝，太平無為之世，清明靈秀之氣所秉者，上自朝廷，下至草野，比比皆是。所餘之秀氣，漫無所歸，遂為甘露，為和風，洽然溉及四海。彼殘忍乖僻之邪氣，不能蕩溢於光天化日之下，遂凝結充塞於深溝大壑之中，偶因風蕩，或被雲摧，略有搖動感發之意，一絲半縷，誤而逸出者，值靈秀之氣適過，正不容邪，邪復妒正，兩不相下，如風水雷電，地中相遇，既不能消，又不能讓，必至搏擊掀發後始盡。既然發洩，此氣亦必賦之於人。假使或男或女，偶秉此氣而生者，上則不能為仁人為君子，下亦不能為大凶大惡，置之千萬人之中，其聰俊靈秀之氣，則在千萬人之上；其乖僻邪謬不近人情之態，又在千萬人之下。若生於公侯富貴之家，則為情癡情種；若生於詩書清貧之族，則為逸士高人；縱然生於薄祚寒門，甚至為奇優，為名娼，亦斷不至為走卒健僕，甘遭庸夫驅制。如前之許由、陶潛、阮籍、嵇康、劉伶、王謝二族、顧虎頭、陳後主、唐明皇、宋徽宗、劉庭芝、溫飛卿、米南宮、石曼卿、柳耆卿、秦少游，近日倪雲林、

152 張愛玲：《小團圓》，台北，皇冠，二〇〇九，頁一六五。

唐伯虎、祝枝山，再如李龜年、黃幡綽、敬新磨、卓文君、紅拂、薛濤、崔鶯、朝雲之流，此皆易地則同之人也。（第二回）

情癡為仁者所秉，為清明靈秀天地之正氣，如男女秉此氣而生：「上則不能為仁人為君子，下亦不能為大凶大惡，其聰俊靈秀之氣，則在千萬人之上；其乖僻邪謬不近人情之態，又在千萬人之下。若生於公侯富貴之家，則為情癡情種；若生於詩書清貧之族，則為逸士高人；縱然生於薄祚寒門，甚至為奇優，為名娼。」因此《紅樓夢》細寫這群人，有情癡情種，如寶玉、黛玉、秦可卿，逸士高人如妙玉，奇優如齡官、芳官，名媛如尤二姐、尤三姐，情癡為天地之至清，然又有層次之分，因而有「情榜」，其中真正點到癡情之最的以寶黛為首，脂硯齋第十九回評語：「寶玉情不情，黛玉情情」，「賈寶玉——癡情是他，無情也是他，自擇無牽無掛，卻是悔盡此生，故曰情不情。」、「林黛玉——既為情情，則癡情甚而託付此生，故有還淚之說。木秀於林，風必摧之，天下英雄豪傑齊來一哭。」所謂情不情，在情情的擴大，情為動詞，即愛有情，亦愛無情，如齡官、鴛鴦皆無情於他，他仍愛得發癡，這也延伸及愛天地萬物，參天地之造化，而黛玉只愛跟她一樣癡情的人，故而為自己添了許多痛苦，試想情情愛上情不情，小愛碰上大愛或博愛，終是要情傷的，而情不情愛上情情，也是要心痛不已。

《紅樓夢》構成的「情典」，對於情的層次分析得已很精細，它著重「戀愛過程的描寫」與情的各種境界，另後來者很難再深入，張之深愛《海上花列傳》乃它的「現代性」、「世界性」，可能還有「日常性」，在此基礎上，寫情如何再深入呢？她提出的「追求聖杯」是自我的完成，也是靈性追求的歷程，另外她嚮往中世紀的浪漫愛，認為愛情不應有目的也不一定要有結果：

> 趙珏笑道：「崔相逸的事，我完全是中世紀的浪漫主義。他有好些事我也都不想知道。」
> 恩娟也像是不經意的問了聲：「他結過婚沒有？」
> 「在高麗結過婚，」頓了頓又笑道：「我覺得感情不應當有目的，也不一定要有結果。」
> 恩娟笑道：「你倒很有研究。」[153]

縱使有目的、有結果的愛情，如〈傾城之戀〉的白流蘇與范柳原，一場戰亂與城市的陷落成全了她的婚姻，但也不能保證愛；又如〈小艾〉中的小艾擁有愛與婚姻，卻病得快死，一個階級解放的時代來了，她卻快死了，她的一生如同她最後蓋的那一床千瘡百孔的被子，愛是不安全的，充滿幻滅性，有時在幻想與回憶中更牢靠，如《小團圓》中，事隔多年她仍在那場「痛苦之浴」中一再重來，然而在夢中愛才有美滿的結局；這段文字緊接著「痛苦之浴」，好矛盾啊！但夢是現實的替代性滿足，可見她心裡面是希望跟邵之雍在一起，重新來過，也要是重新的人，但它只是夢境，不自主，隨生隨滅，比幻想更空惘。

153 張愛玲：《同學少年都不賤》，台北，皇冠，二〇〇二，頁三一。

這種既現代又古典的愛情觀，反映在《少帥》中，跟〈傾城之戀〉一樣，一個中國的陷落成全了她的愛，可她更進一步描寫「幻愛」，認為真實的愛不如幻覺動人：

> 在這房間裡她曾經對他百般思念，難道他看不出？常有時候她夜裡從帥府的壽宴回來，難得看到他一眼，然而感受卻那麼深刻，那麼跟她的舊房間格格不入，以致她只能怔怔望著窗子，彷彿在聽音樂。微弱的燈光映在黑漆塗金木框內空空的黑色窗格上，泛棕褐色。她不走到窗邊，只正對著窗前站著，任一陣濕風像圍巾般拂拭她的臉，這時候現實的空氣吹著面頰，濃烈的感覺彌漫全身，隨又鬆開，無數薄罽罽的圖案散去，歡樂的歌聲逐漸消散。相比那樣喧騰的感覺之河，他來到這裡的真身只像是鬼魂罷了。[154]

愛在幻覺中更動人，或愛只存在幻覺中，落實在生活便變了樣，就像《半生緣》中的曼楨等待、尋找世鈞十四年，在落魄中想著他，或陷入愛的回憶中，真到兩人重逢，都並不想再往前走，只能說「我們回不去了」；而在《小團圓》中，九莉曾像神一樣仰望著之雍，落入生活中只有種種不堪，可在最後結局，九莉夢見他卻是愉快的，夢中的愛更美好：「陽光下滿地樹影搖晃著，有好幾個小孩在松林中出沒，都是她的。之雍出現了，微笑著把她往木屋裡拉。非常可笑，她忽然羞澀起來，兩人的手臂拉成一條直線，就在這時候醒了。二十年前的影片，十年前的人。她醒來快樂了很久很久。」因此愛不只能存在幻覺中，有時愛是幻覺本身，或長久保存於自己的夢中，如此洞徹愛的本質，更貼近現代心靈。

《紅樓夢》的「情癡」，是超越小愛與性別的，是「弱水三千，只取一瓢飲」的專一，有時愛與己無關，亦愛他人的癡，如寶玉為賈薔與齡官的癡而癡，又為一個路過的二丫頭而癡，他也為柳湘蓮的癡而癡，對秦鐘的癡又是另一種，然他也會突然說些無情的話，或見色忘情，因此他是情的兩個極端，因此是「情不情」；而張愛玲的「幻愛」，跨越性別，跨越時空，是心靈的愛，知己的愛，不在一起也能愛，因為是「幻愛」，更是雋永，而不帶目的性。在幽居時期，她把對人際關係的渴求，透過回憶與知己神交（主要是宋淇與鄺文美），或是鑽研古典小說，或是書寫自傳，營造她自己的人際關係，她對社交的渴望全在裡面了，那裡有擁擠的人際關係與人心猜度，這些對她來說更是心靈寄託，她沒有任何宗教信仰，愜意的人際關係就是她的終極追求，正如她自己說的：

> 李叔同（弘一法師）與康韋與香港教授與釋迦等皆一例，動人的美男子，愜意的人際關係得來太易……過量……厭世與出世思想。正如富人之厭倦。如我，則如一個要為生活最低需求而工作的人，能獲得愜意的人際關係，就像啟示與奇蹟。當中更富深意。[155]

張就算在死前，皮膚病困擾著她，腰板也扳不直，她還是一如往常地向宋淇夫婦報家常，不抱怨

154 《少帥》，頁二三九。
155 同注釋8。

也不求助，她怎麼做到的？主要是她在童年時已接受生命無常，對死亡無感，她沒有宗教信仰，但她更相信不必依賴宗教信仰能開脫煩惱更為超越，這是她無情但也多情的原因。

張不談「色空」也不談「情癡」，也沒有過眼繁華皆是夢的感嘆，認為好的愛情小說主旨都在「戀夢幻滅」，她也不談幻滅，她認為戀是真，夢也是真，而現實的愛不持久，只有存在夢幻中，保持自我的完整性，才是至美。這跟《紅樓夢》、《海上花列傳》的意旨相通，卻更具現代性。

「詳」與「譯」與「寫」——承襲《紅樓夢》、《海上花列傳》並推至前現代

張自言繼承古典小說，卻強調《紅樓夢》與《海上花列傳》的現代性與前衛性，又有大批學者投入研究，大批作家投入張派行列，在文學史上，這不僅是續命，還將現代小說推前至清代，讓斷代產生變化。

她的「詳」《紅樓夢》，主要的心得是「早本」注重日常生活質地的描寫，更現代化，走在時代前面，而愛情的描寫更圓熟，應是最晚完成，尤其是寶黛之戀、賈芸紅玉之戀，這也啟發她在長期自傳書寫碰壁後，加上情，寫成《小團圓》，這本書從書名到內容皆以愛情為主軸；而她「注譯」《海上花列傳》，首先刪掉以男性為主體的部分及為數不少淫穢的情節，將六十四回刪併為六十回，一笠園的聚會原是以男性為主的大會串，也是全書的主腦，刪去後，章節與重心轉到各色各樣的女性身上，在注解上，特別強調愛情的寫之寫與不寫之寫，如黃翠鳳與羅子富訂情之夜，還先接客，作者寫得輕淡，卻讓人驚動。寫王蓮生與沈小紅分手後仍戀戀不捨。她認為有「舊詩的意境」，認為「在愛情上

是重大突破」。

張透過考據與注譯這兩本小說，將古典小說筆法，運用到自己的小說，尤其是《小團圓》、〈色，戒〉、〈浮花浪蕊〉、《同學少年都不賤》這系列小說上，跟早、中期小說筆法明顯不同，它們的主題都是愛情，為了讓它們有「舊詩的意境」，書名、篇名都偏古典，在愛情的描寫上更追求突破，如《小團圓》寫九莉與燕山的愛情：

「雨聲潺潺，像住在溪邊，寧願天天下雨，以為你是因為下雨不來。」

在他面前，她自慚形穢，一塊去看電影，出來時，她感到他的臉色變得難看了，她照照粉盒裡的鏡子，發現是自己臉上出了油。——那粉盒，也是認識他之後才有的，她為他試著學習化妝。

她在他面前流淚。燕山說，你這樣流淚我實在難受。她哭著說：「沒有人會像我這樣喜歡你的。」他說：「我知道。」

九莉笑問：預備什麼時候結婚？燕山笑了起來：已經結了婚了。立刻像是有條河隔在他們中間湯湯流著。他臉色也有點變了。他也聽見了那河水聲。她笑問，裝作渾不在意，他笑著回答，裝作真的以為她不在意。

這些情感的描寫直接而炙熱，是之前所沒有的，之前的愛情小說都寫得極淡而婉約，就算是《半生緣》中，曼楨與世鈞相愛、相思大半輩子，也只寫他們之間的訂情物，一只紅寶石粉作成的戒指，硬度想必低，如以石頭作情比石堅的象徵，竟是由粉碎物構成，暗喻也太深。較直接的描寫只有「喜歡」，且在其後反浪漫地潑了冷水，這是她早期一貫的作風：

曼楨曾經問過他，他是什麼時候起開始喜歡她的。他當然回答說：「第一次看見你的時候。」說那個話的時候是在那樣的一種心醉的情形下，簡直什麼都可以相信，自己當然絕對相信那不是謊話。其實他到底是什麼時候第一次看見她的，根本就記不清楚了。

〈色，戒〉的寫作時間晚於《小團圓》，為張想寫後者，為宋氏夫婦所阻，而由宋提供題材寫了前者，雖有諜報小說的輪廓，卻以愛情為主，描寫愛的幻覺，讓她丟失性命：「生是我的人，死是我的鬼」，王佳芝只因一念「他是愛我的」的幻覺，一時心軟，可那不是愛，是錯覺被愛，她可能是渴愛但也可能是無愛，作者用了鏡子的意象，而寶石戒已成粉紅鑽鴿子蛋，這被視為愛情的象徵物，其堅硬度勝過磐石；較直接寫到愛的是《同學少年都不賤》，卻是同性的精神愛，雖已寫到愛的純粹，無目的性的愛，然一切都在潛意識中進行。如今《半生緣》、〈色，戒〉經過電影的轉譯，已成愛情經典，雖是爛在肚子中的愛。

相較之下，寫之雍、寫燕山都直接而大膽，前者黃色部分多，後者精神意義多。令我不得不想到前者如賈璉與尤二姐的靈肉交戰，後者如寶黛的情癡之愛，這麼大量的愛情描寫，加上姑姑、嬸嬸的跨性別開放式性關係，這些已超越《紅樓夢》、《海上花列傳》的情愛描寫。在愛情描寫上，上追《紅樓夢》，下開後現代，她一個個走了好幾代，並以愛情將小說推向最前衛之處。

在文學史研究中，斷代需要明確的區分，過往大抵以五四為分界，區分古典文學與現代文學，以朝代來分既清楚又明瞭，然詩、文有文言、白話之分，小說卻提早走進白話，文學分文字與口語，中國小說在文言小說之外的口語文學可說非常早，在宋話本中即有非常口語化的小說，近年來的明清研究，也把文學的近代推前至明清，而張又把明清小說推前至文學的「前現代」。

為什麼說是前現代，因它不是準現代，可說在擬話本時期，小說已非常口語與現代，以張愛玲曾提及的〈賣油郎獨占花魁女〉來說，文字之直白，觀念之現代，十分先進：

雲雨已罷，美娘道：「我有句心腹之言與你說，你休得推托！」秦重道：「小娘子若用得著小可時，就赴湯蹈火，亦所不辭，豈有推托之理？」美娘道：「我要嫁你。」秦重笑道：「小娘子就嫁一萬個，也還數不到小可頭上，休得取笑，枉自折了小可的食料。」美娘道：「這話實是真心，怎說取笑二字！我自十四歲被媽媽灌醉，梳弄過了。此時便要從良，只為未曾相處得人，不辨好歹，恐誤了終身大事。以後相處的雖多，都是豪華之輩，酒色之徒。但知買笑追歡的樂意，哪有憐香惜玉的真心。看來看去，只有你是個志誠君子，況聞你尚未娶親。若不嫌我煙花賤質，情願舉案齊眉，白頭奉侍。你若不允之時，我就將三尺白羅，死於君前，振白我一片誠心，也強如昨日死於村郎之手，沒名沒目，惹人笑話。」說罷，嗚嗚的哭將起來。秦重道：「小娘子休得悲傷。

> 小可承小娘子錯愛，將天就地，求之不得，豈敢推托？只是小娘子千金聲價，小可家貧力薄，如何擺布，也是力不從心了。」美娘道：「這卻不妨。不瞞你說，我只為從良一事，預先積趲些東西，寄頓在外。贖身之費，一毫不費你心力。」秦重道：「就是小娘子自己贖身，平昔住慣了高堂大廈，享用了錦衣玉食，在小可家，如何過活？」美娘道：「布衣蔬食，死而無怨。」秦重道：「小娘子雖然，只怕媽媽不從。」美娘道路：「我自有道理。」如此如此，這般這般，兩個直說到天明。[156]

像美娘的話語如「我要嫁你」、「我自有有道理」這些大白話，跟現代人說話差不多，這可是三、四百年前的作品，張愛玲深愛的作品如《紅樓夢》、《金瓶梅》、《醒世姻緣傳》、《海上花列傳》等語言都相當直白，她還怕《海上花列傳》讓人讀不懂蘇白，特地把對白翻為口語，當時的語言跟現代零距離大約是她要表達的，但她寫的散文有時並不現代，散文〈私語〉引了古詩，文字也典雅，〈金鎖記〉、〈連環套〉都有章回小說的味道，最明顯的是她的篇名與書名都在古典語詞中取材，如《小團圓》、《半生緣》、《同學少年都不賤》、〈鴻鸞禧〉、〈金鎖記〉、〈浮花浪蕊〉，可說現代中有古典，古典中有現代，連她想仿寫的《野草閑花》寫於一九〇一年，比《海上花列傳》還晚，對她而言算當代作品，文字看來還在明清或更早：

> 自來歌樓戲館，雖為作戲之場。妓院娼寮，皆有貪淫之報。煙花三月，人盡為夫，雲雨終宵，妻偏如客。縱有綠珠身價，難禁蜂狂，況當年碧玉年華，已遭蠅聚。睹茲苦況，及早回頭，各有良心，

能無援手。男兒有志，允宜提出牢籠，女子勿情，慎勿坐觀墮落。是在鍾情者深其憐恤，作福者大發慈悲也。[157]

已經是快要民國，白話文革命也將來到，還有人這樣寫小說，文字看來是倒退幾百年，這卻是張愛玲心儀的小說，吸引她的除了妓院題材，還有它也是愛情故事，所謂「是在鍾情者深其憐恤，作福者大發慈悲也」，在民間底層女性中，有像女主角巧雲一樣，始為婢女後為人小妾，經皓月奪為己妾又金屋藏小玉，巧雲與小玉壞事作盡，最後開妓院被騙，遭到報應；其中也有溫馨的故事，如小婢湯愛鈴被騙賣，吳夫人搭手相救，這晚清的小說充滿民間氣息，底層女性一個比一個強悍，大概是這種像蹦蹦戲花旦的民間女子深得張愛玲的心，它又名《野草閑花臭姻緣》，裡面的人一個比一個歪邪，最後都落了報應。對於負面人物，或介於黑白之間的灰色人物，一直是她關切的，中、晚年她一直想寫這類型的小說，可惜未能如願。

她是不避古，又講現代化的折衷主義者，文字有新舊，愛情卻是亙古不變的題材，藉愛情挖掘人性中的潛意識或集體潛意識，那裡有傳說，有神話、宗教，一個又一個「原始的象徵」或「遠古的夢」。張的文學觀受許地山、胡適的影響，她一方面提倡新文學，在白話文學中尋找民間性，一方面考

156 馮夢龍：〈賣油郎獨占花魁〉，《醒世恆言》。
157 蘇廣成：《野草閑花》，台北，啟智書局，一九三四，頁一。

據明清小說《紅樓夢》、《醒世姻緣傳》強調其家庭性、自傳與家族書寫，這兩者並行的結果是現代文學與古典小說並行不悖。張在香港大學讀書期間，可能直接或間接受許地山影響，他作女性、服飾、宗教研究，她因而對女性文明深有會心，因此她在二十三歲寫出這樣的話：「將來的荒原中，斷瓦殘垣裡，只有蹦蹦戲的花旦這樣的女人，她能夠夷然活下去，在任何時代，任何社會裡，到處是她的家。」她提出的地母，象徵著女性文明，而這樣的女性透過她筆下一再出現，之後在研究《紅樓夢》、《海上花列傳》時又把她們一系列拉出來，說明她們的現代性。有人把這現代性視為「超前性」[158]，其實魯迅早就斷言「自有《紅樓夢》出來以後，傳統的思想和寫法都打破了」[159]，它開出小說的新格局，能與世界文學比肩，馮其庸也指出作者是超前的思想家，《紅樓夢》有超前意識和新的思想[160]，大陸的研究近二十年來都力推把此書放進世界文學討論，或與現當代文學相比對，台灣近期的明清研究得到的論點是「沒有晚明，何來晚清」[161]或「沒有晚清，何來五四」[162]，貫通之，也就是沒有晚明就沒有五四，這將近代與現代推至晚明，《紅樓夢》寫於清三代，我們也可以假設「沒有晚明、清三代小說就沒有現代小說」或「沒有《紅樓夢》，何來現代小說」，起碼張愛玲的論述包含這種理念。她推動晚明、清代小說，把〈金鎖記〉界定在「介於古典與現代之間」，她用這種方式將自己定位，也把古典推至現代，而自己恰恰是橋梁，她貫通兩邊，也就是說她既非現代也非古典，而是古典中有現代，現代中有古典。這對她自己或小說理念可說得更明白些。

文學的更替，不會是一刀切，或走極端，或許五四運動的全盤西化就是一刀切與走極端的例子，張愛玲不是國故派或復古主義者，她跟李維史陀或榮格一樣，是古老的象徵學者，認為人類的進步只是幻覺，只是原地踏步，或是變化而已。而張認為最好的文學是世界性、現代性，能走在時代前面。

像《紅樓夢》一樣，既古典又現代，經她與宋淇的提倡，明清小說與現代文學並行，並將之推至前現代。也就是現代文學的根源是明清小說，它不是古典，也不是近代，而是前現代。

流亡與愛情——愛情文本的傳播

五、六〇年代，香港本地作家群體大多是大陸赴港「流亡者」，在流亡中愛情成為其內在的語彙，流亡帶著生命危險，因此又有如胡蘭成的亡命哲學：

> 謫居是服罪被流放，被限制行動範圍。亡命卻是不承認現在的權力，不服罪，亡命者生來是反抗的。一樣的忠臣，他愛西鄉隆盛，不愛屈原，屈原太缺少叛骨。而因為是反叛的，亡命比謫居更難安身立命。胡老師說他於文學有自信，但唯以文學驚動當世，心終有未甘，此是亡命者與謫居

---

158 饒道慶：《紅樓夢的超意識與現代闡釋》，北京，北京圖書館出版社，二〇〇四。

159 魯迅：《中國小說的歷史變遷》，《魯迅全集》第九卷，北京，人民文學出版社，一九八一，頁三三八。

160 馮其庸：〈走進二十一世紀——部份紅學家新世紀寄語　東風浩蕩迎新記〉，《紅樓夢學刊》，二〇〇〇年第一期。

161 李奭學：〈沒有晚明，何來晚清？——「文學」的現代性之旅〉，sohu.com/a/248871372_718707。

162 王德威，宋偉杰譯，《被壓抑的現代性：晚清小說新編》導言，台北，麥田，二〇〇三。

者氣質不同。[163]

亡命者，生來反抗，行為反叛，只有以文學驚動當世，因此反叛與愛情成為主題，連愛情也充滿造反的意味，以致分不清到底是造反還是愛情。

上世紀兩次世界大戰，造成文人、藝術家的流亡，一戰的流亡中心為歐美，二戰則為美亞，流亡帶來文化思潮的傳播，如胡將儒學與書道傳播到日本，輾轉到台灣，也將他的愛情文本夾帶在傳記中如《今生今世》，在張的身世如謎時，她的愛情身影特別鮮明，因而有三毛以電影《滾滾紅塵》為她作傳，形塑她多情的一面。而張的流放是透過美新處以反共的自由主義傳播到香港與台灣，反共而不反愛情，自由而「為藝術而藝術」，愛情與自由、藝術等義，然而她的愛情文本夾帶在古典小說詮釋中，自我的形影冷情模糊，隨著她的舊作出版，從《半生緣》到《小團圓》，可說越是流放動盪，愛情的渴求與主題越強烈。

張愛玲的流亡與移動，大多表現在「自囚」與「幻愛」中，如〈浮花浪蕊〉中的洛貞，要不自囚在船艙，要不自囚在斗室，現實如此危厄迫人，人只有退守到最後的方寸之地，或陷入嘔吐，或陷入幻愛，如〈色，戒〉中王佳芝，在某一時刻錯覺易先生是愛她的，就因此一念之錯，而遭殺身之禍；或《同學少年都不賤》中不得志的趙玨不斷陷入往日與赫素容的純愛，對於生活風風光光的恩娟，她自覺至少在愛上，勝她一籌。

流亡與愛情的交織，如同死生相依又相搏，那是最後的心靈寄託，這在《少帥》、《小團圓》中可說表達得淋漓盡致，那是亂世之心的書寫，亂世是經過骨肉離散與情愛破滅來展現的，如話本小說描寫的鏡破釵分，最後的結局都是像〈碾玉觀音〉那樣的魂魄相合，破鏡重圓，愛情在其中扮演著重要角色。

張愛玲逃到香港，先是透過美新處獲得一些翻譯工作與英文小說寫作計畫，並經此認識宋淇夫婦，其中麥卡錫扮演一個重要角色，麥卡錫雖說是政職，本身文學素養頗高，他在愛荷華大學主修美國文學，人長得英俊瀟洒，原是聶華苓丈夫安格爾的學生，他原本是愛荷華「作家工作坊」的主持人，這裡面可能就有麥卡錫，後來跟聶華苓創辦「國際寫作計畫」擴大它的影響力，邀集全世界重要作家約一千多人聚集於此，其中的邀約名單就有後來的捷克總統哈維爾，這三人加起來大約等於當時美華文學的一半，台港又一半，因他背後的支持者正是美國官方，而以較文雅的面紗包裝，這正是美新處，它成為五、六〇年代主宰美華文學的力量，也是重要的傳播者，張愛玲也因此先被推向美國，再輾轉傳至台灣，美新處推廣的文學，除了是美國的，自由主義的，還有愛情。麥卡錫在一九四七年至一九五〇年派駐中國，當時任副領事，後轉至美新處服務，親身經歷北平中國解放時期。當大量文人南逃至香港，他剛好在一九五〇年至一九五六年派駐香港，歷任資訊官、美新處副處長及處長等職，他的年紀比張小一歲，張在信中稱他小名Dick，有關張愛玲與美新處的論文很多，大抵《譯叢》文學

163 朱天文：〈獄中之書〉，《花憶前身》，台北：麥田，二〇〇二。

圈，如宋淇、鄺文美與《現代文學》夏濟安、夏志清、白先勇、王文興、王禎和等人與美新處都有關係，他們也形成一個文學影響圈。麥卡錫在一九五八年至一九六二年派駐台灣，皆任美新處處長，這時期張愛玲訪台也由他接待。一九五五年張赴美，也許 Dick 也幫了一些忙，到美國後，跟他也一直保持書信往來，如一九五八年四月二十七日給鄺的信上：「《荻村傳》的英譯本，Dick 信上曾說要寄給我，訖未收到。他自己也已下了一番工夫，說我如果願意譯就移交給我，想必遲早會寄來」，可見他也參與翻譯工作，同年九月二十二日的信：「Dick 的《荻村》充滿了他創造的俗語如『猴子屁』等，又隨意給癟子、傻子撮合，使我無法續下去，濫爛他也會表不滿。我只好寫信去，主張忠於原著，放棄這七章。」看來他們有時是合作者，一九六〇年二月八日，「Dick 自洛杉磯飛返台，我沒再見到他。他關心《粉淚》至今未賣掉，願意由他交日本 Tuttle 出版」，他似乎也幫她處理出版，關係介於經紀人與友人，一九六一年她想到香港寫劇本，Dick 來信要她到台灣逗留一天，住在他家，什麼事都可代辦。這交情並非一般，除去公務，他也可說是另一個知己，在高全之的口訪中可見他對她的推崇：

> 她是作家，你不能規定或提示她如何寫作。不過，因我們資助她，難免會詢問進度。她會告訴我們故事大要，坐下來與我們討論。初讀《秧歌》頭兩章，我大為驚異佩服。我自己寫不出那麼好的英文。我既羡慕也妒忌她的文采。
>
> 那一年，在美國頗負盛名、曾得普立茲小說獎的作家馬寬德（John P. Marquand, 1893-1960）訪港。我負責招待。是個星期日，我請他與愛玲吃中飯。愛玲的盛裝引起馬寬德的好奇與興趣。他偷偷問我為何張愛玲的腳指頭塗著綠彩。我問愛玲，她一時頗受窘，說是外用藥膏（大笑）。我

> 交《秧歌》頭兩章給馬寬德，請他評鑒。他說應酬多，大概沒工夫看。當晚下大雨，他就在香港半島酒店房間裡讀完。次晨打電話來，我剛好不在家。他告訴我太太：「我肯定這是一流作品。」他帶了這兩章返美，幫助推介，使《秧歌》在美國出版。[164]

與其說美新處利用她作反共工作，而使她的影響擴大，不如說她的天才先折服他們，才有一圈圈擴大的效應，或者說自由主義者是「為藝術而藝術」的倡導者，而常以愛情為包裝。張從赴美後，給鄺文美的信大都談到Dick，一九六五年Dick調到越南，她在信上說「對於我也是個打擊」，可能覺得說太重，她隔一個多月又在信中解釋：「Dick McCarthy走了，我也就是因為他幫我賣小說，所以更覺得lost」，可以說受到他的賞識，她成為美新處招牌作家，以美新處的影響力，也影響著港台與美國文學圈，從《現代文學》的夏氏兄弟為首，直至夏志清寫進《中國現代小說史》，以超過魯迅的篇幅寫進文學史；另一方面，同樣為美新處工作的宋氏夫婦，作為密友兼仲介人，成功地將她的作品推廣到港台與東南亞，經過幾年的努力，她的作品常同時刊在平鑫濤主編的《聯副》或《皇冠》，香港的《明報》或《譯叢》，少數在《今日世界》（也是美新處的刊物），以宋淇強大的商業頭腦與談判能力，常談到超高稿酬與電影版權費，《聯副》加《皇冠》讀者眾多，到一九七五年已經是各家搶稿，連舊作也出土，這一年十一月六日他作了一個年度「業績報告」：

---

164 高全之：〈張愛玲與香港美新處——專訪麥卡錫〉，douban.com/note/160128828。

〈談看書後記〉分上、下兩期登完……《紅樓夢》《皇冠》已有預告，《明報月刊》早就給了，比《皇冠》早拿到手……。

《半生緣》——願出價 $2500 或 $500 美金（電視版權）

《怨女》願出價 $2000 或 $400 美金（電視版權）[165]

宋在信中並作小結，「平對你不錯，同幾位出版商和作家私下比較條件，都認為平對你的條件是異數，想來他把瓊瑤作為 staple，把你作為招牌」，把張當招牌，並把她與瓊瑤相比，在這裡不得不談下《皇冠》與「愛情小說」的關係。

《皇冠》雜誌一九四七年初期內容以翻譯西洋小說為主，剛開始與愛情小說無關，一直到第七年，生意慘淡撐不下去，平鑫濤把訂價五元，一百多頁的輕型雜誌，改為十元和兩倍頁數，成為厚重的雜誌，並加贈「每月一書」長篇小說。結果當期熱賣，從此雜誌銷路上漲，「每月一書」捧紅瓊瑤《窗外》、於梨華《夢迴青河》、馮馮《微曦》、司馬中原《狂風沙》等許多作家。這些人以瓊瑤最為熱賣，她的愛情小說逐漸成為《皇冠》招牌，平鑫濤的堂伯平襟亞曾是《萬象》的主編，張的文章也曾在那裡刊載，這奇妙的因緣，有文學的，也有上海的；平、張、宋、於梨華都是上海人，三毛又是張愛玲的鐵粉，如果再加上宋淇與鄺文美，這是台港海派大集合，這種「新海派」是帶著鴛鴦蝴蝶派轉化的愛情因子，張愛玲自六〇年代加入，初以《怨女》於一九六六年於八、九、十分三月連載，這本實不能說以愛情為主，當時稿費才美金一百四十七元[166]，相當台幣約七百元，不能算多，《怨女》刊出後引起夏志清、朱西甯一些批評，正好她在研究《紅樓夢》與《海上花列傳》，因此刺激她更要從古典小說寫情的部分證明自己的道德觀與愛情觀的前衛性：

> 像志清、朱西甯對《怨女》起反感，都是覺得女主角太卑鄙，disgusting，作為舊禮教下的犧牲者不夠格。我是想從reconstruction of〔重建〕佚文說起，證名這本書與當時的道德觀距離多麼大。說古人「走在時代前面」，總以為是合現代標準，其實也許還在我們前面。（我說的那些大學生我也對他們很反感，有些意見都刪了，因為這裡不過寫「變」與趨向更大的toierance）秦氏死，不到二十歲，除書中說的不見得還有別的戀人，與十八九世紀有些貴婦大致相等，與nymphomaniacs〔淫婦〕不同。不過從寶玉的觀點來看，她看得中賈珍，也許就近於博愛了。[167]

這段文字說明她想重建早本之道德觀、愛情觀常走在時代前面，以證明自己小說尺度較大，她不直接向讀者解釋自己的作品，因為不想把自己的作品理論化，只好以《紅樓夢》為例講自己的創作理念，她說：「不過我對自己寫的東西從來不敢往理論上想，也是怕蜈蚣一旦知道怎樣運用那些腳就不

165 宋以朗編：《紙短情長：張愛玲往來書信集Ⅰ》，台北，皇冠，二〇二〇。
166 同上。
167 同上，頁一六九。

會走了。所以只好又 full back on 腦子裡最基本的東西，如《紅樓夢》，但是太 controversial 反而不好，而且把《紅樓夢》跟《怨女》一口氣連著講也招罵，還是拆開來專講《紅樓夢》」，可見她有多在意《怨女》不被接受，竟然是繞著《紅樓夢》講自己的作品。當時她的寫作以英文為主，中文只是副產品；之後在《皇冠》刊登《半生緣》，這本就是以愛情為主，然當時影響還沒太大，直至〈紅樓詳夢〉（即《紅樓夢魘》）在《皇冠》連載，同時刊在《明報》月刊，在近十年的時間，張愛玲的舊作出版、出土，時間緊緊與《紅樓夢》、《海上花列傳》緊緊綁在一起，她定位這兩本小說為愛情小說，主題都是描寫「禁果的樂園」，此時她逐漸成為「愛情教主」，與另一個「愛情教主」分庭抗禮。

把她們放在一起實在突兀，瓊瑤的小說更通俗一些，寫的多半是自己，是幻想力的產物，張愛玲小說寫的多半是他人，為承先啟後之產物，也大約此時台灣掀起「紅樓夢熱」，可說風生水起，宋淇在一九七七年一月二十一日的信中說：

> 最近台灣的《紅樓夢》熱狂有增無已，有正大字本已有翻印本，全鈔本也於最近翻印出版。此外，余英時不久即將出書，他是歷史學家，方法學訓練第一流，趙岡與周汝昌都要讓他三分，看樣子考據派的自傳說終將攻倒。你、我所主張而沒有公開大喊的小說和創作說一定會勝利。[168]

他們聯手力敵自傳說與擁高鶚者，張信中還說：「汪譯《紅樓夢》很流行，高鶚又得到許多新讀者，現在林語堂又替他辯護，我真希望你的論文把他徹底打倒，不然一會又還魂」，可見他們在紅學中力主創作說，並合力推動古典愛情小說，宋是編與寫，張是譯與寫，在銷量十萬的《皇冠》登載《紅樓夢魘》、《海上花譯注》，影響所及，推動三三以《紅樓夢》、張愛玲、《聖經》為主要經典，蕭麗紅《桂花巷》、蔣曉雲《姻緣路》算是第一代受張愛玲與《紅樓夢》影響的小說家，朱天文、朱天心中、晚期作品和袁瓊瓊、蘇偉貞算是第二代了。

一九七七年宋淇在《譯叢》推出「Middle-Brow Fiction」專號，其中有王際真譯《醒世姻緣傳》和《孽海花》、張愛玲譯《海上花列傳》、夏志清譯《玉梨魂》，可說是明清愛情小說專號。宋推的是從 Highbrow Fiction 走到 Middlebrow Fiction 這塊，而《皇冠》在當時確是從 Lowbrow Fiction 走到 Middlebrow Fiction，甚而有時到 Highbrow，《皇冠》在八〇年代平鑫濤與瓊瑤結婚後業務達到巔峰，連宋淇也刮目相看：

> 我對他們二人表示欽佩異常，He 是生意人出身，居然能從 Lowbrow 改為 Middle，有時還容納 Highbrow。上海生意人而企業化——自己有發行網，有大廈，有印刷廠，還 diversify 到電影，能預見台港出版界的前景，真不容易。She 能夠每年寫一至二分之一部小說，而越寫越有精神甚至有進步，把愛情故事寫得同中有異，文字也清通，求知欲和專業精神，不在 he 之下。可說是 對奇人。[169]

168 同上，頁三四五。
169 同上，頁九二。

同是上海人，同是愛情教主的推手，宋氏夫妻與張更是奇人，「愛情小說」是他們共通的語言，只是 Brow 有高低之分。而張愛玲對瓊瑤的評價也不低，雖然她曾說「自己寫一部，瓊瑤可寫一百部」，但她把瓊瑤與三毛的分別說得極好：

> 我覺得瓊瑤的好處在深得上一代的英文暢銷小說的神髓，而合中國國情。我總是一面看一面不由自主的譯成英文：「我打賭你……謝上帝！」前兩年還有男子脫帽為禮，氣極了就 shake 女孩子——紳士唯一可以對女人動武的方式。我倒覺得三毛寫的是她自己，瓊瑤總像是改編——當然並不是。三毛的中南美遊記〈情人篇〉我覺得好——at that level〔真誠〕。[170]

可見她認為好的作品一定要「真誠」，不管如何，這三大愛情教主同時出現在《皇冠》，引領著風騷，不過她那時正連載《國語本海上花》，同時她的早期作品透過《皇冠》再版流行廣大，也透過影視改編，形成更多張粉，而其中最動人的依然是「愛情」，如此「張腔」也正不斷被複製。

回顧這些過程，令人不可思議的是一個流放的作家，不在地卻在場，參與了當地的文學，這大概是張愛玲自己也想不到的。如果沒有 Richard M. McCarthy 和宋淇，沒有冷戰，張會從英文作家回到中文書寫嗎？如果她的《怨女》不受到退稿或惡評，她會花二十年考證、注譯兩本古典愛情小說來說明自己嗎？宋淇把《海上花列傳》列入 Middlebrow Fiction，可張認為它是 Highbrow Fiction。

一九九六年，張愛玲甫過世一年，《譯叢》推出「張愛玲專號」（No. 45, SpecialIssue: Eileen

Chang），當中既刊載張愛玲散文與小說作品代表諸篇，並搭配相關文章（包括胡蘭成〈民國女子〉節譯、王曉明就張愛玲當代以降接受脈絡的探討、林幸謙之〈金鎖記〉壓抑女性形象研究等），彰顯張愛玲在女性書寫與人情書寫的過人成就，當然其中最重要的是愛情。

結語

張書寫愛情，研究古典小說主題也重視愛情，她承續《紅樓夢》以來的愛情小說傳統，創造新的「情典」，而隨著張的作品廣大流行，舊的愛情文本與新的愛情文本交織，張學與紅學已有難以分割的關係。她直接傳承《紅樓夢》並把自己定位在介於《紅樓夢》與現代之間的作家：不是古典，也非現代，而是古典與現代的過渡，她讚頌《紅樓夢》與《海上花列傳》為現代性與世界性的，也可說它們是現代文學的重要源頭，因此《紅樓夢》可說是前現代或現代之前的作品。因中國缺少愛情文本，她作為繼承者，新舊折衷，亦古亦今的手法創造新的「情典」，也宣揚既有的愛情經典，說她是愛情文本的傳播者、古典小說的復興與新創者應不為過。她弭合古典與現代的分裂，追溯傳統，將之現代化，而愛情這亙古不衰的主題，正是她把握的關鍵，愛情是她最大的訴說，也是她自身的代名詞。

170 同上，頁一〇〇。

參考書目

曹雪芹，《紅樓夢校注》，台北，里仁，一九八四

張愛玲，《流言》，台北，皇冠，一九七三

張愛玲，《張愛玲短篇小說集》，台北，皇冠，一九六八

張愛玲，《秧歌》，台北，皇冠，一九六八

張愛玲，《赤地之戀》，台北，皇冠，二〇一〇

張愛玲，《半生緣》，台北，皇冠，一九六九

張愛玲，《小團圓》，台北，皇冠，二〇〇九

張愛玲，《雷峰塔》，台北，皇冠，二〇一〇

張愛玲，《易經》，台北，皇冠，二〇一〇

張愛玲，《紅樓夢魘》，台北，皇冠，二〇一〇

胡適，《胡適紅樓夢研究論述全編》，上海，上海古籍，一九八六

林語堂，《平心論高鶚》，湖南，湖南文藝，二〇一九

林語堂，《無所不談合集》，台北，開明，一九四三

余英時，《紅樓夢的兩個世界》，台北，聯經，一九九六

俞平伯，《俞平伯論紅樓夢》，上海，上海古籍，一九八八

林以亮，《紅樓夢西遊記》，台北，聯經，一九八七

周汝昌，《紅樓夢新證》，北京，中華書局，二〇一二

吳世昌，《紅樓探源》，北京。北京出版社，二〇〇二

周汝昌，《周汝昌夢解紅樓》，桂林，漓江，二〇〇五

周汝昌，《點評紅樓夢》，北京，團結，二〇〇四

趙岡，《紅樓夢研究新編》，台北，聯經，一九七五
馮其庸，《馮其庸論紅樓夢》，北京，新華書店，二〇〇五
沈治鈞，《紅樓夢成書研究》，北京，中國書店，二〇〇四
林冠夫，《紅樓夢版本論》，北京，文化藝術，二〇〇七
張子靜、季季，《我的姊姊張愛玲》，台北，印刻，二〇〇五
宋以朗編，《張愛玲私語錄》，台北，皇冠，二〇一〇
宋以朗編，《紙短情長：張愛玲往來書信集I》，皇冠，台北，二〇二〇
宗白華，《美學的散步》，安徽，新華書店，二〇〇一
高全之，《張愛玲學：批評．考證．鉤沈》，一方，台北，二〇〇三
蘇青，《蘇青文集》，上海，上海書店，一九九四
蘇廣成，《野草閑花》，上海，啟智書局，一九三四
史書美，〈離散文化的女性主義書寫〉，簡瑛瑛編，《當代文化論述：認同、差異、主體性》，台北，立緒，一九九七
張純如，《被遺忘的大屠殺》，台北，一九九七，天下文化
蘇珊・桑塔格著，刁筱華譯，《疾病的隱喻》，台北，大田，二〇〇八
郭玉雯，《紅樓夢學——從脂硯齋到張愛玲》，台北，里仁，二〇〇四
Spivak,Gayatri Chakravorty. In Other Worlds. New York: Methuen, 1987.

參考論文

也斯，〈張愛玲的刻苦寫作與高危寫作〉，《零度看張》，香港，香港中文大學出版社，二〇一〇

「情典」文本的擴大

——《紅樓夢》兩書合一後的複合角色與排行序列

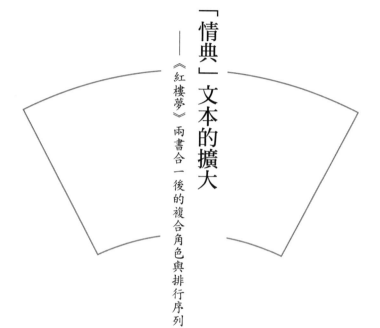

前言——成書研究與《風月寶鑑》

在《紅樓夢》的成書研究中，《風月寶鑑》的問題相當關鍵，它牽涉此書的結構與兩種不同風格的探討，裕瑞的《棗窗閒筆》可以說是最先提出成書問題的著作：據其所記，裕瑞為曹雪芹之「前輩姻戚」有與雪芹「交好者」，故有相當大的可信度：「聞舊有《風月寶鑑》一書，又名《石頭記》，不知為何人之筆……」[171]。另胡適跋《乾隆甲戌脂硯齋重評石頭記影印本》大談成書問題，並指出：「《風月寶鑑》可能是一種小型的《紅樓夢》，其中可能有『正照風月寶鑑』一類的戒淫勸善的故事，故可以說是一本幼稚的《石頭記》」[172]。俞平伯《影印脂硯齋重評石頭記十六回》後記明確提出了「《風月寶鑑》是《紅樓夢》的雛型和舊稿」，[173]指出《風月寶鑑》本為作者舊稿，併入《紅樓夢》。雖現在已難分析，它們交融與變化的狀態。《石頭記》與《金陵十二釵》為一書兩名，非兩個部分，卻代表了作者寫作的兩個方面和重點。吳世昌在〈曹雪芹與紅樓夢的創作〉一文中比較集中的探討了成書問題，結論是：《風月寶鑑》是曹雪芹的一本「舊」稿，改後的《石頭記》或《金陵十二釵》則是他的「新」稿[174]。戴不凡《紅學評議．外篇》一書，是中國國內第一部集中討論成書問題的專著，中心論點為：今本《紅樓夢》是曹雪芹在《風月寶鑑》舊稿基礎上巧手新裁改作成書的[175]。周紹良《雪芹舊有風月寶鑑之書》探索了小說舊稿《風月寶鑑》的故事內容，指出今本是早期舊本《石頭記》與《風月寶鑑》的「匯合」[176]。早期的成書研究都指向《風月寶鑑》為《紅樓夢》的基底。

近人高全之、蔡義江、沈治鈞、趙齊平、朱淡文、卜喜逢、杜春耕[177]等也都曾提出不同論點，許多人認為《風月寶鑑》和《紅樓夢》是一前一後兩部書，至於兩者的關係，進一步提出三個觀點。一為「改舊說」，主張《紅樓夢》是在舊有《風月寶鑑》的基礎上改寫成的；二為「嵌入說」，主張《風月寶鑑》中的內容，乃部分摘編，嵌入《紅樓夢》中；三為「重起」說，主張《紅樓夢》另起爐灶，重新創作，只是將《風月寶鑑》中的部分故事，寫進《紅樓夢》中。這三說討論的都指向《風月寶鑑》為《紅樓夢》的一部分，只是比例多少的問題，甚至指出其明顯內容，是以「妄動風月」為主，主角的年齡比現在大些，因此有「大寶玉」、「濁寶玉」之說。

俞平伯、吳世昌、周紹良指出《風月寶鑑》的舊文內容，張愛玲《紅樓夢魘》則明確指出秦可卿、

171 裕瑞：《棗窗閒筆》。

172 胡適指出：《風月寶鑑》可能是一種小型的《紅樓夢》，其中可能有「正照風月寶鑑」一類的戒淫勸善的故事，故可以說是一本幼稚的《石頭記》。

173 俞平伯《影印脂硯齋重評石頭記十六回後記》明確提出了「《風月寶鑑》是《紅樓夢》的雛型和舊稿」的觀點，指出《風月寶鑑》本為作者舊稿併入《紅樓夢》的，雖現在已不能分析，

174 吳世昌在《曹雪芹與紅樓夢的創作》一文中比較集中的探討了成書問題，結論是：《風月寶鑑》是曹雪芹的一本「舊」稿，改後的《石頭記》或《金陵十二釵》則是他的「新」稿。

175 戴不凡：《紅學評議．外篇》，北京，文化藝術出版社，一九九一。

176 周紹良《雪芹舊有風月寶鑑之書》探索了小說舊稿《風月寶鑑》的故事內容，指出今本是早期舊本《石頭記》與《風月寶鑑》的「匯合」

177 高全之：《張愛玲學續篇》，台北，麥田，二〇一四。
沈治鈞：《紅樓夢成書研究》，中國書店，二〇〇四。
杜春耕：〈榮寧兩府兩本書〉，《紅樓夢學刊》第三期，一九九八。
蔡義江、丁維忠、呂啟祥、周思源、卜鍵、杜春耕：《紅樓六家談》，台北，龍視界，二〇一五。

紅樓二尤、鳳姐與賈瑞等的故事，應屬舊文：她進一步說明太虛幻境、甄寶玉與甄家、賈雨村是後寫的，並刪去秦可卿淫喪的情節，原本可卿託夢改元妃託夢[178]。近期的研究在「兩個寶玉」的問題上，有人提出「大寶玉」與「小寶玉」的說法，沈治鈞提出「清寶玉」、「小寶玉」與「濁寶玉」、「大寶玉」，說明《風月寶鑑》的主角明顯年齡較大，且個性不同，那時寶玉已是「寶二爺」嗎？為何賈璉的故事比重特別多？他跟「濁寶玉」的關聯？為何都是「二爺」？「寶二爺」與「璉二爺」有何關聯？為何他們很少同時出現，就算有也無互動，難道這兩人分屬兩個故事？

而那本神祕的《風月寶鑑》的內容，與早本《紅樓夢》有何不同？此書已無存，因此無確切証據，只是它關乎主要人物寶玉與賈璉角色如何形成，作者在其中安排的二爺、二姐、二奶、到底是何時加入，璉二爺、寶二爺哪個在先？為何他們排行老二？老二有何意義？二姐、二奶的排行又有何意義，雖多推測，然也是拼圖法，作為本文探討的重點與方法。

《風月寶鑑》的內容與複合角色

近年來各家勾勒《風月寶鑑》的內容，綜合歸納可得出可能的內容，假定這本書確定存在，且早於早本，那麼它會有幾回，分布在哪些回目中呢：

情節	回目	
太虛幻境	第五回　游幻境指迷十二釵　飲仙醪曲演紅樓夢	
秦可卿淫喪天香樓	後刪	
元妃託夢	第十三回　秦可卿死封龍禁尉　王熙鳳協理寧國府	
王熙鳳戲賈瑞	第十一回　慶壽辰寧府排家宴　見熙鳳賈瑞起淫心 第十二回　王熙鳳毒設相思局　賈天祥正照風月鑑 第十三回　秦可卿死封龍禁尉　王熙鳳協理寧國府	
賈璉與燈姑娘	第二十一回　賢襲人嬌嗔箴寶玉　俏平兒軟語救賈璉	
香憐玉愛	第九回　訓劣子李貴承申飭　嗔頑童茗煙鬧書房	
寶玉與秦鐘	第七回　送宮花賈璉戲熙鳳　宴寧府寶玉會秦鐘	
二尤	第六十五回　賈二舍偷娶尤二姨　尤三姐思嫁柳二郎 第六十六回　情小妹恥情歸地府　冷二郎一冷入空門 第六十七回　見土儀顰卿思故里　聞祕事鳳姐訊家童 第六十八回　苦尤娘賺入大觀園　酸鳳姐大鬧寧國府 第六十九回　弄小巧用借劍殺人　覺大限吞生金自逝	

178 張愛玲：《紅樓夢魘》，台北，皇冠，二〇一〇。

有人主張薛蟠與夏金桂的故事也屬此系列故事，加總有二十多回，我們看這些回目與情節，跟之後的「清寶玉」、「小寶玉」無關，寶玉的故事並非主要，賈璉與鳳姐的戲分才是重點，且有賈璉在的場面，大多與小（清）寶玉無關，就算是二尤故事，也只是「湊熱鬧」，或者原本就沒他，難道他是後加的？

只有太虛幻境與秦鐘故事中寶玉為主角，其他都是無關，或可有可無的角色，最突兀的是戲二尤中，寶玉實際上沒參與，他的存在只為三姐與柳湘蓮的婚姻，無意中作了「破局」之人，而且言語成熟，明明是「大寶玉」：

湘蓮也感激不盡。次日，又來見寶玉。二人相會，如魚得水。湘蓮因問賈璉偷娶二房之事。寶玉笑道：「我聽見焙茗說，我卻未見。我也不敢多管。我又聽見焙茗說，璉二哥哥著實問你，不知有何話說？」

湘蓮就將路上所有之事一概告訴了寶玉。寶玉笑道：「大喜，大喜！難得這個標致人！果然是個古今絕色，堪配你之為人。」湘蓮道：「既是這樣，他那少了人物？如何只想到我？況且我又素日不甚和他相厚，也關切不至於此。路上忙忙的就那樣再三要求定下，難道女家反趕著男家不成？我自己疑惑起來，後悔不該留下這劍作定。所以後來想起你來，可以細細問了底裡纔好。」寶玉道：「你原是個精細人，如何既許了定禮又疑惑起來？你原說只要一個絕色的。如今既得了個絕色的，便罷了，何必再疑？」湘蓮道：「你既不知他來歷，如何又知是絕色？」寶玉道：「他是珍大嫂子的繼母帶來的兩位妹子。我在那裡和他們混了一個月，怎麼不知？真真一對尤物！——他又姓尤。」

湘蓮聽了，跌腳道：「這事不好！斷乎做不得！你們東府裡，除了那兩個石頭獅子乾淨罷了！」寶玉聽說，紅了臉。湘蓮自慚失言，連忙作揖，說：「我該死胡說！你好歹告訴我，他品行如何？」寶玉笑道：「你既深知，又來問我做什麼？連我也未必乾淨了。」湘蓮笑道：「原是我自己一時忘情，好歹別多心！」寶玉笑道：「何必再提！這倒似有心了。」（六十六回）

寶玉和她們「混了」一個月，這是從哪說起？前面的記載沒有他，有也只是提到。只在柳湘蓮聽了寶玉這話，這才立即悔婚，這段故事看來特別有蹊蹺，張愛玲認為是後加的，原本二尤故事沒柳湘蓮，可能也沒寶玉，即六十六回「情小妹恥情歸地府　冷二郎一冷入空門」中大多情節是兩書合一之後增寫的。且在二尤故事之前，寶黛之戀剛進入無言對泣、兩心相通的心靈最高境界，這是「清寶玉」，怎會馬上接著與賈璉一起「混」呢：

寶玉道：「妹妹，這兩天可大好些了？氣色倒覺靜些，只是為何又傷心了！」黛玉道：「可是你沒的說了！好好的，我多早晚又傷心了？」寶玉笑道：「看妹妹臉上現有淚痕，如何還哄我呢？只是我想妹妹素日本來多病，凡事當各自寬解，不可過作無益之悲；若作踐壞了身子，使我——」說到這裡，覺得以下的話有些難說，連忙嚥住。只因他雖說和黛玉一處長大，情投意合，又願同生同死，卻只心中領會，從來未曾當面說出；況兼黛玉心多，每每說話造次，得罪了他。今日原為的是來勸解，不想把話又說造次了，接不下去，心中一急，又怕黛玉惱他。又想一想自己的心，實在的是為好，因而轉念為悲，反倒掉下淚來。

黛玉起先原惱寶玉說話不論輕重，如今見此光景，心有所感，本來素昔愛哭，此時亦不免無言對泣。（六十四回）

有沒有可能寶玉在《風月寶鑑》只是次要人物？或者是賈璉的兒少時期？那時賈璉還是大爺，整個故事以他為中心，從兒時到中年，以夏金桂作結？

也就是說在《風月寶鑑》中是以賈璉前身為中心的風月故事，風格較近《金瓶梅》，所謂的賈二爺是賈璉前身，因有寶二爺才改口二爺，或者因與二丫頭、二姐配對，總之當時排行的人物已有「二」系列，「濁寶玉」是據此而產生，而「清寶玉」的故事在另一個風格迥異的故事裡。

在張愛玲《紅樓夢魘》考證的早本回目，已有寶玉與賈璉並存，張指的早本時間約在一七五〇年左右，《風月寶鑑》的成書肯定更早，可以確定的是其主角非清寶玉或小寶玉，更接近成人故事。

賈璉與「濁寶玉」的故事自成一系統，且與清寶玉的故事不太相關，縱使有也很少直接對話，他們只有同場，而且是在大團聚的場合，並無直接面對面說話，自然寶玉不跟這些渾濁俗氣的大爺們說話，但他與賈政、賈赦、賈環、賈薔都有交集，唯獨與賈璉無交集，有也只是有些間接批評：「今日是金釧兒生日，故一日不樂。不想後來鬧出這件事來，竟得在平兒前稍盡片心，也算今生意中不想之樂。因歪在床上，心內怡然自得。忽又思及賈璉唯知以淫樂悅己，並不知作養脂粉。又思平兒並無父母兄弟姊妹，獨自一人，供應賈璉夫婦二人，賈璉之俗，鳳姐之威，他竟能周全妥貼，今兒還遭荼毒，也就薄命的很了。」他與賈璉的房裡人交集較多的是平兒，比較起來也不算多。寧府的事少，賈府的事多，這是經過五次增刪，最後重心擺在小（清）寶玉身上的結果。

雖然今本以寶玉為主軸，賈璉的戲也不算少，後者的形象較統一，前者則很複雜，神魔一體，清濁合一，在濁的這面，孿童、好美色是跟賈璉有點相似，令我們懷疑寶玉具有多種性格，也就是「複合角色」，作者經過多次增刪產生一些複合角色，有些則是直接從《風月寶鑑》移過來的，如秦鐘、賈瑞、尤二姐，連尤三姐也經過改寫成為貞烈女子，這些次要角色都經過改寫，成為複合角色，那作為主要人物，能無改寫嗎？

賈璉在今本的出場極晚，除了第二回透過賈雨村之口略提及：「若問那赦老爺，也有一子，名叫賈璉，今已二十多歲了，親上做親，娶的是政老爺夫人王氏內姪女，今已娶了四、五年。這位璉爺身上現捐了個同知，也是不喜正務的。於世路上好機變，言談去得，所以目今在乃叔政老爺家住，幫著料理家務。誰知自娶了這位少奶奶之後，倒上下無一人不稱頌他的夫人，璉爺倒退了一射之地。模樣又極標致，言談又極爽利，心機又極深細，竟是個男人萬不及一的！」談話重點在賈璉之妻王熙鳳，一直到第七回送宮花一節才再現，而且只聞其聲，不見其人，這已是第七回了：

那周瑞家的又和智能兒嘮叨了一回，便往鳳姐處來。穿過了夾道子，從李紈後窗下越過西花牆，出西角門，進鳳姐院中。走至堂屋，只見小丫頭豐兒坐在房門檻兒上。見周瑞家的來了，連忙的擺手兒，叫他往東屋裡去。周瑞家的會意，忙著躡手躡腳兒的往東邊屋裡來，只見奶子拍著大姐兒睡覺呢。周瑞家的悄悄兒問道：「二奶奶睡中覺呢，也該清醒了。」奶子笑著，撇著嘴，搖頭兒。

正問著，只聽那邊微有笑聲兒，卻是賈璉的聲音。

之後賈家出各種大事，賈璉都不在場，這期間他送林黛玉回南奔喪，這一去三個月；十六回，他從南方回來，跟鳳姐有幾句對話，但也無事發生，一直到造園，主要由他挑起大事，但也無完整事件；賈璉有較完整事件，要到二十一回他跟燈姑娘一節之後，事件越來越多，他跟孌童、燈姑娘、平兒、鳳姐的多角關係奠定他貪淫好色的形象。此後他的戲分另成一支，一直到娶二尤、秋桐，才達到頂點。如果《風月寶鑑》是以淫喪為主題，那賈瑞只是動念，遭到的現世報是很強烈的，秦可卿、秦鐘，更是事發而命喪於事發之後，為何貪淫如賈璉卻無報應？寶玉只是意淫，遭到毒打，且日後「懸崖撒手」，作惡多端的鳳姐自然也沒好下場，會不會賈璉在《風月寶鑑》中是有報應的，只是加入《石頭記》之後，重心在清寶玉，自然罪都由他擔了？

賈璉這麼晚出現，會不會戲被刪，或者是改裝過後的人物？就像晚本湘雲出現也非常晚，有線索或証據證明她是被刪改過的人物，有關她的情節比例明顯比釵、黛少很多，主要是作者將重心從以自傳為中心改到以愛情為中心，賈璉的故事顯然變得非核心，因此被刪改是有可能的。

清寶玉與十二金釵、襲人、晴雯、麝月、金釧、玉釧等靈巧丫頭自成體系，賈璉與王熙鳳則統率一些機伶忠僕，最有代表性的當數興兒，二姐問他家內狀況，他說得活靈活現：

興兒拍手笑道：「原來奶奶不知道！我們家這位寡婦奶奶，第一個善德人，從不管事，只教姑娘們看書寫字，針線道理，這是他的事情。前兒因為他病了，這大奶奶暫管了幾天事，總是按著老例兒行，不像他那麼多事逞才的。我們大姑娘，不用說，是好的了。二姑娘混名兒叫『二木頭』。三姑娘的混名兒叫『玫瑰花兒』：又紅又香，無人不愛，只是有刺扎手。可惜不是太太養的，『老鴰窩裡出鳳凰』！四姑娘小，正經是珍大爺的親妹子，太太抱過來的，養了這麼大，也是一位不管事的。奶奶不知道，我們家的姑娘們不算外，還有兩位姑娘，真是天下少有！一位是我們姑太太的女兒，姓林；一位是姨太太的女兒，姓薛。這兩位姑娘都是美人一般的呢，又都知書識字的。或出門上車，或在園子裡遇見，我們連氣兒也不敢出。」尤二姐笑道：「你們家規矩大，小孩子進的去，遇見姑娘們，原該遠遠的藏躲著，敢出什麼氣兒呢？」興兒搖手，道：「不是那麼不敢出氣兒。是怕這氣兒大了，吹倒了林姑娘；氣兒暖了，又吹化了薛姑娘！」說得滿屋裡都笑了。（六十六回）

感覺這段人物的傳神介紹，應該在前面就出現，為何出現在後面，有無可能兩書合一後，賈璉的故事往後挪，這一整大段也較晚出現？興兒一方面巴結二姐，等鳳姐興師問罪時，他的回答又是一大套，興兒在這裡並不算主要角色，占的篇幅相當多，主要是表現他的伶牙俐嘴，兩面討好：

興兒直蹶蹶的跪起來回道：「這事頭裡奴才也不知道。就是這一天東府裡大老爺送了殯，俞祿往珍大爺廟裡去領銀子，二爺同著蓉哥兒到了東府裡，道兒上，爺兒兩個說起珍大奶奶那邊的一位姨奶奶來，二爺誇他好，蓉哥兒哄著二爺，說把二姨奶奶說給二爺——」鳳姐聽到這裡，使勁啐道：「呸！沒臉的忘八蛋！他是你那一門子的姨奶奶！」興兒忙又磕頭說：「奴才該死！」往上瞅著，不敢言語。鳳姐兒道：「完了嗎？怎麼不說了？」興兒方纔又回道：「奶奶恕奴才，奴才纔敢回。」鳳姐啐道：「放你媽的屁！這還什麼恕不恕了！你好生給我往下說，好多著呢！」興兒又回道：「二爺聽見這個話，就喜歡了。後來奴才也不知道怎麼就弄真了。」鳳姐微微冷笑道：「這個自然麼！你可那裡知道呢？你知道的，只怕都煩了呢！——是了，說底下的罷。」興兒回道：「後來就是蓉哥兒給二爺找了房子。」鳳姐忙問道：「如今房子在那裡？」興兒道：「就在府後頭。」鳳姐兒道：「哦！」回頭瞅著平兒，道：「偺們都是死人哪！你聽聽！」平兒也不敢作聲。（六十七回）

這些璉二爺的風流事，少不了隨之奔走的小廝，有興兒就有隆兒、旺兒，這裡的對話鮮活，鳳姐更是罵人常帶髒字，個性粗俗，細較之下，似乎是鳳姐更早的形象，跟賈瑞、賈蓉對手戲的作風一樣，潑辣好強鬥狠，充滿世俗氣息。

從明義詩《綠煙瑣窗集》與張愛玲《紅樓夢魘》看早本《紅樓夢》

據明義的詩，排列出初稿的回目，這個初稿跟傳世的作品大不同，其主要情節與回目集中在大觀園的青春故事，觀其回目與張愛玲指出的早本回目有很大出入，但以大觀園的故事為核心是相同的，張判定大約以榮府的故事為範圍：

第一首　佳園結構類天成，快綠怡紅別樣名。長檻曲欄隨處有，春風秋月總關情。	二十三回	總述大觀園
第二首　怡紅院裡斗嬌娥，娣娣姨姨笑語和。天氣不寒還不暖，曈曨日影入簾多。	二十三回後	怡紅院姊妹故事
第三首　瀟湘別院晚沉沉，聞道多情復病心。悄向花陰尋侍女，問他曾否淚沾襟。	二十六回	寶玉至瀟湘館探病
第四首　追隨小蝶過牆來，忽見叢花無數開。盡力一頭還雨把，扇紈遺卻在蒼苔。	二十七回	寶釵撲蝶
第五首　侍兒枉自費疑猜，淚未全收笑又開。三尺玉羅為手帕，無端擲去復拋來。	三十回	寶黛對泣，贈帕
第六首　晚歸薄醉帽顏欹，錯認咼兒喚玉狸。忽向內房聞語笑，強采燈下一回嬉。	（今本無此情節）	錯認猧兒
第七首　紅樓春夢好模糊，不記金釵正幅圖。往事風流真一瞬，題詩贏得靜工夫。	第五回	情節與今本細節不同
第八首　簾櫳悄悄控金鉤，不識多人何處游。留得小紅獨坐在，笑教開鏡與梳頭。	二十回	寶玉為小紅梳頭
第九首　紅羅繡纈束纖腰，一夜春眠魂夢嬌。曉起自驚還自笑，被他偷換綠雲綃。	二十八回	蔣玉菡的茜香羅給襲人繫腰

第十首　人戶愁驚座上人，悄來階下慢逡巡。分明窗紙兩擋影，笑語紛絮聽不真。	二十六回	黛玉到怡紅院，未進去，寶釵先在
第十一首　可奈金殘玉正愁，淚痕無盡笑何由。忽然妙想傳奇語，博得多情一轉眸。	三十五回	金釧投井後，玉釧恨寶玉
第十二首　小葉荷羹玉手將，詒他無味要他嘗。碗邊誤落唇紅印，便覺新添異樣香。	三十五回	寶玉哄玉釧共嘗荷葉湯
第十三首　拔取金釵當酒籌，大家今夜極綢繆。醉倚公子懷中睡，明日相看笑不休。	六十三回	怡紅院夜宴
第十四首　病容愈覺勝桃花，午汗潮回熱轉加，猶恐意中人看出，慰言今日較差些。	三十四回	黛玉添病，情節不同
第十五首　威儀棣棣若山河，還把風流奪綺羅。不似小家拘束態，笑時偏少默時多。		不能確指，籠統詠鳳姐，無具體情節
第十六首　生小金閨性自嬌，可堪磨折幾多霄。芙蓉吹斷秋風狠，新誄空成何處招。	七十八回	晴雯夭亡，寶玉寫芙蓉誄
第十七首　錦衣公子茁蘭芽，紅粉佳人未破瓜。少小不妨同室榻，夢魂多個帳兒紗。	第三回	黛玉初到賈府與寶玉共同生活
第十八首　傷心一首〈葬花詞〉，似讖成真自不知。安得返魂香一縷，起卿沉疴續紅絲？	八十回後	〈葬花詞〉成讖，黛玉垂危、亡故

第十九首　莫問金姻與玉緣，聚如春夢散如煙。石歸山下無靈氣，總使能言亦枉然。	末回	故事結束，寶玉返歸青埂峰下
第二十首　饌玉炊金未幾春，王孫瘦損骨嶙峋。青娥紅粉歸何處？慚愧當年石季倫。	末前一回	寶玉從獄神廟出來，黛死釵去

從故事的梗概，以大觀園的癡情男女故事為主，以寶黛為主軸，金釧、玉釧、晴雯、寶釵、熙鳳、小紅等巧ㄚ頭情節應是較早期的情節，可能是《石頭記》或早期《紅樓夢》的梗概，從詩中感受的風格，是一種表達詩情畫意，「春風秋月總關情」的小說。在這些詩中看不到他們的排行，而裡面的主角為「清寶玉」，寶釵、黛玉、鳳姐（也許當時不以鳳姐為名，跟寶玉一樣是二合一的角色）已在其中，小紅、襲人、金釧、玉釧、晴雯這些巧ㄚ頭的故事已是重要情節。

鳳姐早期的形象跟晚本差很多：「威儀棣棣若山河，還把風流奪綺羅。不似小家拘束態，笑時偏少默時多。」是有威儀又風流，不笑且少言少語。晚本中沒什麼風流事蹟，而且常爆粗口罵人一長串，能言善道，這可能是兩書合一之後的「複合角色」，從《風月寶鑑》移過來的。如果是這樣，寶玉也應該是二合一或五合一的結果。

有人說《紅樓夢》是由《風月寶鑑》、《石頭記》、《金陵十二釵》為基底，《情僧錄》是後加的，最後由《紅樓夢》總其名。既是兩書合一，必然存在二合一的角色，如賈璉早於寶玉存在，後來的寶玉是由清、濁寶玉合一，鳳姐可能由「威儀鳳姐」與「粗俗險惡鳳姐」二合一，寶玉是賈璉的延伸，他們都是「賈二爺」。如果《紅樓夢》最早沒賈赦一房，《風月寶鑑》的故事是以賈璉為主，還有寧府的賈蓉、賈珍、賈瑞，寧府的兩個奶奶是秦可卿、鳳姐，這是「濁寶玉」的來源，而早本《石頭記》是「清寶玉」的來源。那麼《風月寶鑑》與早本《紅樓夢》的故事輪廓可明顯浮出。

賈寶玉這名字會不會較晚出呢？在與甄寶玉形成對照關係才確定，因賈託「假」，寶玉也非正式名字，在男性中只有寶玉用小名，跟其他的女性人物一樣用小名，如「黛玉」是乳名，可見其他女性也喚乳名：

> 這林如海，姓林，名海，表字如海，乃是前科的探花，今已陞蘭台寺大夫。本貫姑蘇人氏，今欽點為巡鹽御史，到任未久。原來這林如海之祖也曾襲過列侯的，今到如海，業經五世。起初只襲三世，因當今隆恩盛德，額外加恩，至如海之父又襲了一代，到了如海便從科第出身。雖係世祿之家，卻是書香之族。只可惜這林家支庶不盛，人丁有限，雖有幾門，卻與如海俱是堂族，沒甚親支嫡派的。今如海年已五十，只有一個三歲之子，又於去歲亡了，雖有幾房姬妾，奈命中無子，亦無可奈何之事。只嫡妻賈氏生得一女，乳名黛玉，年方五歲，夫妻愛之如掌上明珠。

林如海本名如林海，字如海，他是有真名的，而黛玉的真名為何呢？作者使用乳名代表這是在家庭中親密的叫喚，一來是這些人在外的真名不重要。

在第三回裡，讀者從林黛玉的口中，讓我們知道「寶玉」實為小名：「在家時亦曾聽見母親常說，這位哥哥比我大一歲，小名就喚寶玉」；第五十二回裡作者借麝月之口，向大家說明了寶玉要叫小名的原由：「便是叫名字，從小兒直到如今，都是老太太吩咐過的，你們也知道的，恐怕難養活，巴巴的寫了他的小名兒，各處貼著叫萬人叫去，為的是好養活。連挑水挑糞花子都叫得，何況我們！」同此，書中所有未出閣的女兒，叫的都是小名或者乳名，寶釵、黛玉等等都不例外，故此，為顯示寶玉和她們之間的與眾不同，使用小名就成了作者的一個必要的手法，且「寶玉」一名剛好又包含「寶釵」的「寶」字和「黛玉」的「玉」字，第六十二回，湘雲道：「寶玉二字並無出處，不過是春聯上或有之，詩書紀載並無，算不得。」香菱道：「前日我讀岑嘉州五言律，現有一句，說『此鄉多寶玉』，你怎麼忘了……。」

寶玉的名字是小名，意含「寶釵」、「黛玉」又姓賈，意思就是金玉合一或兩玉合一，可見是假名或託名。賈家自賈珍一代男子皆是單名，如賈政、賈赦、賈璉、賈蘭，那寶玉的真名為何，不得而知，如以「兩玉合一」的意涵，跟賈璉最為接近，也許寶玉的名字是後取的，也許另有其名？總其名為寶玉是在何時呢？

張愛玲拼湊出早本的架構，可以看出故事的梗概。最早以賈府、大觀園、十二金釵的故事為主，即含有早本的內容回目，如下表示[179]：

179 張愛玲：《紅樓夢魘》，台北，皇冠，二〇一〇。

一	楔子（史湘雲）	
二	賈寶玉初試雲雨情　劉姥姥一進榮國府（戚本、甲戌）	第六回
三	送宮花賈璉戲熙鳳　宴寧府寶玉會秦鐘（戚本、甲戌）	第七回
四	比通靈金鶯微露意　探寶釵黛玉半含酸（戚本、甲戌）	第八回
五	大觀園試才題對額　榮國府歸省慶元宵	十七回
六	隔珠簾父女勉忠勤　搦湘管姊弟裁題詠	十八回
七	聽曲文寶玉悟禪機　制燈謎賈政悲讖語	二十二回
八	魘魔法姊弟逢五鬼　紅樓夢通靈遇雙真	二十四回
九	蜂腰橋設言傳心事　瀟湘館春困發幽情	二十六回
十	蔣玉菡情贈茜香羅　薛寶釵羞籠紅麝串	二十八回
十一	享福人福深還禱福　癡情女情重愈斟情	二十九回
十二	秋爽齋偶結海棠社　蘅蕪苑夜擬菊花題	三十七回
十三	林瀟湘魁奪菊花詩　薛蘅蕪諷和螃蟹詠	三十八回
十四	村姥姥是信口開合　情哥哥偏尋根究底	三十九回
十五	史太君兩宴大觀園　金鴛鴦三宣牙牌令	四十回
十六	金蘭契互剖金蘭語　風雨夕悶制風雨詞	四十五回
十七	呆霸王調情遭苦打　冷郎君懼禍走他鄉	四十七回
十八	蘆雪庵爭聯即景詩　暖香塢雅制春燈謎	五十四回
十九	辱親女愚妾爭閒氣　欺幼主刁奴蓄險心	五十五回

二十	敏探春興利除宿弊　時寶釵小惠全大體	五十六回
二十一	慈姨媽愛語慰癡顰　慧紫鵑情辭試忙玉	五十七回
二十二	憨湘雲醉眠芍藥茵　呆香菱情解石榴裙	六十二回
二十三	情小妹恥情歸地府　冷二郎一冷入空門	六十七回
二十四	開夜宴異兆發悲音　賞中秋新詞得佳讖	七十五回
二十五	凸碧堂品笛感淒清　凹晶館聯詩悲寂寞	七十六回
二十六	俏丫鬟抱屈夭風流　美優伶斬情歸水月	七十七回
二十七	老學士閑征姽嫿詞　癡公子杜撰芙蓉誄	七十八回
二十八	薛文龍悔娶河東獅　賈迎春誤嫁中山狼	七十九回
二十九	美香菱屈受貪夫棒　王道士胡謅妒婦方	八十回
三十	情榜	

張愛玲指的早本是一七五四年之前，約一九五〇年前後，這些早於庚辰本的內容，賈寶玉與十二金釵已齊全，幾個巧丫頭沒有紅玉，也許張認為他們在《風月寶鑑》的故事裡。晚寫的巧丫頭如鴛鴦、紫鵑、平兒，性情都較硬氣，最晚出的晴雯、紅玉都是敢愛敢恨，跟早期的丫頭已有不同。

早本《紅樓夢》與晚本比較

一、文體與風格比較

明義的詩作於一七五八年，如果他看到的是比一七五四年庚辰本更早的本子，它的文字與詩風是偏風雅詩意的文字，而《風月寶鑑》的創作年代可能比一七五四年更早，它的文字有紅學者說「亦文亦白」，除此之外，它的語言也較直接而潑辣。

這些文白相間的文字，是《風月寶鑑》的早本文體。它們歷經曹雪芹的一再刪改，有意無意地保留了下來，形成了曹雪芹大量使用口語與生活語言，這些與寫作語言、書面語言不同的語調，因而產生是否有人「代筆」的猜測。如描寫太虛幻境大多文字偏古雅老氣：

> 說著大家來至秦氏臥房。剛至房中，便有一股細細的甜香襲人。寶玉便覺眼餳骨軟，連說：「好香！」入房，向壁上看時，有唐伯虎畫的「海棠春睡圖」，兩邊有宋學士秦太虛寫的一副對聯云：「嫩寒鎖夢因春冷，芳氣襲人是酒香。」案上設著武則天當日鏡室中設的寶鏡。一邊擺著趙飛燕立著舞過的金盤，盤內盛著安祿山擲過傷了太真乳的木瓜。上面設著壽昌公主於含章殿下臥的寶榻，懸的是同昌公主製的連珠帳。寶玉含笑道：「這裡好，這裡好！」秦氏笑道：「我這屋子大約神仙也可以住得了。」說著，親自展開了西施浣過的紗衾，移了紅娘抱過的鴛枕。（第五回）

因此脂批在秦可卿臥房一段誇張描述後，有這樣一段文字：「一路設譬之文，迥非《石頭記》大筆所屑，別有它屬，餘所不知。文至此不知從何而來。」另張愛玲在《紅樓夢魘》指出早本的回目，它們的特色是文言與南京話較多，如「統觀第六、七、八，這三回戚本、甲戌本大致相同，是文言與南京話較多的早本」；還有太虛幻境與秦可卿的情事，「第六回至第八回屬於此書基層，大約在最先的早本裡就有這三回」；另有「第二十八回寫得極早」，此回寫藥方與唱曲及寶玉提議的「女兒悲、愁、喜、樂」還有紅麝串，尤其是薛蟠一節頗有《金瓶梅》的古意：

> 那薛蟠三杯落肚，不覺忘了情，拉著雲兒的手，笑道：「你把那體己新鮮曲兒唱個我聽，我喝一罈子，好不好？」雲兒聽說，只得拿起琵琶來唱道：
>
> 兩個冤家，都難丟下，想著你來又惦記著他。兩個人形容俊俏，都難描畫。想昨宵幽期私訂在荼蘼架。一個偷情，一個尋拿，拿住了三曹對案，我也無回話。唱畢，笑道：「你喝一罈子罷了。」
>
> 薛蟠聽說，笑道：「不值一罈，再唱好的來！」

而較晚完成的部分，即張愛玲所指寶黛的愛情，緊接著較近口語的二十九回「享福人福深還禱福　多情女情重越斟情」，語言更為新穎：

即如此刻，寶玉的心內想的是：「別人不知我的心，還可恕，難道你就不想我的心裡眼裡只有你？你不能為我解煩惱，反來拿這個話堵噎我，可見我心裡時時刻刻白有你，你心裡竟沒我了。」寶玉是這個意思，只口裡說不出來。那黛玉心裡想著：「你心裡自然有我，雖有金玉相對之說，你豈是重這邪說不重人的呢？我就時常提這金玉，你只管了然無聞的，方見的是待我重，無毫髮私心了。怎麼我只一提金玉的事，你就著急呢？可知你心裡時時有這個金玉的念頭，我一提，你怕我多心，故意兒著急，安心哄我。」那寶玉心中又想著：「我不管怎麼樣都好，只要你隨意，我就立刻因你死了也是情願的。你知也罷，不知也罷，只由我的心．那纔是你和我近，不和我遠。」黛玉心裡又想著：「你只管你就是了，你好我自然好。你要把自己丟開，只管周旋我，是你不叫我近你，竟叫我遠你了。」

這裡有許多內心獨白，這些潛台詞在寶黛之間特別多，這些話語說是現當代小說的語言也相近，比較兩段文字，確實存在一些差異，畢竟十年成書，五度刪改，文字風格有些差異也是正常。

a、對白

尤其是對白，有時不避粗俗髒話，以王熙鳳作為觀察，她跟賈蓉對話的差異，在程本中：

那賈蓉請了安，笑回道：「我父親打發來求嬸子。上回老舅太太給嬸子的那架玻璃炕屏，明兒請個要緊的客，略擺一擺就送來。」鳳姐道：「你來遲了。昨兒已經給了人了。」賈蓉聽說，便笑嘻嘻的在炕沿上下個半跪，道：「嬸子要不借，我父親又說我不會說話了，又要挨一頓好打。好嬸子，只當可憐我罷！」鳳姐笑道：「也沒見我們王家的東西都是好的？你們那裡放著那些好東西，只別看見我的東西纔罷，一見了就想拿了去。」賈蓉笑道：「只求嬸娘開恩罷！」鳳姐道：「碰壞一點兒，你可仔細你的皮！」因命平兒拿了樓門上鑰匙，叫幾個妥當人來抬去。賈蓉喜的眉開眼笑，忙說：「我親自帶人拿去，別叫他們亂碰。」說著，便起身出去了。

這鳳姐忽然想起一件事來，便向窗外叫：「蓉兒，回來。」外面幾個人接聲說：「請蓉大爺回來呢。」賈蓉忙回來，滿臉笑容的瞅著鳳姐，聽何指示。那鳳姐只管慢慢吃茶，出了半日神，忽然把臉一紅，笑道：「罷了，你先去罷。晚飯後，你來再說罷。這會子有人，我也沒精神了。」賈蓉答應個「是」，抿著嘴兒一笑，方慢慢退去。

鳳姐對賈蓉若有情似無情，說話也平和，頂多說：「碰壞一點兒，你可仔細你的皮！」賈蓉唆使賈璉偷娶尤二姐，這是雙重背叛，火上加油，口語粗俗，跟晚本大有不同：

鳳姐一面又罵賈蓉：「天打雷劈，五鬼分屍的沒良心的東西！不知天有多高，地有多厚，成日家調三窩四，幹出這些沒臉面，沒王法，敗家破業的營生。你死了的娘，陰靈兒也不容你！祖宗也不容你！還敢來勸我！」（六十七回）

鳳姐不識字，罵人很海派，但她說起理，也是一大套，條理分明得很，這是「粗俗鳳姐」的特點，這些對話的豐富性，是《風月寶鑑》的寶藏，當她假意素衣素妝迎二姐時說：

「皆因我也年輕，向來總是婦人的見識，一味的只勸二爺保重，別在外邊眠花宿柳，恐怕叫老爺太太耽心：這都是你我的癡心，誰知二爺倒錯會了我的意。若是外頭包占人家姊妹，瞞著家裡也罷了；如今娶了妹妹作二房，這樣正經大事，也是人家大禮，卻不曾合我說。我也勸過二爺：早辦這件事，果然生個一男半女，連我後來都有靠。不想二爺反以我為那等妒忌不堪的人，私自辦了，真真叫我有冤沒處訴。我的這個心，唯有天地可表。頭十天頭裡，我就風聞著知道了，只怕二爺又錯想了，遂不敢先說；目今可巧二爺走了，所以我親自過來拜見。還求妹妹體諒我的苦心，起動大駕，挪到家中，你我姊妹同居同處，彼此合心合意的諫勸二爺，謹慎世務，保養身子，這纔是大禮呢。要是妹妹在外頭，我在裡頭，妹妹白想想，我心裡怎麼過的去呢？再者：叫外人聽著，不但我的名聲不好聽，就是妹妹的名兒也不雅。況且二爺的名聲，更是要緊的，倒是談論偺們姐兒們，還是小事。至於那起下人小人之言，未免見我素昔持家太嚴，背地裡加減些話，也是常情。妹妹想，自古說的：『當家人，惡水缸。』我要真有不容人的地方兒，上頭三層公婆，當中有好幾位姊姊、妹妹、妯娌們，怎麼容的我到今兒？——就是今兒二爺私娶妹妹，在外頭住著，我自然不願意見妹妹，我如何還肯來呢？——拿著我們平兒說起，我還勸著二爺收他呢。這都是天地神佛不忍的叫這些小人們糟蹋我，所以纔叫我知道了。我如今來求妹妹進去，和我一塊兒，——住的、使的、穿的、帶的，總是一樣兒的。妹妹這樣伶透人，要肯真心幫我，我也得個膀臂。不但那起小人堵了他們的嘴，就是二爺回來一見，他也從今後悔，我並不是那種吃醋調歪的人。你我三人，更加和氣，所以妹妹還是我的大恩人呢。要是妹妹不合我去，我也願意搬出來陪著妹妹住，只求妹妹在二爺跟前替我好言方便方便，留我個站腳的地方兒。就叫我伏侍妹妹梳頭洗臉，我也是願意的！」說著，便嗚嗚咽咽，哭將起來了。二姐見了這般，也不免滴下淚來。

這些對話較文言，也有古意，也是紅學家認為「亦文亦白」，跟晚本稍有不同的地方。另二十二回：

鳳姐湊趣，笑道：「一個老祖宗，給孩子們作生日，不拘怎樣，誰還敢爭？又辦什麼酒席呢？既高興，要熱鬧，就說不得自己花費幾兩老庫裡的體己。這早晚找出這霉爛的二十兩銀子來做東，意思還叫我們賠上？果然拿不出來，也罷了；金的、銀的、圓的、扁的，壓塌了箱子底，只是累掯我們！老祖宗看看，誰不是你老人家的兒女？難道將來只有寶兄弟頂你老人家上五台山不成？那些東西，只留給他，我們雖不配使，也別太苦了我們。這個夠酒的？夠戲的呢？」

這段話較機靈可愛，跟早本的粗俗也不同，這是「威儀鳳姐」跟「粗俗鳳姐」大不同，也可說明鳳姐的兩面性、複合性。

b、諺語

裕瑞的《棗窗閒筆》載：「聞舊有《風月寶鑑》一書，又名《石頭記》，不知為何人之筆。曹雪芹得之，以是書所傳述者，與其家之事蹟略同，因借題發揮，將此部刪改至五次，愈出愈奇，乃以近時之人情諺語，夾寫而潤色之，藉以抒其寄託」。其實要經過對照，才知《風月寶鑑》所用的不是「近時之人情諺語」，而是與之相反的「古時之人情諺語」。

《金瓶梅》對《紅樓夢》的影響是不可否認的，在一些對話上可說直接傳承，這也使得它的早本略有「復古風」，在《紅樓夢》第七回出現「白刀子進去，紅刀子出來」；八十回出現「常言道：一不做，二不休，到跟前，再說話」，這些話都曾出現在《金瓶梅》中；四十六回，王熙鳳也自稱，「我和平兒這一對燒糊了的卷子」，類似《金瓶梅》「俺們一個一個只像燒糊了卷子一般」；又《紅樓夢》出現多次的俗語，如「情人眼裡出西施」（七十九回）、「來是是非人，去是是非者」（六十八回）、「吃不了兜著走」（二十三回）、「雀兒揀著旺處飛」（六十五回），這些在《金瓶梅》都曾使用過。

十一回至十三回出現的諺語偏少，使用的也較是常人使用的，這是晚本的現象之一：

「天有不測風雲，人有旦夕禍福」（十一回）

「月滿則虧，水滿則溢」（十三回）

「登高必跌重」

「樂極生悲」

「樹倒猢猻散」

「否極泰來」

諺語最大量出現的是二尤故事，六十五至六十九回，在較晚形成的寶黛愛情出現較少，而代之以詩詞曲文，先看二尤部分的諺語有多少：

「雀兒揀著旺處飛，黑母雞一窩兒」（六十五回）

「嘴甜心苦，兩面三刀」（同上）

「明是一盆火，暗是一把刀」

「三人抬不過個『理』字去」

「老鴰窩裡出鳳凰」

「天有不測風雲，人有旦夕禍福」（六十七回）

「夯雀兒先飛」（同上）

「物離鄉貴」

「當家人，惡水缸」（六十八回）

「癩狗扶不上牆的」

「妻賢夫禍少，表壯不如裡壯」

「肐膊折了，藏在袖子裡」（同上）

「拚著一身剮，敢把皇帝拉下馬」

「耗子尾巴上長瘡——多少膿血兒」

「井水不犯河水」（六十九回）

從三十一至四十回，寶黛已心心相印，後幾回有劉姥姥逛大觀園，這十回只出現兩個諺語：

「千金難買一笑」（三十一回）

「禮出大家」（四十回）

這幾回的語言淺白文雅，就只有鳳辣子說話常帶髒字，比二尤部分更直白。諺語在對話中加強生活感，有時難免帶有鄉氣，就這點而言，《風月寶鑑》的部分較密集，且較有土味；《石頭記》部分，則明顯變少，連劉姥姥都不多，用的也是一般常用的俚諺。

二、人物比較

早本《石頭記》人物以青春少女為主，男主角是寶玉，十二金釵也沒齊，秦氏、李紈、妙玉都沒提及，寶玉與這些女子相處幾載，「聚如春夢散如煙」，一切多情「往事風流真一瞬，題詩贏得靜工夫」，看來是純情之愛，並未涉及情色，更談不上淫喪。當時黛玉的角色已非常鮮明：「瀟湘別院晚沉沉，聞道多情復病心。悄向花陰尋侍女，問他曾否淚沾襟。」人物清純脫俗。

而《風月寶鑑》戲分最重的是男角賈璉、賈瑞、賈蓉、賈珍，都是好色之徒，而女角二尤、秦可卿、王熙鳳都是深懂風月的絕色女子，在二尤故事中，也有借刀殺人的秋桐，與殃及無辜的張華，連小廝都很生動。寶玉在裡面是一個可有可無的角色，他只是在場，而並不涉入，會不會此書原沒有他，主角是賈璉？他的角色接近西門慶，就只是好色，賈珍、賈蓉有亂倫之實，賈瑞有亂倫之心，求之不得而死。在淫喪的層次上有分別，尤三姐是以死明志，尤二姐因過於柔順而死，另一個不知是順從還是被迫的是秦可卿，王熙鳳因妒而殺人，這些故事雖以淫喪為中心，卻不直接描寫性，是一種對禁忌之愛的探討。

再者，《石頭記》描寫眾多巧丫頭，如襲人、平兒、晴雯、金釧、玉釧；《風月寶鑑》描寫較多機伶小廝，如興兒、旺兒等。

最可疑的是夏金桂這角色，是完全負面人物，《紅樓夢》人物非完美，大多有微瑕，壞人也有可愛之處，如賈璉雖好色，但行事有擔當，無害人之心，賈蓉輕佻，長相風流，卻沒太多風流事蹟，較糟的薛蟠強橫霸道，也辦事能幹，就算趙姨娘處處使壞，也有可憐之處，壞到極點的只有賈珍與夏金桂，夏整死香菱是「粗俗潑辣鳳姐」的翻版，其文筆也較老，賈珍是壞人倫的主，卻沒報應，也許《風月寶鑑》原是有的，後來刪去，秦可卿、尤二姐、尤三姐都為情喪，為何男性安好無礙，只寫敗家，也許敗家更具悲劇性。當寫到賈珍，文筆大多下降，或不完整，故張愛玲說：「統觀這最後五回，似都是早本舊稿，未經校對，原封不動收入一七六〇本」。她指的是八十回後五回。

三、主題比較

早本《石頭記》以「春風秋月總關情」為主旨，然情癡之論可能還未形成，而《風月寶鑑》中，以勸鑑「妄動風月」為主，兩個故事原本無關，但都可能是曹家的真人實事。

當這兩書合一之後，寶玉變得好色，但他的好色是後加的，有時與他的癡情衝突，因此他的性格多重，亦聖亦魔，這可能最後才定形，許多紅學家認為第五回是後寫的，這也是關鍵性的一回，一個匯合點，一個樞紐，寶玉透過夢遊太虛，與警幻仙子神交，在現實上與襲人成事，這就讓寶玉進入《風月寶鑑》的故事，但處處露出痕跡。

這個假設是否能成立？我們可以看凡是與《風月寶鑑》相關的故事，寶玉大多不在場或無作為，如在場也有硬插進去的感覺，因此只有以夢解決。

兩書合一之後，出現兩個故事序列，一條以寶玉為主，一條以賈璉為主，賈璉的戲分不比熙鳳少，他雖是寶玉的堂兄，年紀才二十多歲，風華正盛，又是負面角色，卻無報應，這實在讓人無法理解。書中人物都是好中有小缺點，壞中讓人同情的人物，完美的聖人只有北靜王差可比擬，完全的負面人物如趙姨娘、夏金桂都沒好下場，賈瑞的下場如此慘，為何賈珍、賈璉都安全下崗？會不會早本的原情節是有的，移到不以報應為主的晚本就改掉了？

兩書合一與榮寧兩府

主張兩書合一的人，很難不思考及兩本書未合一之前的原貌，以及合一之後改寫的部分，以及兩書既然風格不同，作者都是同一人嗎？作成書研究者，大多會作一些大膽推敲，如張愛玲認為可卿託夢應是元妃託夢，寶黛之戀、紅玉與賈芸之戀最晚寫；沈治鈞認為大觀園女子如寶釵、黛玉都是戲子[180]，這樣的神展開似乎是要有節制，縱使是真的，讀者也難接受。相信許多人也無法接受神遊太虛的是賈璉的前身，濁寶玉為賈璉。這只是大膽假設，其實是難以驗證的，成書研究重點在更瞭解書的早晚之分，可以說是創作過程或心理的研究，也就是文本發生學，有點寫作經驗有幫助的，有時也難免採用張愛玲「內臟覺得對」的直觀。

認為早本《紅樓夢》寫的是榮府的故事，《風月寶鑑》寫的是寧府的故事，兩書差異很大，作者會不會是不同人？因此主張《風月寶鑑》的作者並非曹雪芹的如杜春耕[181]，他根據書中一段對話，說明賈家原只有榮府，兩書之後才有寧府：

> 雨村笑道：「原來是他家。若論起來，寒族人丁卻不少，自東漢賈複以來，枝派繁盛，各省皆有，誰還細考查得來？若論榮國一支，卻是同譜。但他那等榮耀，我們不便去攀扯，至今故越發生疏難認了。」子興嘆道：「老先生休如此說。如今的這榮國兩門，也都蕭疏了，不比先時的光景。」雨村道：「當日寧榮兩宅的人口也極多，如何就蕭疏了？」

杜本著張愛玲的說法延伸，她較先主張寧府是後加的，杜說：「這段對話展現了賈府擴張的過程。先論『榮國一支』，再論『榮國兩門』，最後變為『寧榮兩宅』」。他詳細的比較過寧榮兩府的官階、家風、擇媳標準、行文用詞，指出兩府故事來源於兩組不相干

---

180 沈治鈞：《紅樓夢成書研究》，北京，中國書店，二〇〇四。
181 杜春耕編：《紅樓夢煙標精華》，北京圖書館出版社，二〇〇二。

的文字。榮國府故事源自《石頭記》，描述金陵四大家族的的青春兒女故事，以閨閣之情為主，文字較寫實。而寧國府的故事源自《風月寶鑑》，內容為寧府人物、秦氏姊弟、尤氏姊妹以及賈瑞的故事，主題在於勸誡「妄動風月」，文字風格顯得較誇張。

兩書風格不同，官階、家風、擇婿不同，也還不能斷定《風月寶鑑》非曹雪芹所寫，如此奇書為何至今尚無第二個作者記載，孔尚溪提到「曹雪芹舊有《風月寶鑑》」，重點就在「有」這個字引起猜疑，它可以解釋為「著有」也可解釋為「藏有」，就算是「藏有」，兩書合一時的改寫功夫更大，因還是要顧及體例一致，水準一致，跟重寫差不多，或者更難些，因此《風月寶鑑》只是素材，將之改寫，讓兩書合而為一，只有少部分文字來不及改，而露出痕跡。

原來的文字如果是粗劣的，經過改寫而有現在的效果，那也是驚人，畢竟經過比較，《石頭記》的文字意境還是較有新意，而《風月寶鑑》被找出的某些文字令人覺得較老派，如果不合一，《石頭記》應該還是可獨立傳世之奇文，明義、永忠等人早已大加讚詠，光只《風月寶鑑》，恐怕很難超越《金瓶梅》，曹雪芹的天才還在將兩本水準相近的家傳改造成一本大書，其實等於是重寫，否則怎會說：「字字看來皆是血，十年辛苦不尋常」，這句話仔細想就是每個字都是他的心血，而這不尋常指的是不可能的任務啊！否則《紅樓夢》就是《風月寶鑑》的續書，那跟高鶚何異？縱觀古今，續書很難超越原著，大都是二、三流作品，怎可能續書反超原著？因此，《紅樓夢》的作者是曹雪芹無誤。

那麼，兩書合一之後，改動的是哪部分，不談後來刪除的部分，如何把榮寧二府併為一家，榮府的故事較完整，是以賈寶玉為主的青春兒女故事，那麼寧府的故事是以粗俗鳳姐為主的妄動風月故事，秦可卿的故事可能是高潮，那太虛幻境、性啟蒙、秦鐘、智能兒都是寧府這邊的情節，有沒有可能是賈璉的兒少時期故事？後來合一之後，過給寶玉，而產生「濁寶玉」，因為遊太虛幻境一段，就主角年齡推算頂多七、八歲，其中的形象描寫明明是少年，筆法也覺風月氣息。

寧府的家境中等，秦可卿、尤氏出身都不高，小家的大事就在「妄動風月」，而榮府大富大貴可比皇族，「風月」不是大事，每個大小老爺，姬妾、美婢無數，風月不是問題，精神的追求才是重點。因此時間才是最大的敵人，因為青春易老，繁華成空，這才是癡情男女的至痛。

榮府陰盛陽衰，以女性為重，除了小姐多，巧丫頭更多，一個小姐配好幾個丫頭，構成女性世界，一個比一個靈秀；寧府以男性為中心，賈珍、賈蓉、賈瑞，再加上秦鐘，沒一個正經，女性都為性玩物，只有小廝興兒可愛些，怪不得有人把他們的故事視為兩本書，有可能《風月寶鑑》還更荒唐些，兩書合一之後刪去應該不少。

為何說兩書合一之後，濁寶玉取代賈璉？因榮寧二府本不相關，合一之後，人物必須互通、相互走動，東府這邊人丁較單薄，因此鳳姐是掌管東、西二府的大奶奶，之前秦可卿活動範圍大多在東府，「太虛幻境」情節一般認為是在《風月寶鑑》的寧府，那時遊仙境的可能不是清寶玉，合一之後「濁寶玉」成為夢中之遊的主角，因此「濁寶玉」成為溝通兩府的重要人物，秦鐘、二尤的事都有他，這些只要小改即可；至於元妃託夢改秦可卿託夢，這是大改了，有了元春，自然有迎春、探春、惜春，而寶玉也成寶二爺，賈璉也是二爺，寶玉是一塊玉，璉通「連」，《文選．何晏．景福殿賦》：「既櫛比而欑集，又宏璉以豐敞。」連玉是連續不斷的玉，這《紅樓夢》就講「連玉」的故事啊！這兩人是配套的，因賈璉原是大爺，後來變二爺，因此排行老二的都有一些共通性，成為人物序列。

鳳姐自然也是貫穿兩府的人物，她由《風月寶鑑》「粗俗險惡鳳姐」與《石頭記》「威儀鳳姐」

構成，平兒也是互通兩府的人物，這些只要小改。其中賈蓉也扮演重要角色，但他幾乎與《石頭記》的人物無涉，因他原就是東府的重要角色，常與「粗俗鳳姐」打情罵俏，會不會原來戲分更多，因就長子、長孫的地位與外表，整個分量淩駕賈璉，卻無太多風流事跡，令人感到疑惑，難不成他的存在只是穿針引線，老借東西、辦雜事的無事忙？這時賈芸與紅玉就派上用場。

在明義詩中早有小紅這個人：「留得小紅獨坐在，笑教開鏡與梳頭。」但小紅變成紅玉的過程相當曲折，最早她在西府這邊是寶玉的貼己丫頭，他還為她梳頭，後來地位提升至林之孝的家生女兒，變成姓林的，名字也有玉有紅，預示這不是個簡單人物，地位跟一般丫頭自然不同，她怎會跑到東府去？怎樣才能在兩府之間走動，並且顯得自然，投靠鳳姐揀高枝最是在情理之中。她受鳳姐的恩遇，最後探獄神廟，則在預料之外。跟賈芸遺帕一段，張愛玲認為是最後寫的，這代表賈芸這人物是新寫人物，紅玉跟了他，自然也是揀高枝的一貫作法，主動又大膽，至此紅玉的個性更立體，她與賈芸也是溝通兩府的重要人物。

除此之外，在榮寧二府走動的人物還有尤氏，在二尤故事中尤氏只在東府，戲分不多，在抄園時她與惜春起口角，這人物性格更加立體，在七十五回賈家男子習射擊鼓，這才有男子大集合，總之榮府的人少至東府，尤其是大觀園的女子，連丫頭都不多，兩府的大集合只在喪禮，常只限男性：

> 原來賈珍近因居喪，不得遊玩，無聊之極，便生了個破悶的法子，日間以習射為由，請了幾位世家弟兄及諸富貴親友來較射。因說白白的只管亂射終是無益，不但不能長進，且壞了式樣，必須立了罰約，賭個利物，大家纔有勉力之心。因此，天香樓下箭道內立了鵠子，皆約定每日早飯

後時射鵠子。賈珍不好出名，便命賈蓉做局家。這些都是少年，正是鬥雞走狗、問柳評花的一干游俠紈袴。因此，大家議定，每日輪流做晚飯之主。天天宰豬割羊，屠鵝殺鴨，好似「臨潼鬥寶」的一般，都要賣弄自己家裡的好廚役，好烹調。

不到半月工夫，賈政等聽見這般，不知就裡，反說：「這纔是正理。文既誤了，武也當習，況在武蔭之屬。」遂也令寶玉、賈環、賈琮、賈蘭等四人，於飯後過來跟著賈珍習射一回，方許回去。（七十五回）

尤氏是東府奶奶，在大觀園中自無太多描寫，但在七十四、七十五回的戲分特別重，主要是抄園：

尤氏道：「誰敢議論什麼？又有什麼可議論的？姑娘是誰？我們是誰？姑娘既聽見人議論我們，就該問著他纔是。」惜春冷笑道：「你這話問著我倒好！我一個姑娘家，只好躲是非的，我反尋是非，成個什麼人了？況且古人說的，『善惡生死，父子不能有所勖助』，何況你我二人之間？我只能保住自己就夠了。以後你們有事，好歹別累我。」

尤氏聽了，又氣又好笑，因向地下眾人道：「怪道人人都說四姑娘年輕糊塗，我只不信。你們聽這些話，無原無故，又沒輕重，真真的叫人寒心！」眾人都勸說道：「姑娘年輕，奶奶自然該吃些虧的。」惜春冷笑道：「我雖年輕，這話卻不年輕！你們不看書，不識字，所以都是獃子，倒說我糊塗！」尤氏道：「你是狀元，第一個才子！我們糊塗人，不如你明白！」惜春道：「據你這話就不明白。狀元難道沒有糊塗的？可知你們這些人都是世俗之見，那裡眼裡識的出真假，心裡分的出好歹來?你們要看真人，總在最初一步的心上看起，纔能明白呢!」尤氏笑道:「好，好!纔是才子，這會子又做大和尚，講起參悟來了。」惜春道:「我也不是什麼參悟。我看如今人一概也都是入畫一般，沒有什麼大說頭兒!」尤氏道:「可知你真是個心冷嘴冷的人。」惜春道:「怎麼我不冷?我清清白白一個人，為什麼叫你們帶累壞了?」

兩書合一之後，主要人物都有兩面性，這在鳳姐與寶玉身上更明顯，寶玉神魔一體，鳳姐兩面三刀，更加深人物的複雜性與飽滿度，而榮寧二府形成雙子結構，對照世界，與大觀園的女子世界形成對比，一清一濁，一俗一靈，豐富小說內容，而主題的深化更具有內涵，照張愛玲的說法，賈家只是敗落，是走在時代前面的寫實傑作。

排行意涵與二爺序列

排行的概念在《紅樓夢》中，可能是較晚形成，且順序也有些變化，讓排行形成序列或意涵可能是更晚的事。寧府少爺與大老爺的故事醜陋不堪，年少的寶玉如何與這些事扯上關係呢?這裡二尤有排行，但是不是真的老二、老三就不可知，一七五四年的庚辰本，賈璉還是老大，到程乙本變老二。但在庚辰本之後，賈璉已是璉二爺，寶玉也是寶二爺，他們的改動應早於庚辰本，可能在《風月寶鑑》時期，二爺、二姐、二奶的序列已然形成，而且跟尤二姐、二丫頭的排行有關，因她們沒有本名，只以排行論二姐、三姐。排行的意義可能在此形成。

賈府有兩個至貴的二爺——賈璉與賈寶玉，在明義詩中出現的寶玉，不知排行，其中也無元妃，後來元妃出現後，他成了二爺，有了元妃，才有「原應嘆惜」（元迎探惜）四姊妹；再更後來加入《風月寶鑑》之後，出現賈璉，他也是二爺。這兩書合一之後，書的風格與人物更複雜，卻成了對照組，如果寶玉不遭情傷敗落，那麼成年成家的寶玉會不會往賈璉的方向靠去？假如《風月寶鑑》以賈璉為中心，那麼夢遊太虛，襲人、秦鐘的風流事，會不會是賈璉的性啟蒙，或年幼的渾事，而過到寶玉身上？再者，以清寶玉的靈性不會允許他糟蹋女人，但如果他娶了寶釵，又沒抄家破敗，那寶釵會不會成為升級版的熙鳳，襲人則是更有心機的平兒？但故事絕不能如此發展，也不該如此發展，寶玉在賈府見多這些污濁的男人，他第一個要叛逆的就是自己身為男人的命運，因此，兩個二爺的對照成為此書的雙重奏，也是矛盾體。

在沈治鈞的《紅樓夢成書研究》中談到此書有舊寶玉、新寶玉，也有清寶玉、濁寶玉，舊寶玉加濁寶玉就是《風月寶鑑》中的可能主角賈璉，新寶玉與清寶玉是《石頭記》中的可能主角，兩書合一之後，寶玉帶有一部分的賈璉，而賈璉退為二線角色。

賈寶玉是「寶二爺」，賈璉是「璉二爺」，賈政、賈薔、賈芸、柳湘蓮、傅試、醉金剛、林之孝、賴二都是「二爺」，被稱為「二爺」的有十幾個人，為什麼有這麼多二爺？

曹雪芹的「二爺情結」從何而來，有人說跟他的身世有關，我們從曹雪芹的家族排行來看，曹寅死後由其唯一在世的兒子曹顒繼承，曹顒夭亡，他死後曹寅一支斷絕，康熙憐憫曹寅無後，將曹頫過繼給了曹寅的寡妻李氏，曹頫的排行不知，一般不可能將長子過繼，而他就是曹雪芹之父，既是繼子，也可能非長子，至少非嫡長子；而雪芹有弟名棠村，有人說他是雪芹的化身，那就是老二，化身即老二，影子般的存在，如賈芸在賈府地位原本在外圍，賈薔不特別受重視，柳湘蓮原是江湖俠客，後因尤三姐出家，成為方外之士，然影子也有可能是陰影般的存在。

賈寶玉在早期《石頭記》是不是二爺我們無法得知，但他前面還有哥哥賈珍，賈璉前面沒有哥哥，為什麼也叫二爺？在以庚辰本為藍本的《紅樓夢》中，冷子興演說榮國府一回，如此介紹賈璉：「若問那赦老爺，也有二子，長名賈璉，今已二十多歲了」，以程乙本為藍本的《紅樓夢》，關於賈璉出身是：「若問那赦老爺，也有一子，名叫賈璉，今已二十多歲了」，從這裡看出賈璉由老大變老二，成為二爺，因此「二」的意義成為序列是後出的。

有人說是因大排行，他小於賈珍，那也是二爺，不管是哪一種，榮府二爺與寧府二爺，哪個在先，哪個在後？或者原先沒強調排行，後來統一為二爺，其他人物也紛紛改為二爺。

排行除了與地位、與個性相關，主要是中國嫡庶的觀念很重要，嫡長子的地位為主要傳宗接代人，在家族地位中不可取代，在賈家中的嫡長子為賈政與賈珍、賈蘭，他們的地位自然貴不可言，也無法取代。二爺雖貴重，但也會因哥哥死亡而晉升為大爺，連帶的嫡長女也貴重，如元春、巧姐兒；而庶子、庶女的地位常要受質疑與挑戰，如賈環與探春，然有時因聰明才智可改變自己命運，探春受重視的程度超過迎春、惜春，資質不好的賈環，又不學好，就備受冷眼、爭議。姨娘常是受寵丫頭上來的，這對應到襲人、平兒的未來，為何寶玉周邊的丫頭爭奪戰如此激烈，因為這些名分是可明爭而來，金釧兒、晴雯的下場就是爭敗的結果，而妻子的爭戰更是暗潮洶湧。

如果是庶子、庶女，排行不是老二，而是老三、老四，那就更加危險，如探春、尤三姐，她們排行第三，一個是自立自強上位後，悲涼遠嫁；另一個也是自立自強想嫁好人家，因被退婚引劍自殺。尤三姐的故事在《風月寶鑑》是重要情節，老二正邪兩面，老三潔身自好，然都是悲劇人物，這是否在此時期已形成？後來才發展成系列。

可老二不敢當老大，不出頭，不搶先，也就是「溫良恭儉讓」中，特別強調「讓」。如賈政讓女人當家，讓賈珍出頭；寶二爺讓女人，也讓男人，讓丫頭，可說無處不讓；璉二爺處處讓老婆，鳳姐整治燈姑娘、鮑二家的，防平兒，他不敢出聲，整治尤二姐之後，他不讓了；薔二爺讓心愛的女人，更到寶二爺不能及的地步；芸二爺，作小伏低，謹小慎微，處處退讓，他最後得以保全；柳二爺雖是風塵俠義，卻沒勇氣也無眼光娶尤三姐，將她「讓」出，讓三姐飲劍自盡。

二爺也是人中之「情癡」、「仁人」，仁者，从人二，二人才有愛生，仁者兼愛，如第一回賈雨村說：「大仁者修治天下，大惡者擾亂天下。清明靈秀，天地之正氣，仁者之所秉也；殘忍乖僻，天地之邪氣，惡者之所秉也。今當運隆祚永之朝，太平無為之世，清明靈秀之氣所秉者，上自朝廷，下至草野，比比皆是。所餘之秀氣，漫無所歸，遂為甘露，為和風，洽然溉及四海。」他們是秉仁心而散發的聰俊靈秀之氣，他又將他們分為三種人：

> 偶秉此氣而生者，上則不能為仁人為君子，下亦不能為大凶大惡，置之千萬人之中，其聰俊靈秀之氣，則在千萬人之上；其乖僻邪謬不近人情之態，又在千萬人之下。若生於公侯富貴之家，則為情癡情種；若生於詩書清貧之族，則為逸士高人；縱然生於薄祚寒門，甚至為奇優，為名娼，

亦斷不至為走卒健僕，甘遭庸夫驅制。如前之許由、陶潛、阮籍、嵇康、劉伶、王謝二族、顧虎頭、陳後主、唐明皇、宋徽宗、劉庭芝、溫飛卿、米南宮、石曼卿、柳耆卿、秦少游，近日倪雲林、唐伯虎、祝枝山，再如李龜年、黄旛綽、敬新磨、卓文君、紅拂、薛濤、崔鶯、朝雲之流，此皆易地則同之人也。

寶二爺、薔二爺，算是「若生於公侯富貴之家，則為情癡情種」，如芸二爺、秦二爺，為「生於詩書清貧之族，則為逸士高人」，醉二金剛、柳二爺「縱然生於薄祚寒門，甚至為奇優，為名娼，亦斷不至為走卒健僕，甘遭庸夫驅制」，因此他們的「二」，乃仁心所至。賈薔的故事在前面與中段面目不同，在第九回他是跟賈蓉一搭的，看到秦鐘被金榮欺侮而想替他出頭，卻畏懼他跟薛蟠一夥，假意出小恭，挑撥寶玉與茗煙出頭，看來是極有城府，且心術不正，看他轉的是什麼心思：「金榮、賈瑞一干人都是薛大叔的相知，我又與薛大叔相好，倘或我一出頭，他們告訴了老薛，我們豈不傷和氣呢？卻要不管，這謠言說的大家沒趣。如今何不用計制伏，又止息了口聲，又不傷臉面？」這與賈蓉相混的公子哥邪門得很，看第九回中寫：

原來這人名喚賈薔，亦係寧府中之正派玄孫，父母早亡，從小兒跟著賈珍過活。如今長了十六歲，比賈蓉生得還風流俊俏。他兄弟二人最相親厚，常共起居。寧府中人多口雜，那些不得志的奴僕，專能造言誹謗主人，因此不知又有什麼小人詬誶謠諑之辭。賈珍想亦風聞得些口聲不好，自己也要避些嫌疑，如今竟分與房舍，命賈薔搬出寧府，自己立門戶過活去了。

這賈薔外相既美，內性又聰敏，雖然應名來上學，亦不過虛掩眼目而已。仍是鬥雞走狗，賞花閱柳為事。上有賈珍溺愛，下有賈蓉匡助，因此，族中人誰敢觸逆於他！

在第三十六回「繡鴛鴦夢兆絳芸軒　識分定情悟梨香院」中描寫賈薔與齡官的癡，跟寶玉與黛玉相似，張愛玲認為第九回相對早，那齡官畫薔與賈薔買雀，會不會是晚寫，且晚於寶黛之戀或同時，跟金釧的故事一樣是後寫的，跟寶黛之戀成為重奏。

總體來說，二爺、二姐、二奶，外表呆或木，內心癡與傻，其中最具代表性的是賈寶玉，然他也有靈慧的一面，可能二、四、十二都是偶數，講的是陰性、兩面性、多面性、四季循環，更與自然萬物同步，打破陽數的系列，成為另一組文化符號。

兩個二姐與二奶奶

男性排行老二是化身或不受重視或陰影的存在；那女性排行第二最有代表性的是迎春與尤二姐，興兒說迎春「二木頭」，尤二姐也差不多是反應較慢的木頭美人，因過於死心眼而顯得被動，先是受那些老爺小爺包圍，最後受鳳姐哄騙殺害，迎春最後的命運也是嫁給惡郎君，備受欺凌。

「便是賈府中現在三個也不錯。政老爺的長女名元春，因賢孝才德選入宮作女史去了。二小姐乃是赦老爺姨娘所出，名迎春；三小姐，政老爺庶出，名探春；四小姐乃寧府珍爺的胞妹，名惜春。」

這裡的二是仁的反面：「彼殘忍乖僻之邪氣，不能蕩溢於光天化日之下，遂凝結充塞於深溝大壑之中，偶因風蕩，或被雲摧，略有搖動感發之意，一絲半縷，誤而逸出者，值靈秀之氣適過，正不容邪，邪復妒正，兩不相下，如風水雷電，地中相遇，既不能消，又不能讓，必至搏擊掀發後始盡。」也就是女性的二是「邪氣」，是要與正氣形成衝突的。

二丫頭迎春長相，從黛玉眼中作者描寫：「肌膚微豐，身材合中，腮凝新荔，鼻膩鵝脂，溫柔沉默，觀之可親」，第一句「肌膚微豐」讓我們以為是微胖姑娘，可能指臉蛋有肉，可身材合中是「不胖不瘦剛剛好」，皮膚是絕好的，應是寶釵這一系列的人物，可她的個性是怕事而無作為，跟探春恰恰相反，在抄園時，她只顧自己：

迎春不語，只低著頭。邢夫人見他這般，因冷笑道：「你是大老爺跟前的人養的，這裡探丫頭是二老爺跟前的人養的，出身一樣，你娘比趙姨娘強十分，你也該比探丫頭強纔是。怎麼你反不及他一點？——倒是我無兒女的一生乾淨，也不能惹人笑話！」

在這裡的二姐兒，跟二爺的聰明靈秀也恰恰相反，她們的命運都遭人欺凌致死，是另一種悲劇性人物，最具代表性的是尤二姐，她長得絕美，讓男人都想占她便宜，剛開始也是無所謂，不懂拒絕，後來跟定賈璉才收心，二姐的軟弱無為跟三姐恰是對比：

二姐只穿著大紅小襖，散挽烏雲，滿臉春色，比白日更增了俏麗。賈璉摟著他笑道：「人人都說我們那夜叉婆俊，如今我看來，給你拾鞋也不要！」二姐兒道：「我雖標致，卻沒品行，看來倒是不標致的好。」（六十五回）

只見他妹妹手捧「鴛鴦寶劍」前來說：「姊姊！你為人一生，心癡意軟，終久吃了虧！休信那妒婦花言巧語，外作賢良，內藏奸滑。他發狠定要弄你一死方罷。若妹子在世，斷不肯令你進來；就是進來，亦不容他這樣。此亦係理數應然，只因你前生淫奔不才，使人家喪倫敗行，故有此報。你速依我，將此劍斬了那妒婦，一同回至警幻案下，聽其發落。不然，你白白的喪命，也無人憐惜的！」尤二姐哭道：「妹妹！我一生品行既虧，今日之報，既係當然，何必又去殺人作孽？」（六十九回）

二姐的命運如此悲慘，二奶奶就不同，如鳳姐與預備奶奶寶釵與襲人，都是敏慧之人，寶釵無疑是聰明靈秀，可二奶奶輕易當不得，王熙鳳就當不到頭，其他只有想頭，卻都是夢一場。想來這二奶奶比二爺更尊貴些。這些觀念是何時形成？想必不會是早本，而是《風月寶鑑》加入之後的重要改變。《風月寶鑑》中可能以賈璉、王熙鳳的故事為主軸，那時應是大爺與大奶，在庚辰本還是老大，也就是一七五四年之後改為二爺，跟寶二爺成為二爺序列，然賈璉不是聰明靈秀之人，但成為二爺，與二姐、二奶配套，他們的故事與寶黛之戀成為對比與對照，更豐富小說的層次。

二姐命薄，二奶難當，想必跟作者身世有關，只是很難取證，我們只知曹雪芹晚年續娶，生下孩子早夭，那是書流傳之後了。

元妃，秦可卿，一個嫡長女，一個是嫡長子之妻大奶奶，王夫人她們的地位貴不可及，賈蓉的地位也是尊高，連鳳姐都要巴結他，讓他幾分，在賈府中對他最是特別，連焦大都能這麼囂張敢言，而老三有才而命薄，尤三姐、探春、賈環即是代表。

大爺、大奶、大姐都是極尊貴的，有些是尊而無福，如元妃、王夫人，有些尊而有福，如賈母、賈蘭、巧姐兒；有些尊而無德，如賈珍、薛蟠；有些未必尊貴而有福，如板兒、賈芸，有些位低而敢言如焦大，他的敢言除了老輩器重，也因他在他賈家也是某種老大，是那種不聽老人言，吃虧在眼前的老輩代言人：

> 不公道！欺軟怕硬！有好差使，派了別人；這樣黑更半夜送人，就派我。沒良心的忘八羔子！瞎充管家！你也不想想，焦大太爺蹺起一隻腿，比你的頭還高些。二十年頭裡的焦大太爺眼裡有誰？別說你們這一把子的雜種們！
>
> 蓉哥兒！你別在焦大跟前使主子性兒！別說你這樣兒的，就是你爹、你爺爺，也不敢和焦大挺腰子呢！不是焦大一個人，你們作官兒，享榮華，受富貴！你祖宗九死一生掙下這個家業，到如今，不報我的恩，反和我充起主子來了。不和我說別的還可，再說別的，咱們白刀子進去，紅刀子出來！

大爺也有不受重視的，如賈赦是大房長子，世襲爵位，應該最受重視，可賈母偏愛賈政這一房，連帶寶玉與四春也受寵，賈赦之下的賈璉，看來與祖母不親近，而趙姨娘生的賈環排行老三，更為大家不喜，同樣是老三探春，則極為受寵，當然賈環自己不學好，因此引發許多衝突，賈環拿燈油去燙寶玉，引來鳳姐、王夫人的指責，這些當家的大奶奶發起威來相當淩厲：

> 鳳姐三步兩步上炕去替寶玉收拾著，一面說：「這老三還是這麼毛腳雞似的！我說你上不得台盤！——趙姨娘平時也該教導教導他。」一句話提醒了王夫人，遂叫過趙姨娘來，罵道：「養出這樣黑心種子來，也不教訓教訓！幾番幾次，我都不理論，你們一發得了意了，一發上來了！」那趙姨娘只得忍氣吞聲，也上去幫著他們替寶玉收拾。（二十五回）

趙姨娘的反擊是致命的，透過馬道婆的施祟，寶玉與鳳姐差點命都沒了，這是正與嫡的直卜火線，也是正邪大戰，老大與老三之戰，老三扮演的都是挑戰名位的，如探春戰王夫人，尤三姐戰賈家大爺們與冷二郎，而這場戰爭所引發的名分之爭也從未消停，在抄園中反應最激烈的探春，因為是庶出遭下人侮蔑，她的反應夠火爆，也直接挑戰王熙鳳：

> 那王善保家的本是個心內沒成算的人，素日雖聞探春的名，他想眾人沒眼色，沒膽量罷了，那裡一個姑娘就這樣利害起來？況且又是庶出，他敢怎麼著？自己又仗著是邢夫人的陪房，連王夫人尚另眼相待，何況別人？只當是探春認真單惱鳳姐，與他們無干，他便要趁勢作臉，因越眾向

> 前，拉起探春的衣襟，故意一掀，嘻嘻的笑道：「連姑娘身上我都翻了，果然沒有什麼。」鳳姐見他這樣，忙說：「媽媽走罷，別瘋瘋癲癲的。」
>
> 一語未了，只聽啪的一聲，王家的臉上早著了探春一巴掌。探春登時大怒，指著王家的問道：「你是什麼東西，敢來拉扯我的衣裳！我不過看著太太的面上，你又有幾歲年紀，叫你一聲『媽媽』；你就狗仗人勢，天天作耗，在我們跟前逞臉！如今越發了不得了！你索性望我動手動腳的了！你打量我是和你們姑娘那麼好性兒，由著你們欺負，你就錯了主意了！你來搜檢東西，我不惱，你不該拿我取笑兒！」說著，便親自要解鈕子，拉著鳳姐兒細細的翻，「省得叫你們奴才來翻我！」

抄園是後加，寫得神采生動，緊接一回應該較晚，而且相比之下生硬得多，不管人物、對話、諺語的使用相對貧乏。

尊為老大中的老大賈赦，也偷拉賈環一把，在七十五回中難得的所有大老爺、小爺們聚會比鬥，賈赦當眾說出奪嫡的話：

> 賈赦道：「拿詩來我瞧。」便連聲讚好道：「這詩據我看，甚是有氣骨。想來偺們這樣人家，原不必寒窗螢火，只要讀些書，比人略明白些，可以做得官時，就跑不了一個官兒的。何必多費了工夫，反弄出書獃子來？所以我愛他這詩，竟不失偺們侯門的氣概！」因回頭吩咐人去取自己的許多玩物來賞賜與他，因又拍著賈環的腦袋，笑道：「以後就這樣做去，這世襲的前程就跑不了

你襲了。」

這裡可見賈赦是老糊塗了，馬上被賈政駁回去，這個回目是「開夜宴異兆發悲音　賞中秋新詞得佳讖」，是較早的回目，那時賈環的形象不錯，前途看好，之後被賈蘭蓋過，也有可能是越寫越負面，怎麼說他也是帶玉的老三。

結語

《紅樓夢》成書研究的歷史已超過半個世紀，它對研究者的限制應被討論，畢竟《風月寶鑑》或者只是一個書名，並無確切的內容，研究者都在一個推測的狀態，因此難免主觀，但對紅學應有助益與開展，畢竟經過五次增刪，每增刪一次就換一個書名的例子並不多。自西方文本發生學興起，它可說是最重視原稿與成稿的比較與差異，以及創作的心理與過程，跟成書研究類似，但它都需要最原始的手稿佐證，我們並沒有這條件，只能靠前人的詩或紀錄、評點為佐證，這是一條險路，但經前人的探索，大約可看出早本的狀況，原先《石頭記》只有榮府，雖滿門富貴，卻也不到皇親國戚，人數並不多，且主要人物在寶玉、釵黛、鳳姐四人身上，巧丫頭的人數已不少，金釧、玉釧、晴雯、小紅等顯然戲分不輸釵黛，這是跟才子佳人小說不同之處；《風月寶鑑》的內容成為後來的寧府，它的人口單薄，大約是中上之家，以賈珍、賈蓉為主，及妻妾風流或亂倫之事，再加上幾個能幹小廝，如興兒、旺兒之流，是延襲《金瓶梅》風格的小說。那時男主角沒有排行之分，或都是長子。兩書合一之後，榮寧兩府的人物都大大增加，因此開始有排行，其中以二爺、二姐、二奶奶為主軸，以顯現其人物兩極分化、神魔一體的特質，這種二元性始終存在。如果沒有兩書合一這大工程，《紅樓夢》能成其偉大且如此繁複豐茂？我所能依傍的就是原始閱讀經驗，九歲讀《紅樓夢》至第五回就讀不下去，十九歲愛上十回後的清寶玉，這是不一樣的人吧？因此接觸成書研究，始終偏向兩書合一，因此花一些力氣，不厭其煩一讀再讀前人的研究，有的達數十遍，再加上寫長篇的經驗，也曾十幾年數易其稿，最後的規模越來越大，每換一個主角，就換一個方向，因此不斷改書名，但最初的故事都是簡單的，人物也不多，這可能是書寫長篇的常態，只是時經兩百多年，這麼重要的小說，竟不知其原貌，這個空白還待後來者填補。

參考書目

曹雪芹，《紅樓夢校注》，台北，里仁，一九八四

胡適，《胡適紅樓夢研究論述全編》，上海，上海古籍，一九八六

林語堂，《平心論高鶚》，湖南，湖南文藝，二〇一九

林語堂，《無所不談合集》，台北，開明，一九四三

余英時，《紅樓夢的兩個世界》，台北，聯經，一九九六

俞平伯，《俞平伯論紅樓夢》，上海，上海古籍，一九八八

林以亮，《紅樓夢西遊記》，台北，聯經，一九八七
周汝昌，《紅樓夢新證》，北京，中華書局，二〇一二
吳世昌，《紅樓探源》，北京，北京出版社，二〇〇二
周汝昌，《周汝昌夢解紅樓》，桂林，漓江，二〇〇五
周汝昌，《點評紅樓夢》，北京，團結，二〇〇四
張愛玲，《紅樓夢魘》，台北，皇冠，二〇一〇
趙岡，《紅樓夢研究新編》，台北，聯經，一九七五
馮其庸，《馮其庸論紅樓夢》，北京，新華書店，二〇〇五
沈治鈞，《紅樓夢成書研究》，北京，中國書店，二〇〇四
林冠夫，《紅樓夢版本論》，北京，文化藝術，二〇〇七

擬古或續書

——論《劉心武續紅樓夢》及續書問題

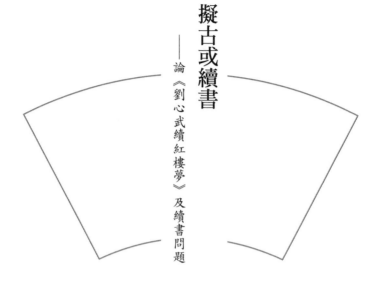

前言

自十八世紀中期《紅樓夢》鈔本陸續問世之後，因書未完作者過世，時經兩百多年，續書者不絕如縷，二〇一一年二月，《劉心武續紅樓夢》由江蘇人民出版社出版發行，並且引發熱烈討論，劉為大陸資深且重要作家，探佚多年，下海續書，將考據派的「曹學」改為「秦學」（秦可卿），因此受到眾人矚目。議論者大致分為兩派：一派質疑劉心武續寫的可信度，認為名著有被「玷污」之嫌；另一派則認為其創見有別於以往的「紅樓後二十八回」。

高本的續書之所以到現在無人能取代，在於它最接近脂本流傳的年代，那時有各種不同的鈔本流出，在作者還存活的年代，續書者就已經存在，也許脂硯齋是另一型態的編書者，他最有能力續書，但他覺得這書續不了，連作者也無法完成的作品如何續呢？因此只保留八十回；它的結構龐大，人物眾多且鮮活，就情節發展而言，八十回也只到中後段，作者一改再改，遺失的遺失，到程、高時期有機會看到多種鈔本，在這基礎上勉強成書，不滿的人比我們想像的多，在程、高（一七九一年）之後三十年（一八二〇年）間，續書就有八種以上，集中在嘉慶時期，距離早本尚不遠，年代隔越遠越不利，文字的風格與時代氣息越難掌握。然此時期以追求完整為主，大多在二、三十回，有依程高本再續，也有反程高另續，還魂的情節大量出現。就如《補紅樓夢》作者嫏嬛山樵所言：「雪芹先生之書，情也，夢也，文生於情，情生於文者也，不可無一，不可有二之妙文，乃忽復有『後』、『續』、『重』、『復』之夢，則是乘車入鼠穴，搗薺啖鐵杵之文矣」[182]，雖是如此，他的續書也被同時期的紅學家夢癡學人評為：「雖立言各別，其為蠟味則一也」[183]。

年代越遠，續書越是主觀發洩之作，如《新石頭記》的作者吳趼人所說：「自曹雪芹撰的《紅樓夢》出版以來，後人又撰了多少《續紅樓夢》、《紅樓後夢》、《紅樓補夢》、《綺樓重夢》，種種荒誕不經之言，不勝枚舉，看到的人沒有一個說好的。我這個《新石頭記》豈不又犯了這個毛病嗎？然而據我想來，一個人提筆作文，總先有了一番意思，下筆的時候，他本來不是一定要人家讚賞的，不過自己隨意所如，寫寫自家的懷抱罷了，至於後人的褒貶，本來與我無干。」[184]清代中、後期的續書，民國初年才九歲的張愛玲續紅樓《摩登紅樓夢》有十二金釵吃冰淇淋、選美等情節，可說離原著越來越遠。

時間來到二十世紀七〇年代，大陸文革結束，紅學在「曹學」的發展已無路可出，一九八七年張之續《紅樓夢》，是史上第一本根據脂評小組所指舊回目續了三十回，讓我們看到早本的模糊面貌，它淩駕程高本的功利取向，而讓悲劇精神重演，可惜寫作年代相隔兩百多年，張之的文筆樸實，但太乾太簡，沒顏落色，也無法取代程高本，直至二〇一一年劉心武的續書，又過濕過繁，文字與內容都與原著相去甚遠，只能以當代擬古小說論之。

182 螂嬛山樵：《補紅樓夢》序，北京，師範大學出版社，一九九二，無編頁。
183 夢癡學人：《夢癡說夢》，一粟編《紅樓夢卷》卷三，北京，中華書局，一九六五，頁二二〇。
184 吳趼人：《新石頭記》，南昌，江西人民出版社，一九八八年，頁五。

比較續書可看出《紅樓夢》之流傳與影響，也可反射不同時代人對經典的詮釋與翻譯，更讓我們理解續書是不可能的。

從詮釋學的觀點論之，作品是開放性的，作品的意圖與讀者的期許是有落差的，從《紅樓夢》續書更能看出這兩者如何分道揚鑣且越走越遠的歷程。

本文在此基礎上，討論續書從讀者期望作品完整的立場，到續書者追求自我抒發的歷程，作者因愛古而擬古，不能說是真正的續書。

續書之演變與分期

首先將《紅樓夢》續書擇其要者，列表作整理，也許可以發現續書的演變，從對程高本的不滿到回歸早本的過程；

紅樓夢續書表

名稱	作者與年代
《後紅樓夢》	（一七九六年）逍遙子
《續紅樓夢》	（清）鄭師靖
《紅樓後夢》	作者不詳
《紅樓補夢》	作者不詳

作者不詳	《紅樓增補》
作者不詳	《紅樓重夢》
作者不詳	《紅樓夢再夢》
（一七九九年）陳少海	《紅樓復夢》
（一七九九年）秦子忱	《續紅樓夢》三十回
（一七九九年）王蘭沚	《綺樓重夢》四十八回
（一八〇五年）海圃主人	《續紅樓夢新編》
張曜孫	《續紅樓夢》
顧春	《紅樓夢影》二十回
惜花主人	《太虛幻境》
作者不詳	《三續紅樓夢》
（一八一四年）臨鶴山人	《紅樓圓夢》三十回
作者不詳	《繪圖金陵十二釵後傳》
（一八一九年）歸鋤子	《紅樓夢補》四十八回
（一八二〇年）嫏嬛山樵	《補紅樓夢》四十八回
嫏嬛山樵	《增補紅樓夢》
（一八四三年）花月癡人	《紅樓幻夢》
作者不詳	《幻夢奇緣》
（一九〇八年）吳趼人	《新石頭記》

（一九四〇年）郭則沄	《紅樓真夢》六十四回
（一九八七年）張之	《紅樓夢新編》
（二〇一一年）劉心武	《劉心武續紅樓夢》

從清代至現當代的《紅樓夢》續書竟逾百種！「續紅」作品經過分梳歸納，分為八種類型：

一、程高本續衍類
二、改寫、增訂、彙編類
三、借題類
四、外傳類
五、補佚類
六、舊時真本類
七、引見書目類
八、短篇續書

這八種之中，以程高本續衍類為大宗，其他改寫、增訂、補佚……也大多針對程高本而發，在很長的一段時間，《脂評石頭記》是受到忽視的，脂評所指的舊回目更是受到冷落，一直要到考據風氣興盛，脂評再度受到重視，所謂舊時真本幾乎是當代重要的紅學研究課題，張之的《紅樓夢》新編及劉心武《劉心武續紅樓夢》即因此而起。

《紅樓夢》的續書可分為幾個時期，一是程高本時期，二是嘉慶時期，三是清末民初，四是當代新文學時期。

在程高本時期，離書成流傳時期只有三十年，可能存在各種版本的鈔本，其中有真正出自作者之手的藏本或各式各樣的鈔本，有幾種假設，目前作成書研究者，有兩種看法，一是一稿多寫，以張愛玲為最早提出者，一為兩書合一，以沈濟文為代表，因此有以下兩種看法：

一稿多寫

一、曹寫曹改

二、曹寫脂改

三、曹寫多人改

四、曹編多人寫

五、曹寫高續

六、曹寫程高續編

兩書合一

一、曹編曹改

二、曹寫曹改

三、曹寫高續

四、續中有曹

不管是哪種說法，早本在書成時已為作者自己或他人改寫續書，這是程、高前續書的狀態，他要反對的正是《脂硯齋重評石頭記》的權威性，對脂評提及的舊回目視而不見，而另起爐灶，因此程、高的續書是在這些龐大基礎上進行的續書，如果《脂評石頭記》是早本的衍生物，程高本可說是早本的次生物，雖然不如理想，然是有根據的續書。

而嘉慶年間的八本續書又是反程高本的分化物，之後清末民初的續書已自成一路，可說與早本無關之自我抒發，而當代之續書，雖以舊回目為根底，然在白話文時代，章回小說已成古體，此種續書只能說是擬古或歷史小說，是為偽續書。

新文學時期，一九四〇年郭則沄作《紅樓真夢》六十四回（又名《石頭補記》）敘述賈寶玉到大荒山無稽崖以及林黛玉等人離世後到太虛幻境之事。本書五十餘萬字，主要描述賈寶玉到太虛幻境之後，仙師傳給他修道方法，這個方法，跟一般的佛家、道家截然不同。是給他一百個字，獨自在山洞裡一天想一個字，諸如「天」、「地」、「人」之類。圍繞這個字想像，字想完了，也就成道了。寶玉不但在太虛幻境裡可以活動，還可以回到大觀園，使大觀園和太虛幻境連成一片，生出許多故事來。因此稱之「真夢」、亦即真正的夢。《紅樓真夢》大概由於事涉神祕之故，未能重印，這個本子在當時很引起注意，可惜過於玄虛，離原著的精神太遠，今人已鮮有人提起。一九八七年張之續紅樓，是最早依據脂評回復早本原貌者，改編成電視劇後，讀者與觀眾的反應熱烈，早本強調的悲劇性沒想到經過兩百多年才被讀者接受，之後劉心武也以探佚早本為目的，一樣引起廣大回響，可以預料的是早本的被接受是未來的趨勢，只是新文學時期續的早本，到底離作品意圖越來越近還是越來越遠？

在過去兩百年間，程高續書一枝獨秀，附尾於早本而未被紅迷或紅學家剔除，只為程高本將結局通俗化，更易為讀者接受，使得流行廣大，就作品的普及性來說是有助益，然早本的復甦引來更大的問題，或因作者筆力不繼，或因想像過度，早本的真相更不可得。

《劉心武續紅樓夢》之探佚成果與主要根據

心武續《紅樓夢》，自比為文物修復家，根據脂批的批語，與曹雪芹同時代的文人如富察明義等人的詩文，再加上一些歷史資料，在「百家論壇」，先完成「紅樓夢八十回後真故事」系列講座，在此基礎上完成二十八回之續書，劉的探佚重點歸納如下：

一、總回數採周汝昌之說為一百零八回，文本結構由九×十二構成。

二、後二十八回的重點為「虎兕之爭」，即秦可卿為廢太子之女，被藏於賈府，而引來忠義親王老千歲「月派」，與忠順王為代表的「日派」的日月之鬥，續書者認為《紅樓夢》絕不只是愛情小說：「它是一本內容非常豐富，具有政治性、社會性內容的文本」。

三、焦點人物為賈元春、迎春、香菱、妙玉的悲慘結局。

四、林黛玉被趙姨娘餵食砒霜，最後沉湖而死。

五、射圃為軍事行為，主要是練習射箭，衛若蘭參加月派的政變，想廢掉太子，另立王儲。

六、寶玉兩次出家，另創情教。

以上幾點我認為最有問題的是第二點、第四點、第六點，《紅樓夢》當然不只是愛情小說，但也絕非政治小說，就算賈府與宮廷政爭有關，也只會是暗寫或轉移主題，因在前八十回，對政治始終採有距離的方式隱寫，連迂迴都說不上。假託石兄與神話，已點明它的創作意旨是以神話遮蓋與生命歷程相關的書寫，不可能在前八十回沒有的，在後面突然出現，而且如此直接。裡面與時政勉強有關的第七十八回「老學士閒徵姽嫿詞　癡公子杜撰芙蓉誄」，前半提及前朝女英雄林四娘，為表彰其忠義：

> 賈政道：「誰知次年便有『黃巾』、『赤眉』一干流賊餘黨復又烏合，搶掠山左一帶。恆王意為犬羊之輩，不足大舉，因輕騎進剿。不意賊眾詭譎，兩戰不勝，恆王遂被眾賊所戮。於是青州城內，文武官員，各各皆謂：『王尚不勝，你我何為？』遂將有獻城之舉。林四娘得聞凶信，遂聚集眾女將，發令說道：『你我皆向蒙王恩，戴天履地，不能報其萬一。今王既殞身國患，我意亦當殞身於下。爾等有願隨者，即同我前往；不願者亦早自散去。』眾女將聽他這樣，都一齊說：『願意！』於是林四娘帶領眾人，連夜出城，直殺至賊營裡頭。眾賊不防，也被斬殺了幾個首賊。後來大家見是不過幾個女人，料不能濟事，遂回戈倒兵，奮力一陣，把林四娘等一個不曾留下，倒作成了這林四娘的一片忠義之志。後來報至都中，天子百官，無不嘆息。想其朝中自然又有人去剿滅，天兵一到，化為烏有，不必深論。只就林四娘一節，眾位聽了，可羨不可羨？」眾幕友都嘆道：「實在可羨可奇，實是個妙題，原該大家輓一輓纔是。」

此回與寶玉作芙蓉誄相呼應，都是女中人傑，在劉心武的解讀中，青州的恆王為明末衡王，曾對抗南下的清兵，並出了一個抗清的女英雄林四娘，在眾人歌頌姽嫿將軍中流露哀明反清之思，因而惹上文字獄。因為議題過於敏感，有人覺得是後人動過手腳，根據庚辰本與夢稿本比較，七十回至八十回的字數差異最大，每回都在五百字左右，七十四回與七十八回差最多，前者是抄園，後者是姽嫿將軍部分，皆是與「造反」有關，抄園為抄家之伏筆，姽嫿將軍之一節也許是後加的，感覺有點突兀。

庚辰本（八十回）		程乙本（乾隆抄本一百二十回《紅樓夢》稿校定本）	
◎第七十回	六四二六	第七十回	五七一三
◎第七十一回	八九一六	第七十一回	八三八四
◎第七十二回	七四八三	第七十二回	七〇五四
◎第七十三回	七四二九	第七十三回	六八六二
◎第七十四回	一〇九七	第七十四回	八九三〇
◎第七十五回	九五五二	第七十五回	八四三八
◎第七十六回	七四四五	第七十六回	四九六二
◎第七十七回	一〇五〇	第七十七回	六三六八
◎第七十八回	一〇八八	第七十八回	九九六四
◎第七十九回	四七六五	第七十九回	五三六三
◎第八十回	六八一〇	第八十回	六四四六

另外引發劉心武之政治聯想的還有元春的判詞：

寶玉看了仍不解，待要問時，知他必不肯洩漏天機，待要丟下，又不捨，遂往後看。只見畫著一張弓，弓上掛著一個香櫞。也有一首歌詞云：

「二十年來辨是非，榴花開處照宮闈。三春爭及初春景？虎兔相逢大夢歸。」

這裡出現異文，曹雪芹早本《紅樓夢》文為：「二十年來辨是『誰』，榴花開處照宮闈。三春爭及初春景，虎『兕』相逢大夢歸。」高鶚續寫版《紅樓夢》文為：「二十年來辨是『非』，榴花開處照宮闈。三春爭及初春景，虎『兔』相逢大夢歸。」

「虎兔相逢」是屬虎的對上屬兔的，還是虎年與兔年之交？小說家高陽認為應是虎兔相逢大夢歸，還曾為此特別寫了一本考證書──《三春爭及初春景》[185]，至於詳情可見以下：《紅樓夢》第九十五回，元妃死。在虎兔相交之年死去，即立春在虎年，死在立春後一日，從命理上來說，便是兔年開始。名義上死在虎年，實則死在兔年，便是所謂的虎兔相逢。

作者將虎兕相爭解讀為宮廷日、月兩派之爭，將《紅樓夢》結局改寫為殺氣騰騰的政治小說，使得詩意人物嚴重變形，如探春成為愛好權位、頗有國母之風的茜香國皇后，妙玉成為城府極深、機關算盡的賈家復仇女俠，迎春成為先知先覺的叛逃者，寶玉成為無用的窩囊廢，薛寶釵更成為愚昧無知的女人，湘雲則是傻乎乎的丫頭……人物是小說的靈魂，人物不對，是使小說走味的首要因素，種種匪夷所思、荒誕不經的情節因此而起。

另外強加個人的好惡本是續書者難免所在，高鶚厭惡襲人而寫她忘恩負義，偏愛黛玉、香菱而讓她們慘死，未中舉的遺憾使他特重讀書、進學而功成名就，續書者的自我補償心理，改寫原著精神。就劉心武而言，他從小說家轉而從政與教育，創作的銳氣已不復當年，而在古典小說的研究上找到精神寄託，將一生經歷的政治風浪捲進續書中。

至於寶玉的出家，在前八十回時有暗示與偈語，然脂評小組提及的回目並無出家情節，在最早本，寶玉可能並未出家，第二十二回寶玉悟禪機，寶玉填了詞：「中心自得，便上床睡了。」庚、戚本句下批注：「前夜已悟，今夜又悟，二次翻身不出，故一世墮落無成也。」未徹悟的寶玉怎能出家呢？

高鶚寫寶玉出家飄然遠引，大雪中跪別父親更是淒絕美絕。張之續《紅樓夢》依舊時可能的回目，亦寫寶玉出家，先是生活艱難，但不願去南方與父母一起生活，亦不願入仕，甚至不願入畫廊替人作畫。生活艱難，靠作畫維生，他為拒絕北靜王推薦入仕，賣畫街市巧遇已出世作了道士，拿了寶玉賣掉的通靈寶玉尋找賈寶玉的甄寶玉，賈寶玉受啟發，為躲避入仕決計出家為僧，並真的拋卻寶釵母女入廟。後因北靜王前薦之人不再提薦賢一事，在柳湘蓮勸說下返俗。回家後，為了生計，賈寶玉因唐掌櫃推薦成了打更人，一年僅有幾石糧薄俸。因住所太小，畫也作不了，過著夜以繼日、寒暑無間的擊柝生涯。後在麝月的建議下，寶釵、湘雲、麝月共擠一室，寶玉住到街口堆子，騰出兩間房，朝房後臨街處開了個門，用於賣茶水。麝月日日撿煤渣，寶釵和湘雲燒水，寶玉支應門面。為了幾石米，

185 高陽：《三春爭及初春景》，台北，聯經出版公司，二〇〇一。

寶玉天天必須拿著金鑼、木柝打更。這種結局，張愛玲謂之寫實化、現代化，故讀者難以接受。

劉心武續的《紅樓夢》讓寶玉二度出家，顯得累贅又重複，在情理上也說不通。第一次出家是抄家後，寶玉被派往國子監，他為逃避故上五台山當和尚，在廟門中但覺規矩森嚴，所謂的忠圖寺不過是另一個榮國府，之後在大雪中遇見甄寶玉，在他的提點下還俗；第二次很有神話色彩，寶玉與湘雲在貧困生活中一夜白頭，是為配合白首雙星的舊回目，之後在二丫頭的家，看到海棠樹在大雪天開出滿樹紅花，應合一僧一道之說，寶玉終於了悟前身，離塵開創情教，因而有了情榜共一百〇八位。在情榜上別立情教，如文中所寫：

> 寶玉道：「我說世法平等，是指人人有共用好處之權利，深一層，是指人人皆有從下面功利境界升到上面情感境界之可能。然從下面世界到上面世界，卻是不能用敘談、說教，或燒香拜佛、打醮煉丹等辦法達到的。全靠一個人自己的覺悟，也就是要成為一個些許有知識的人，再將那知那識豐富、濃釅，最後浸潤到魂魄裡去。」湘雲道：「聽起來，你是否想創一情教，與那佛、道等教並列？」寶玉道：「說得好，不是要驅趕取代，只是並列，讓眾生在存活於世，迷茫於究竟該信什麼時，多一種可選的。」（頁四一一）

作者的情教是靠豐富知識提升，可說是「知識教」，反佛非道，跟現代的理性主義[186]相通，跟作者的意旨大有不同。

知識分為先驗與後驗，先驗意味著僅憑推理得到的知識（先於經驗觀察），而不受直接或間接經驗（這裡經驗通常指通過感官對於世界的觀察）的影響。

後驗指其他種類的知識，也就是知識的得來和證實需要藉助經驗（經驗觀察之後），也被稱作經驗性知識。

知識論的核心問題之一是是否存在先驗綜合知識。概括地講，理性主義者認為存在，因而就要面對「先驗綜合知識如何可能」的問題。相反的，經驗主義者認為所有的知識在一定程度上都是外界經驗的體現，並不存在先驗綜合知識。

劉心武論及的知識是後驗的，接近宋明理學「格物致知」，存天理去人欲，跟湯顯祖存人欲去天理恰恰是相反的，而曹雪芹將人欲概括於天理之中，折衷兩者，可謂有創見。

劉心武將人生分為功利世界與感情世界，這種簡單的二分法，跟知識無關，反而有反智的傾向。因此就情節安排與立意，雖在回目上應合脂本提及的回目，在書寫時讓人有過度想像之疑慮。

186 理性主義是建立在承認人的推理可以作為知識來源的理論基礎上的一種哲學方法，因笛卡兒的理論而產生。同時代相對的另一種哲學方法被稱為不列顛經驗主義（經驗主義中的的一派），它認為人類的想法來源於經驗，所以知識可能除了數學以外主要來源於經驗。這裡主要關注的是人類的知識來源以及證實我們所知的一種手段。

小說語言的時代性與風格

小說的語言分敘述人語言與人物語言，敘述人的語言非作者的語言，而是說故事人的語言，尤其章回小說模仿說書人語言，早已有套式可尋，只差文筆之高下，這個部分似乎較好模仿，然敘述人語言關乎作者的個性與氣質，原作者婉約而靈氣奐發，劉心武豪邁而火氣十足，其直接而濃烈的寫法，跟原作者的充滿隱喻的詩意筆路不同，如六十二回寫晴雯過世之前的淒涼景象，原作者寫道：

> 此時多渾蟲外頭去了，那燈姑娘吃了飯去串門子，只剩下晴雯一人，在外間房內爬著。寶玉命那婆子在院門瞭哨，他獨自掀起草簾進來，一眼就看見晴雯睡在蘆席土炕上，幸而衾褥還是舊日鋪的。心內不知自己怎麼才好，因上來含淚伸手輕輕拉他，悄喚兩聲。當下晴雯又因著了風，又受了他哥嫂的歹話，病上加病，嗽了一日，才朦朧睡了。忽聞有人喚他，強展星眸，一見是寶玉，又驚又喜，又悲又痛，忙一把死攥住他的手。哽咽了半日，方說出半句話來：「我只當不得見你了。」接著便嗽個不住。寶玉也只有哽咽之分。晴雯道：「阿彌陀佛，你來的好，且把那茶倒半碗我喝。渴了這半日，叫半個人也叫不著。」寶玉聽說，忙拭淚問：「茶在那裡？」晴雯道：「那爐台上就是。」寶玉看時，雖有個黑沙吊子，卻不像個茶壺。只得桌上去拿了一個碗，也甚大甚粗，不像個茶碗，未到手內，先就聞得油膻之氣。寶玉只得拿了來，先拿些水洗了兩次，複又用水汕過，方提起沙壺斟了半碗。看時，絳紅的，也太不成茶。晴雯扶枕道：「快給我喝一口罷！這就是茶了。那裡比得咱們的茶！」寶玉聽說，先自己嘗了一嘗，並無清香，且無茶味，只一味

苦澀，略有茶意而已。嘗畢，方遞與晴雯。只見晴雯如得了甘露一般，一氣都灌下去了。寶玉心下暗道：「往常那樣好茶，他尚有不如意之處；今日這樣。看來，可知古人說的『飽飫烹宰，饑饜糟糠』，又道是『飯飽弄粥』，可見都不錯了。」一面想，一面流淚問道：「你有什麼說的，趁著沒人告訴我。」晴雯嗚咽道：「有什麼可說的！不過挨一刻是一刻，挨一日是一日。我已知橫豎不過三五日的光景，就好回去了。只是一件，我死也不甘心的：我雖生的比別人略好些，並沒有私情密意勾引你怎樣，如何一口死咬定了我是個狐狸精！我太不服。今日既已擔了虛名，而且臨死，不是我說一句後悔的話，早知如此，我當日也另有個道理。不料癡心傻意，只說大家橫豎是在一處。不想平空裡生出這一節話來，有冤無處訴。」說畢又哭。寶玉拉著他的手，只覺瘦如枯柴，腕上猶戴著四個銀鐲，因泣道：「且卸下這個來，等好了再戴上罷。」因與他卸下來，塞在枕下。又說：「可惜這兩個指甲，好容易長了二寸長，這一病好了，又損好些。」晴雯拭淚，就伸手取了剪刀，將左手上兩根蔥管一般的指甲齊根鉸下；又伸手向被內將貼身穿著的一件舊紅綾襖脫下，並指甲都與寶玉道：「這個你收了，以後就如見我一般。快把你的襖兒脫下來我穿。我將來在棺材內獨自躺著，也就像還在怡紅院的一樣了。論理不該如此，只是擔了虛名，我可也是無可如何了。」寶玉聽說，忙寬衣換上，藏了指甲。晴雯又哭道：「回去他們看見了要問，不必撒謊，就說是我的。既擔了虛名，越性如此，也不過這樣了。」

《紅樓夢》寫人物常是以間接刻畫為主（對白、動作、內心獨白、對話、夢……），文字自然而生活化，並不多文字堆砌，如果小說能展現時代氣息，原文常讓我們覺得接近現代但又不完全現代，有些特殊的用法是有時代氣息的，如「飽飫烹宰，饑饜糟糠」、「飯飽弄粥」、「既擔了虛名，越性如此」，除了文物裝扮與器物，人物之間的愛與平等一點都不八股，敘述人化入人物中；而劉心武寫黛玉之死，用盡美麗的辭彙，就是堆砌與八股：

> 那夜是五月十五，雖說入夏，夜風仍頗陰涼。林黛玉緩緩前行，那月雲紗大披風在身後飄蕩，彷彿朵雲擁護，胸前披風那些綴上的絳珠，在月光中閃閃發亮。路過瀟湘館，只見牆內鳳尾搖曳。再往前，過沁芳亭，越沁芳閘，漸漸來到一處水塘，正是凹晶館外，那年她與史湘雲中秋聯詩處。一輪冷月，倒映在水塘中。那黛玉站在塘邊，望那天上月，望那水中月，良久轉過身，從容解下腰上那嵌有青金閃綠翡翠的玉帶，將其掛在岸邊矮林的樹枝上。那是一片木芙蓉的林子，芙蓉花脹得正圓。她不願讓人們把她當作又一個失蹤的人，她用玉帶林中掛，告訴人們她是從這個水域消失的。她再轉過身子，對著水。那水塘一側並無欄杆護板，塘水是漸遠漸深。她一步步走攏水邊，又從容的一步步走進水中。越往裡走，她身子變得越輕。她對自己是林黛玉漸漸淡忘。她越來越知道自己本是絳珠仙草。她是花，卻不是凡間之花。凡間的花掉到水中，終究會隨水流出園子，墜入溝渠。她是花魂，是凡間的詩女林黛玉，正飄升到天上，成為不朽的魂魄。（頁八七—八八）

前半文謅謅，後段是現代化的語法，尤其是「她是花魂，是凡間的詩女林黛玉，正飄升到天上，成為不朽的魂魄」，隔閡感更深，敘述遠遠在人物之外，相信這樣的結局很少人能接受。

最有問題的還是人物的語言，它除了對話，還包含人物獨白、各說各話、吟詩作對、內心獨白……這在原著每人都有自己的聲腔，內心獨白尤為一絕，就算小配角的語言也活靈活現，主要人物的語言不能比，就看次要人物中的趙姨娘：

彩雲笑道：「這是他們哄你這鄉老呢。這不是硝，這是茉莉粉。」賈環看了一看，果然比先的帶些紅色，聞聞也是噴香，因笑道：「這也是好的，硝粉一樣，留著擦罷，自是比外頭買的高便好。」彩雲只得收了。趙姨娘便說：「有好的給你！誰叫你要去了，怎怨他們耍你！依我，拿了去照臉摔給他去，趁著這回子撞屍的撞屍去了，挺床的便挺床，吵一出子，大家別心淨，也算是報仇。莫不是兩個月之後，還找出這個碴兒來問你不成？便問你，你也有話說。寶玉是哥哥，不敢衝撞他罷了。難道他屋裡的貓兒狗兒，也不敢去問問不成！」賈環聽說，便低了頭。彩雲忙說：「這又何苦生事，不管怎樣，忍耐些罷了。」趙姨娘道：「你快休管，橫豎與你無干。乘著抓住了理，罵給那些浪淫婦們一頓也是好的。」又指賈環道：「呸！你這下流沒剛性的，也只好受這些毛崽子的氣！平白我說你一句兒，或無心中錯拿了一件東西給你，你倒會扭頭暴筋瞪著眼蹾摔娘。這會子被那起屄崽子耍弄也罷了。你明兒還想這些家裡人怕你呢。你沒有屄本事，我也替你羞。」

（六十回）

從對話中顯現趙姨娘的個性是惡毒、潑辣、粗鄙、愛興風作浪，講話更是粗魯，劉心武在其作品中加重趙姨娘的戲分，她為害寶玉，在黛玉的食物裡攙毒，讓她慢慢中毒死亡，最直接的導火線是分產不平，又眾人不把她看在眼裡，其中周瑞家的與趙姨娘相遇，不打招呼也不讓路，因而有一段對話：

趙姨娘因指著他道：「周瑞家的，你屁股敢是長屁股上了？」周瑞家的一聽，火冒三丈，反嘴道：「你跟誰嚷呢？就你，原也只配拿我屁股去看！」趙姨娘心火更旺盛起來，索性大發作，罵道：「你不過是個陪房，狗仗人勢的，別以為你背地裡搗的那些個鬼別人不知道！你那女婿，冷什麼玩意兒，從那邊大太太手裡騙走老太太古扇的事兒，你當就能滑脫過去？我定不能讓你們得逞！」那周瑞家的原不知什麼古扇的事，一時也不明白趙姨娘何以罵到女婿身上，總之這趙姨娘是以己為敵，瘋魔起來了，望望四周並無他人，便再把臉撕破，指著趙姨娘鼻子罵道：「你說我不過一個陪房，你須撒泡尿照照，你不過一個陪床！就算你能到得老爺耳邊，你敢跟他告我？跟你挑明白罷，那琥珀現是太太丫頭，幾次說起老太太中風的事，只怕你就是那摧老太太命的惡鬼，一旦查明，你死了骨頭讓野狗去啃。」（頁七十六）

劉心武本籍四川，在北京住過好一段時間，對白有京味，卻是現代京味，跟兩百多年前的京腔還是差別很大，像「扭頭暴筋瞪著眼蹾摔娘」、「你沒有屄本事，我也替你羞」這種口語真不是仿得來的。不管是敘述人語言還是人物語言，差別皆頗大，也許有人認為不同人續書，但高鶚的續書占了一個時間點接近的優勢，在語言上尚保有那乾隆時期的時代氣息。而相隔兩百多年，在新文學時期，古字老法的運用，越現代越居劣勢。早在嘉慶時期已有隔閡，遑論現代？

回目與詩詞

劉心武的續書回目，是根據脂評小組（脂硯齋、畸笏叟、松齋……）提及的回目為基礎演義而成，如八十一回「中山狼吞噬薄命女　河東獅吼斷無運魂」、八十九回「王熙鳳知命強英雄　薛寶釵借詞含諷諫」、九十一回「蔣玉菡偏虎頭蛇尾　花襲人確有始有終」、九十五回「衛若蘭射圃惜麒麟　柳湘蓮拾畫會嬋娟」、九十九回「妙玉守庵從容鎮定　鳳姐掃雪痛心疾首」、一百回「獄神廟茜雪慰情癡　錦香院雲兒護巧姐」、一百〇七回「飢怡紅寒夜噎酸菜　凍霞枕雪夜圍破氈」、一百〇八回「神瑛頓悟懸崖撒手　石頭歸山情榜儼然」計八回，因有回目提示，或能捉住一些重要訊息，其中寫得最好的是鳳姐掃雪一段，中間有作者探佚的成果，將鳳姐撿拾到的玉跟前面良兒偷玉一事相連，作者認為良兒是被冤枉的，鳳姐看到玉時，才恍然大悟，因而百感交集，讓拾玉這動作充滿諷喻與悲劇性：

> 鳳姐再把那玉湊到眼前細看，絕無別解，這就是那塊「馬上封侯」羊脂玉把件！它如今還在府裡！雖不知它究竟為何出現在這個地方，卻可以斷定那良兒絕非竊賊，自己當年是誤竊亂判！又退一步想，是否那良兒當年將這塊玉藏到了這個地方呢？且不說他藏在這裡有何用意，這夾道甬路自攆出良兒將其送官治罪，幾年裡至少翻修過兩回，監工的也好，鋪肮石擺圖案的工役也好，誰會發現了它既不上交也不匿起，卻將它直插到其他卵石當中呢？細細琢磨，這玉一定近來落在這裡，又被人踩進這空隙裡的。那日忠順王帶領錦衣衛來查抄，開頭那有秩序可講，一頓亂砸亂翻亂扔亂搶，那時雖被拘押在屋裡不許出去，那外頭聲音是聽的見的，且聽見長史官幾次厲聲宣布王爺

> 命令，道：「若有私自掖藏小件物品的定當嚴懲！」這塊玉，良兒既未偷走，可能就還在賈母居處，寶玉住過的那碧紗櫥內外那大櫃子下面的椅角旮旯裡……想到這兒，鳳姐心中對自己道：縱是也冤枉了那錦衣軍，也斷不能再說那良兒是竊賊，自己當年威風凜凜，自封神探，審起丫頭來疾言厲色，動輒讓人家跪瓷瓦子，不給吃不給喝，凍著餓著，非逼著人家認那無妄之罪，如今自己也被這忠順王一樣的手法，逼迫自己去招認那沒影兒的藏匿之罪，難道這就是天道循環、因果報應？鳳姐只在那裡發愣，悔恨交加，忽聽那邊傳來吆喝聲：「掃完了沒有？」

對照充滿感慨與諷刺，可說鞭辟入裡，且間接反映抄家之肅殺兇殘，這種複雜的手法還是得經過風浪的老作家才寫得出來，其他寫得較弱的自然是詩詞部分，寶釵的〈十獨吟〉、湘雲與寶玉的聯句、沿街討飯跟叫化子一起唱蓮花落……語言與意境不夠古雅；在情節上「懸崖撒手」寫得太神，寶玉出家又還俗，當了一陣叫化子，遇到北靜王而悟出世法平等，又遇見二丫頭，決定懸崖撒手，自創情教，這段描寫最不可思議，而且是寶玉直接對湘雲說：「我要懸崖撒手了！」姑不論這句話是比喻還是實寫，寶玉說破禪機，落實以情為教，這些有點牽強。

至於自訂章回，增寫的部分大多過於政治化，如元春因手持娘家所贈的臘油佛手凍而被皇帝誤會有意暗殺而釀下禍端（第八十五回「玻璃大圍屏釀和番　臘油凍佛手埋奇禍」）；又忠順王想強娶襲人，襲人為救賈家強與敷衍（第九十回「忠順王奉旨逞威風　靜虛月好歹避微嫌」）；又如射圃為騎射謀反活動，看來是增加一些戲劇性，然寫得過於簡略（第九十五回「衛若蘭射圃惜麒麟　柳湘蓮拾畫會嬋娟」）；又妙玉為報賈家之仇，藉古董與忠順王同歸於盡，那箱古董既埋暗器又埋炸藥，其過程如武俠忠烈小說，不似潔身自好的妙玉所為（第一百〇五回「瓜洲渡口妙玉現身　金山寺下悍王殞命」）……凡此增添的情節，多在政治鬥爭與俠義忠烈之表現，與原著的精神相遠，而與劉心武的小說相近。他最有名的小說〈班主任〉，寫出文革時期的人性荒謬：

> 在這一九七七年的春天，尹老師感到心裡一片燦爛的陽光。他對教育戰線，對自己的學校、所教的課程和班級，都充滿了閃動著光暈的憧憬。他覺得一切不合理的事物都應該而且能夠迅速得到改進。他認為「四人幫」既已揪出，掃蕩「四人幫」在教育戰線的流毒，形成理想的境界應當不需要太多的時間。不過，最近這些天他有點沉不住氣。他願意一切都如春江放舟般順利，不承想卻仍要面臨一些複雜的問題。
>
> 關於宋寶琦即將「駕到」的消息一入他的耳中，他就忍不住熱血沸騰。張老師剛一邁進辦公室，他便把滿腔的「不理解」朝老戰友發洩出來。他劈面責問張老師：「你為什麼答應下來？眼下，全年級面臨的形勢是要狠抓教學品質，你弄個小流氓來，陷到做他個別工作的泥坑裡去，哪還有精力抓教學品質？鬧不好，還弄個『一粒耗子屎壞掉一鍋粥！』你呀你，也不冷靜地想想就答應下來，真讓人沒法理解……」[187]

---

187 劉心武：《劉心武文集》，北京，華藝出版社，一九九三年，頁五四。

以劉心武描寫人物的功力，是足可化腐朽為神奇，以他探佚的成績，也具備續書的條件，只能說是時空的距離造成的隔膜。

古董器物之歪曲描寫

《紅樓夢》為清三代優雅文化的具體表現，尤其器物描寫為說部之冠，這是高鶚續書遠遠不能及的。清三代皇帝為文物家、燒造家與收藏家，古董字畫描寫之精之細頗為少見，《劉心武續紅樓夢》追蹤此精神確為眾多續書所未及，然寫物而不雅，反為贅疣。

在劉心武的筆下，賈家披禍有幾端：一是衛若蘭等參加的月派，即「雙懸日月照乾坤」中的月，他們想發動政變、廢掉皇帝，將喜歡的人扶上天子大位。二是寫反詩；三是收留皇族的孤女秦可卿；四是賈赦貪占石呆子古扇事件，五是藏匿甄家應被查抄的財產，前三項實在勉強，第四、五項是有可能的。

石呆子的事件在四十八回中曾提及，那一回寫賈璉被打，只因他沒弄到賈赦要他弄來的石呆子的古扇，賈赦質問賈璉，說人家怎麼就弄來了呢；賈璉回：「為了這點事兒，把人家弄得傾家蕩產也不算什麼能耐？」在劉心武所寫八十四回「倪二哥廟會遇知音　冷三爺村肆警舊雨」中寫到，冷子興提醒賈雨村抄沒石呆子的財產，尤其是那些古扇子將為他惹來禍端，勸他歸還，於是賈雨村還扇與石呆子，卻都是假貨，待抄家時石呆子出面控訴賈府強占他的二十把古扇，坐實了罪名。

在劉的續書特別強調賈家落敗跟古董有關，探春遠嫁跟玻璃大圍屏有關，元妃因臘油佛手凍失寵，文物古董在這裡占有重要的地位。然而原作者書寫器物多為襯托人物個性與製造氣氛，劉的續書則依此為情節核心。

古扇、玻璃大圍屏、臘油佛手凍都是前八十回既有，劉心武在其上增添許多想像，如玻璃大圍屏促成探春的婚事，八十五回「玻璃大圍屏釀和番　臘油凍佛手埋奇禍」，回中提到探春原已聘給南安郡王世子，卻因鄔維將軍在賈母八十壽辰，獻上玻璃大圍屏之時，接待的正是探春，見她花容月貌，言談舉止落落大方、學識出眾，而向皇帝推薦嫁到茜香國和番。鄔將軍一直說明這玻璃大圍屏有多珍貴難得，然在曹著中：

> 賈母因問道：「前兒這些人家送禮來的共有幾家有圍屏？」鳳姐兒道：「共有十六家有圍屏，十二架大的，四架小的炕屏。內中只有江南甄家一架大屏十二扇，大紅緞子緙絲『滿床笏』，一面是泥金『百壽圖』的，是頭等的。還有粵海將軍鄔家一架玻璃的還罷了。」賈母道：「既這樣，這兩架別動，好生擱著，我要送人的。」（七十一回）

明明是罷了的凡物怎會惹起這和番的代價呢？壽禮中共有十六架大圍屏，圍屏簡單的僅三、五扇，八扇已算壯觀，十二扇可謂奢華，何況是緙絲繡的，緙絲是中國絲綢藝術品中的菁華。它是一種經彩緯顯現花紋，形成花紋邊界，具有猶如雕琢鏤刻的效果，且富雙面立體感的絲織工藝品。緙絲的編織方法不同於刺繡和織錦。它採用「通經斷緯」的織法，而一般錦的織法皆為通經通緯法，即緯線穿通織物的整個幅面。

從明萬曆年間到了清朝的康、乾時期，江南的絲織業被皇權牢牢的控制著，緙絲也成為了皇權的象徵。明清的龍袍袞服、宮闈之內的日用品、官員等級象徵的標誌——官補，無不是緙絲中的上品佳作。緙絲在大清朝也得到了很好的發展，出現了雙面緙、毛緙絲和緙繡混合法（即融合了緙絲、刺繡、繪畫等多種工藝）。

明清之際，圍屏的講究到達巔峰，聽說和珅抄家時，被抄出四百多架圍屏，可見圍屏在其時是許多貴族收藏的重點。

所以甄家送的緙絲圍屏是宮中之物，它一面繡「滿床笏」，一面繡「萬壽圖」，正符合〈好了歌〉描寫的：

> 陋室空堂，當年笏滿床，衰草枯楊，曾為歌舞場。蛛絲兒結滿雕梁，綠紗今又糊在蓬窗上。說什麼脂正濃，粉正香，如何兩鬢又成霜？昨日黃土隴頭送白骨，今宵紅燈帳底臥鴛鴦。金滿箱，銀滿箱。展眼乞丐人皆謗。

而玻璃圍屏現今可見的是顏色鮮豔奪目，為當時時髦的物件，怪不得賈母要留著送人。

另一重要的文物為凍石，《紅樓夢》提到凍石的有海棠凍石蕉葉杯、墨煙凍石鼎、蠟油凍的佛手：

> 賈璉未語先笑道：「因有一件事，我竟忘了，只怕姊姊還記得。上年老太太生日，曾有一個外路

和尚來孝敬一個蠟油凍的佛手，因老太太愛，就即刻拿過來擺著了。因前日老太太生日，我看古董帳上還有這一筆，卻不知此時這件東西著落何方。古董房裡的人也回過我兩次，等我問准了好注上一筆。所以我問姊姊，如今還是老太太擺著呢，還是交到誰手裡去了呢？」鴛鴦聽說，便道：「老太太擺了幾日厭煩了，就給了你們奶奶。你這會子又問我來。我連日子還記得，還是我打發了老王家的送來的。你忘了，或是問你們奶奶和平兒。」平兒正拿衣服，聽見如此說，忙出來回說：「交過來了，現在樓上放著呢。奶奶已經打發過人出去說過給了這屋裡，他們發昏，沒記上，又來叨登這些沒要緊的事。」賈璉聽說，笑道：「既然給了你奶奶，我怎麼不知道，你們就昧下了。」平兒道：「奶奶告訴二爺，二爺還要送人，奶奶不肯，好容易留下的。這會子自己忘了，倒說我們昧下。那是什麼好東西，什麼沒有的物兒。比那強十倍的東西也沒昧下一遭，這會子愛上那不值錢的！」

凍石為一種可作印章和工藝品的石料。俗稱蠟石。其質地細密滑潤，透明如凍，故稱之。

明代文彭《印章集說．石印》：「石有數種，燈光凍石為最。」另有一說為黃色蜜蠟，半透明。蜜蠟，物理和化學成分與琥珀相同，名貴寶石。素有「千年琥珀，萬年蜜蠟」。

在回目中提到凍石的回目至少有三處——

第三十八回：黛玉放下釣竿，走至座間，拿起那烏銀梅花自斟壺來，揀了一個小小的海棠凍石蕉葉杯。

第四十回：（賈母）親吩咐道：「你把那石頭盆景兒和那架紗桌屏，還有個墨煙凍石鼎，這三樣擺在這案上就夠了。再把那水墨字畫白綾帳子拿來，把這帳子也換了。」

第七十二回：上年老太太生日，曾有一個外路和尚來孝敬一個蠟油凍的佛手，因老太太愛，就即刻拿過來擺著了。

凍石在清三代雖珍貴，但作者寫它一如寫瓷器、文玩、衣飾皆無特別目的，除了金鎖與玉珮，其他皆為次要，在劉的續書中卻成為元妃獲罪的原因，在九十六回「橫海鐵網山虎兕搏　檣林智通寺香斷魂」中寫道當勤王之師兵到殿前時，張太醫要他們交出賈元春，說她手攜臘油凍佛手，分明是想趁他熟睡時加害於他：

便朝裡面斷喝一聲：「賜他縊死，扔了出去！」沒幾時，遂見那夏太監將賈元春扯著頭髮扔了出來，頭上猶纏著汗巾。此時寺門外陣陣吶喊聲近，張太醫一刀伸去將探出門外的夏太監砍成兩截，又將那賈元春攔腰一舉，扔到馬上。

元春的死法如此淒厲，且動機匪夷所思，這是作者鑽研器物失準，而將寶物寫成凶器，導致妙玉也將炸藥埋於古董，亦成為報復之暗器，這種手法比連續劇還誇張。

總之劉心武的器物描寫可謂用心，然與原著之典雅氣息相去甚遠，有時反見過度雕琢與想像之敗筆。

結論

劉心武續《紅樓夢》，並不能取代程高本，在程高之後的續書之所以不能有所超越，一來是才學因素，一來是時間因素，用現代人的眼光續《紅樓夢》只能是摩登紅樓或擬古小說。跟《紅樓夢》本身關聯性並不大。從讀者反應理論來看，《紅樓夢》之所以續書不斷，跟讀者的需求有關，早在脂評小組已介入《紅樓夢》的書寫，作者自己也應讀者要求不斷改寫，《紅樓夢》雖超卓，但它的開放性是前所未有的，紅迷皆可介入，跟集體創作不同的是，它引領創作，而成為書之不盡的小說。

從接受美學觀之，《紅樓夢》續書早已遠遠量大於原著，且讀者的期望不斷改寫它的結局，這是作者與讀者（續書者）的拉扯，接受理論基本上確認「對象的變易性」（包括文學作品在內），故也接受歷史與文化的相對論，這種相對論一直存在續書的發展中。而且資料量增產生質變，讓作品的不定性、變動性、開放性越大。因此接受美學允許合法化的主觀性。然而時間越長、資料越多，必然產生讀者（或續書者）「期望眼界」與原作者「作品意圖」的落差。

程高之續書雖為許多紅學家鄙薄，然就接受美學與讀者反應的觀點來看，它長久存在許多戲曲與影視改編中，黛玉焚詩斷魂也深入讀者心中，程高本將原著通俗化、煽情化、大眾化，讓更多的讀者愛之撫之，已具有不可取代的地位。假設沒有程高續書，流傳的是八十回《脂評石頭記》，恐怕只能是嚴肅小說，一般讀者或覺得不夠戲劇性。

古有續書，今有同人文，劉心武的豐沛想像，在這網路時代，是否可視為同人誌的一種？

參考書目

曹雪芹、高鶚原著，馮其庸等校注，《紅樓夢校注》，台北，里仁書局，一九八四
劉心武，《劉心武續紅樓夢》，台北，商周出版社，二〇一一
嫏嬛山樵，《補紅樓夢》，北京，師範大學出版社，一九九二
夢癡學人，《夢癡說夢》，一粟編《紅樓夢卷》卷三，北京，中華書局，一九六五
吳趼人，《新石頭記》，南昌，江西人民出版社，一九八八年
張愛玲，《紅樓夢魘》，台北，皇冠出版社，一九九一
劉心武，《劉心武文集》，北京，華藝出版社，一九九三年
高陽，《三春爭及初春景》，台北，聯經出版公司，二〇〇一

文學叢書 660

INK PUBLISHING

情典的生成——張學與紅學

作　　者　周芬伶
總 編 輯　初安民
責任編輯　陳健瑜
美術編輯　陳淑美
校　　對　莫　澄　陳健瑜　周芬伶

發 行 人　張書銘
出　　版　INK 印刻文學生活雜誌出版股份有限公司
新北市中和區建一路249號8樓
電話：02-22281626
傳真：02-22281598
e-mail:ink.book@msa.hinet.net
網　　址　舒讀網 http://www.inksudu.com.tw

法律顧問　巨鼎博達法律事務所
施竣中律師
總 代 理　成陽出版股份有限公司
電話：03-3589000（代表號）
傳真：03-3556521
郵政劃撥　19785090 印刻文學生活雜誌出版股份有限公司
印　　刷　海王印刷事業股份有限公司

港澳總經銷　泛華發行代理有限公司
地　　址　香港新界將軍澳工業邨駿昌街7號2樓
電　　話　852-2798-2220
傳　　真　852-2796-5471
網　　址　www.gccd.com.hk

出版日期　2021年 9 月 30 日　初版
ISBN　978-986-387-478-2

定價　380元

Copyright © 2021 by Chou Fen Ling
Published by INK Literary Monthly Publishing Co., Ltd.
All Rights Reserved
Printed in Taiwan

國家圖書館出版品預行編目(CIP)資料

情典的生成：張學與紅學／周芬伶著.
--初版. --新北市中和區：INK印刻文學，2021. 09
面；14.8 × 21公分. --（文學叢書；660）
ISBN 978-986-387-478-2（平裝）
1.張愛玲 2.紅學 3.中國文學 4.文學評論

820.9　　110015102

舒讀網

版權所有・翻印必究
本書保留所有權利，禁止擅自重製、摘錄、轉載、改編等侵權行為
如有破損、缺頁或裝訂錯誤，請寄回本社更換